2024

铸牢中华民族共同体意识

中国少数民族文学之星丛书

为你种一棵树

王 刚

———

著

作家出版社

图书在版编目（CIP）数据

为你种一棵树 / 王刚著 . -- 北京：作家出版社，2024.11.
（中国少数民族文学之星丛书）. -- ISBN 978 - 7 - 5212 - 3020 - 8

Ⅰ. I247.5

中国国家版本馆 CIP 数据核字第 2024UM3738 号

为你种一棵树

作　　者：王　刚
责任编辑：李亚梓
特约编辑：郑　函
装帧设计：琥珀视觉
出版发行：作家出版社有限公司
社　　址：北京农展馆南里 10 号　　　邮　　编：100125
电话传真：86 - 10 - 65067186（发行中心）
　　　　　86 - 10 - 65004079（总编室）
E - mail: zuojia@zuojia. net. cn
http: // www. zuojiachubanshe. com
印　　刷：唐山玺诚印务有限公司
成品尺寸：152 × 230
字　　数：219 千
印　　张：18
版　　次：2024 年 11 月第 1 版
印　　次：2024 年 11 月第 1 次印刷
ISBN 978 - 7 - 5212 - 3020 - 8
定　　价：52. 00 元

编委会名单

主　任：邱华栋

副主任：彭学明　黄国辉

编　委：赵兴红　郑　函

以民族的情意，打造文学的星辰

——"中国少数民族文学之星"丛书总序

邱华栋　彭学明

"铸牢中华民族共同体意识——中国少数民族文学之星"丛书是中国作家协会少数民族文学发展工程的项目之一，于 2018 年开始实施，由中国作家协会创作联络部具体组织落实。出版这套丛书的初衷，是在少数民族文学创作领域贯彻落实习近平文化思想，不断夯实铸牢中华民族共同体意识的文学责任，培养少数民族文学中青年作家，打造少数民族文学精品，为那些已经在少数民族文学界和全国文学界成绩斐然、广有影响的少数民族中青年作家再助一力，再送一程，从而把少数民族文学最优秀的中青年作家集结在一起，以最整齐的队伍、最有力的步伐、最亮丽的身影，走向文学的新高地，迈向文学的高峰，让少数民族文学的星空星光灿烂，少数民族文学的长河奔流不息。以文学的初心，繁荣民族的事业；以民族的情意，打造文学的星辰。

入选"中国少数民族文学之星"丛书的作家，必须是年龄在 50 岁以下的、在少数民族文学界和全国文学界广有影响的少数民族作家。不管是否出版过文学书籍，只要其作品经过本人申请申报、各团体会员单位推荐报送、专家评审论证和中国作协书记处审批而入选的，中国作协将在出版前为其召开改稿会，请专家为其作品望闻问切，以修改作品存在的不足，减少作品出版后无法弥补的遗憾。待其作品修改好后，由中国作协统一安排出版，并进行广泛的宣传推广。

中国是一个多民族的大家庭。每一个民族都沐浴着党的民族政策的光辉、感受着党的民族政策的温暖，都在党的民族政策关怀下，蓬勃发展，欣欣向荣。在这个伟大的新时代，我们正创造着中华民族的新辉煌。每一个民族的发展与巨变，每一个民族的气象与品质，都给我们提供了生生不息的创作源泉。我们每一个民族作家，都应该以一种民族自豪感，去拥抱我们的民族；以一种民族责任感，为我们的民族奉献。用崇高的文学理想，去书写民族的幸福与荣光、讴歌民族的伟大与高尚，以文学的民族情怀，去观照民族的人心与人生、传递民族的精神与力量。

我们期待每一位少数民族作家，都能够到火热的生活中去，到广大的人民中去，立心，扎根，有为，为初心千回百转，为文学千锤百炼，写出拿得出、立得住、走得远、留得下的文学精品。不负时代。不负民族。不负使命。

目 录

〜〜

序

舟正万

　　十余年前听士光老师聊天，说文学的生门将转移到西部。他说的是贵州。黔西北诗歌创作一直很活跃，我以为他说的是毕节。几年前，陪《花城》老主编田瑛去水城避暑，众兄弟热情接待，才知道西部所指应该是六盘水。最近几年，王刚、熊生庆、陆先平等西部作家有大量作品在省内外发表，显的生生不息的气象有目共睹。

　　王刚谦逊、腼腆、低调。第一次见面，我大言不惭地说，今后有小说我可以帮你推荐，他嘿嘿一笑：谢谢谢谢，现在用不着，现在还写得不好，等写好了再请老师帮忙。人生第一次主动提出推荐被拒，不尴尬，被这份定力感动。第二年再去，他说这次有一个，你看要得不。中篇小说《铁匠铺的哑巴》，我看后推荐给《解放军文艺》主编文清丽。2021年8月10号给清丽，清丽8月13号回复：正万，推荐的小说不错，拟留用。从未有过这么快待遇，为清丽敬业感动，为王刚出手不凡激动。

　　王刚的小说基于水城这块起伏特别大的土地，高山耸立，最高海拔两千八百六十五米，最低六百三十一米。水城是避暑之都，夏季平均气温十九点七摄氏度，让人误以为整个水城在高原之上。其实山高谷深沟壑纵横才是它的真面目。王刚老家那个巨大的天坑，跳下去，有可能从地球的另一面钻出来。贯穿水城全境的毛虫河，将高原切开一条口，走到这条口的底部，像到了广东，气温高，站着不动也会大汗淋漓，蜻蜓和知了个头都比河谷之上的大，到处是榕树、杨树、水青冈、栎树、桦树、朴树等阔叶树种。而海拔两千多米的高山湖泊，烈日之下凉得浸骨。冰火两重天，在水城只要两个小时车程就能体会到。

在这里生活极其不易，不身临其境，不知道有多么不易。在交通不发达的时代全靠两条腿，无论往哪个方向走，三五个小时是常事。这是怀着希望的绝望，是咬牙坚持的苦难。在中篇小说《为你种一棵树》中，王刚以一种极端的方式讲述了这种不易。是啊，他写的是虚构的虎山，不是贵州水城。地雷是故事构成最重要的角色，其他（人与环境）和王刚老家那座叫吴王山的大山没任何区别。地理上巨大的反差让王刚的小说伸缩自如，冷静中有按捺不住的热情，对人性的追问是和解。《为你种一棵树》这部小说中，退伍军人陈铁军排雷不单单是为了给儿子小武复仇，当他开始排雷，开始栽树，心头按捺不住的热情让他不顾危险一直排下去。而当他栽下的树活过来，和解的情愫在他心头萌发，"上山排雷之前，他只知道人的痛苦。上山之后，他终于明白，这山上的泥土、石头、树木、野草、飞鸟、走兽、虫子，无不痛彻心扉"。"烈日之下，一棵棵树精神抖擞，英气勃勃。陈铁军说，有了这些树，虎山再也看不见伤痕，算是真正痊愈了。"这既是写作者借小说人物说出自己的想法，某种意义上，也是作家一个人的一厢情愿。他没有赞扬苦难，也不认为人的高尚需要苦难来映衬，而是无可奈何之下，必须活出一点点人的尊严。

这种无可奈何在《入戏》里表现更充分、更细腻、更现实也更真实，更残酷也更不可救药。悲催的陈文最后寄希望于刺梨汁生产。这能给他带来希望？作者一开始就已经给出答案："变化还是有的，如某棵树枯死了，只剩下一截树桩；公路铺了沙子，比原来平坦了许多；某幢木房没了，取而代之的是一幢小洋楼……可这些有什么意思呢？"陈文的未来，是学好傩戏，成为傩师，"摘下面具是人，戴上面具是神"。并非陈文如此，你我皆如此。人有病，天知否？王刚写出了当下某些死结，就小说的意义而言，是把现实掀开来，让读者自己去品评，这相当于正面回答了什么是"文学之用"。

生存再艰难，人也需要找到自己精神的故乡。《水下乐队》里的卢凤秀、王世龙用生命去追寻。人只要活着，就会发现回不去的地方越来越多。物理上的故乡和精神上的故乡不是被遮蔽就是因为某个原因消失。

王刚这部集子集中了七部中篇，其中六部出现"瘸子"。《为你种一棵树》中的陈铁军，《入戏》里的左德方，《水下乐队》里的卢如海，《凤凰路》里的王天平，《铁匠铺的哑巴》里的刀子，《拯救穿山甲》里的郭少文。

瘸子的寓意主要是尴尬和艰难。在梦境中出现瘸子，据说意味着陷入困境却又不知道向人求助。《周易》六十四卦里，有二十八卦互为综卦。把一卦颠倒过来，形成另外一卦，新变出来的卦叫综卦。其中第十四个综卦是蹇与解。蹇是瘸子，比喻艰难，解是杀牛食肉，寓意一起吃饭，化解隔阂，解决问题。蹇与解的意思是艰难将逐步排除。

瘸子还有"一步登天，瘸子下山"的谚语，形容急功近利会跌得很惨。而生活中最可怕的事情，是猛踹瘸子那条好腿。

不敢瞎猜王刚设置瘸子这个形象的意图以及何以反复进入到他的叙事中。每个人都是残疾人，这毋庸置疑。甚至可以说，每个人都是跛着脚在走路，因为生活不可能平整。反过来说，不平整的道路，反而能够弥补我们一条腿长一条腿短的缺陷。不是总有人自以为是抑或语重心长地告诫：要学会用两条腿走路。这不等于说，你原本只有一条腿？不管王刚有意无意，都带出一种深刻。

王刚擅长构建情节，故事跌宕起伏，语言干净利落，小说呈现出西部特有的苍劲雄浑，能紧紧抓住读者。在读图时代，这是非常重要的能力。既然生门已转，那就好好把握，笔翰如流，佳作迭出。

铁匠铺的哑巴

一

父亲说，那晚的大雨下了整整一夜。天麻麻亮，雨小了许多，炸雷仍在头顶轰隆滚过。父亲踩着滴滴答答的雨声，摸出房门，站在屋檐下撒尿。他惊讶地看见，不远处的铁匠铺火光熊熊，两个黑色的人坐在炉火边，古铜色的脸庞在朦胧的晨曦中忽闪忽闪。他们的衣服湿淋淋的，在炉火的烘烤下雾气弥漫，散发出浓烈的汗臭，还有刺鼻的血腥味。

两个黑衣人，一个是我的祖父王打铁，另一个父亲从未见过。在父亲看来，我祖父在那个早上充满了难以言说的神秘。他不止一次强调，穿黑衣的祖父像只秃鹰，敛着翅膀坐在火炉边，眼睛闪耀着一种怪异的光芒。另一个黑衣人坐在祖父的对面，怀里抱着祖父用了多年的水烟筒，扑哧扑哧吸烟，吐出一阵烟雾。他看上去极瘦，佝偻着背脊，像个大烟鬼。脑袋戴着黑色的毡帽，帽檐下露出半截尖刀似的瘦脸。他拉紧外衣，像一只瘦骨嶙峋的乌鸦，在雷声中直打哆嗦。我祖父从火炉中掏出几个土豆，捡起一个，擦去焦皮，露出白黄色的肉身，递到他的手里。他看了祖父一眼，大口大口吃了起来。

那时候，我父亲只有八岁，正是对什么都充满好奇的年龄。他看着两个黑衣人，忘记了头顶轰隆的雷声，也忘记了淅沥的雨点。他们不说话，或看看对方，或点点头，或摇摇头，或比画比画手势。在父亲看来，他们在用一种神秘的语言进行交流。那个早上，父亲第一次觉得祖父高深莫测，像极了法力无边的巫师。而坐在他面前的陌生人，浑身散发出一种诡异的不祥的气息。有那么一瞬间，父亲觉得陌生人不是人类，而是从坟地里钻出的孤魂野鬼。可以想象，祖父与一只鬼待在一起，坐在水汽茂盛的晨光中，对着熊熊燃烧的火炉，就像一只秃鹰与一只乌鸦，那画面是多么让人费解啊。

雨停了，雷声远去，炉火渐渐暗淡。祖父走到父亲的面前，摸了摸他的脑袋。父亲抬起头，哆嗦着喊了声爹。祖父牵起他的手，走进了铁匠铺。黑衣汉子垂着脑袋，呆呆地对着炉火。祖父咳了一声，他回过神来，抬眼看了看父亲。那一刻，父亲看见了他凹陷的眼眶，以及两口深井中倏然而逝的闪电。

祖父冲他比了个手势，笑笑说，我儿子，王大成。

汉子咧开嘴，露出焦黄的大门牙，冲父亲笑了笑。父亲吓了一跳，他从没想过，一个人的笑容会如此怪异。汉子伸手在衣袋里摸了一会儿，掏出一支钢笔，递给父亲。父亲往祖父身后缩，不敢接笔。汉子发出呜哇呜哇的声音，不停地比画手势。

祖父接过笔，塞给父亲说，这是刀子叔叔送你的，拿着吧。

那是一支蓝色外壳的钢笔，在火光中银光闪烁。我父亲胆战心惊地接过钢笔，看了好一会儿，又小心翼翼地摸了摸，生怕它长翅膀飞走了。

汉子笑了一下，举起手，比画了几个手势。

刀子叔叔的意思，让你好好读书，用这笔写字写文章。祖父解释说。

我父亲赶紧点头，把笔揣进兜里，走出了铁匠铺。

吃饭的时候，祖父对黑衣汉子作了介绍。祖父说，汉子名叫刀子，是他的一个远房表弟，住在很远的地方。刀子命苦，是个哑巴，左脚有残疾，行走不太方便。刀子的父母相继患病离世，把刀子一个人扔在世上。祖父的意思，把刀子带过来，主要有两个考虑：一是让他学点手艺，有个落脚之处；二是铁匠铺人手紧，让他帮忙干点活。

祖父说这番话的时候，刀子只顾埋头吞饭，父亲只顾赏玩钢笔。祖母用筷子敲了一下桌子，陡然站起身，指着刀子说，你的意思，要让他长住？

少啰唆，你给老子坐下。祖父瞪了祖母一眼。

祖母的眼泪哗啦涌出来，哽咽说，王打铁，你还让人活不？

祖父举起拳头，沉声说，这个家，老子说了算。

祖母以手掩面，转身跑出门去。不过，这好像没有引起大家的注意。自始至终，刀子一直埋头扒饭，这场争吵似乎与他没有半毛钱关系。父亲呢，反复玩弄那支钢笔，拔开笔盖，插上，再拔开，再插上。他突发奇想，试着在手腕上画了一支枪。后来的岁月里，他视钢笔若宝贝，一直带在身边。直到多年之后，他响应上级的号召，把钢笔捐给了盘县革命博物馆。

就这样，刀子在我们家住了下来。在父亲的讲述中，我大致能够想象老房子的样子。那是一幢典型的南方地区的瓦房，左右各两间，中间是堂屋，前面是厅口。左前间为厨房，左后间是祖父祖母的卧室。右前间是父亲的卧室，右后间摆放杂物。祖父忙活了半天，把杂物该搬的搬，该规整的规整。刀子本想帮忙，却被祖父推到一边，叫他不要添乱。他太虚了，像一张纸片，一阵风就能吹走。不只如此，他还瘸了条腿，走路一歪一拐的。

祖母背上背篓，迎着隐约的雷声，走向湿淋淋的田野。有句话说得好，眼不见心不烦。她丢下祖父、刀子和我的父亲，任由他们瞎折腾。傍晚，当她背着猪菜回到家，杂物间已经成了刀子的卧室。屋里光线不好，看上去昏黑一片。祖父对着刀子打手势，比了一条蛇，又比了一个洞。刀子发出呜哇呜哇的声音，指了指自己，又指了指屋子。

就这样，刀子成了杂物间的主人。用祖父的话说，刀子是一条蛇，杂物间是他的洞穴。他躲在黑暗中，就像蛇蜷成一团，藏在洞穴的最深处。

那时候，谁也没有想到，刀子将在杂物间盘踞十五年之久。

二

在刀子到来之前，祖父有过一些怪异的表现，只是没引起注意罢了。

父亲说，那是 1934 年，年成不好，天灾人祸，兵匪横行，干旱洪涝，饿殍遍野，千里无鸡鸣，白骨露于野。那个乱糟糟的年代，随时有人杀人，随时有人被杀，人命比野草卑贱，比蚂蚁不值一提。大年底，天气奇寒，北风呼啸，鹅毛大雪飘飘洒洒。这种鬼天气，保安团安庆吾的兵丁居然不待在窝里，而是到处乱窜。他们说赤匪就要来了，要求各家各户做好准备。在他们的描述中，赤匪红头发绿眉毛，个个三头六臂，会飞檐会走壁，来无影去无踪。最可怕的是，赤匪还会挖小孩心肝，抢黄花大闺女，喝人血吃人肉，用人的耳朵心肝下酒。人们看着兵丁窜来跳去的身影，听着此起彼伏的叫声，陷入了恐慌的巨大漩涡。

不过，也有人对此表示怀疑，最突出的代表当数我的祖父。在父亲的描述中，我祖父个子高大，黑红脸，招风耳，阔嘴巴，鹰钩鼻，头发浓密粗硬，背脊挺直如松，走路嗖嗖带风。他长年打铁，练就了一身疙瘩肌肉，像一条条粗大的钢筋铁索。稍一使劲，发出铿锵鸣叫之声。自从接手了祖上传下来的铁匠铺，祖父苦心钻研，很快成了方圆百里的打铁高手。无论锸、锄、镢、镰、犁，还是斧、锹、耙、刀、剑，他都拿得起，搞得定。一句话，买主要什么，他就能做什么；买主要做成什么样子，他就做成什么样子。小小的铁匠铺里，经常可见祖父赤臂挥锤的身影。每到赶集天，他背着装满铁器的背篼，去集市摆摊子。他一个集市一个集市往下赶，直到把铁器销售完毕，这才打道回府。由于长期在外面混，祖父身上有一种江湖习气，也比一般人有眼界、有辨识、有主张。对于赤匪这件事，祖父认为纯属胡说八道，赤匪也是人，也是爹娘老子生的，也吃五谷杂粮，也会生老病死，也是一颗脑袋两条腿，两只眼睛一张嘴，有什么可怕的呢？

乌鸦越来越多，遮住了太阳，遮住了天空。人们把牛马牲畜赶到山上，把粮食藏入洞穴，随时准备逃命。祖父却一笑置之，或挥动锤子打铁，或背着背篼赶集。生意越来越难做了，为了把东西卖出去，他不得不走向更远的地方。1934年年底，祖父沿河而上，冒着大雪去了猫场。刚摆好摊子，就看见一支人马沿着蜿蜒的山路走来。他们穿着灰色军装，戴着红五星八角帽，背着枪挎着刀，涌进了猫场。不一会儿工夫，灰色覆盖了白色，淹没了集市。听人说，这些人就是所谓的"赤匪"。赤匪操着乱七八糟的外地口音，与老乡们聊天、打探消息、购买物品。有个十七八岁的小赤匪，蹲在祖父的摊位前，与祖父聊了半天，夸他的手艺好，还买了一把菜刀一把砍刀。小赤匪告诉祖父，他们是红军，是穷人的队伍，打土豪分田地，不拿群众一针一线。祖父似懂非懂，不停地点头称是。小赤匪临走时，指着前方告诉祖父，他们要飞过乌江，去遵义过大年。

1935年的第一天，村子上空传来了激烈的枪炮声。天太冷了，不时有乌鸦从空中噼噼啪啪砸下来，仿佛一颗颗坚硬的石头。各种消息到处乱飞，白岩寨乱成一锅粥。听人说，赤匪强渡乌江，与王家烈的军队发生了枪战。我祖父说，错了，不是赤匪，是红军。

有人边跑边喊，说大事不妙了，乌江正在变红。祖父抬腿就走，却被祖母一把拽住，叫他安分点，不要乱跑。祖父抓起一把锄头，咆哮说，我去挖地，行了吧。

祖父跑出村子，跑过山峦，跑进峡谷，跑向那片苦荞地。他陡然收住脚步，不禁目瞪口呆。整条江鲜红逼人，发出惊天动地的声响。黑压压的燕子尖叫着，从野猫洞仓皇飞出，拼命逃窜，挤满了峡谷上空，像一条黑色河流。两条河流一上一下，一黑一红，形成了百年罕见的奇观。

祖父天黑透才从江边回来。他浑身哆嗦，嘴唇发抖，说话结结巴巴。我祖母给他端来热菜热饭，他只看了一眼，翻江倒海吐了起来。

第二天早上，枪声变得稀疏，好半天才来一下。渐渐地，枪声越来越远，越来越弱，还没有鞭炮响。再后来，枪炮声完全停息，天地陷入死一般的寂静。就连聒噪的乌鸦，也收敛翅膀，坐在岩石上或树枝上，鸦雀无声。只有风咳嗽着，从江边跌跌撞撞地走来。血腥味越堆越厚，压在寨子上空，成为浓黑的云。

祖父吃过饭，背上水壶，带上几个馒头，扛起锄头走出家门。祖母拦住他，叫他不要乱跑，怕遇上扛枪的二杆子。祖父脸色铁黑，一把推开祖母，大步朝乌江走去。

三

离住房不远，有一条小溪。溪边站着一株大樟树，形如巨伞。铁匠铺卧在伞下，青瓦盖，木柱子，三面竹栅栏，一面是门。铺子不高，大概两米五；也不大，二十平左右。正中垒着一盘方形炉子，炉子旁躺着一具圆形大风箱。炉子的前方，杵着一根半人高的木墩，顶端装了个铁砧子。离木墩不远，摆放着铁锤、铁钳、铁剪、錾子、铁锉等工具，秩序井然，层次分明。靠墙站着一排架子，摆满了犁、耙、锄、镐、镰、斧、铁锹、菜刀、铁勺、马掌等铁制品。听说，铁匠铺是从祖父的祖父传下来的，一直传到祖父的手里。

铁匠行有一句话，打铁必须自身硬。能够玩锤的，都是硬汉子，响当当的人尖儿。这个"硬"该如何体现呢？按祖父的说法，手要长，腿要粗，力气要大，骨骼要硬。打铁匠只有比钢铁还硬，才能将铁块玩弄于股掌之中。我祖父拉开衣服，指着硬邦邦的肌肉，虎着脸对刀子说，什么叫"硬"？这就叫"硬"。

刀子呢，一点也不硬。他实在太瘦，习惯佝偻着背脊，看上去挺"软"。个子倒是挺高，但缺乏精气神，骨架是散的，肉皮是松的。在祖父的指点下，他费了半天劲，终于颤巍巍地把大锤举起来。结果呢，锤子还没举到最高点，身体却左右摇晃，铁锤也随之晃动。祖父丢开铁钳，赶紧跳到一边。咚的一声，铁锤偏离铁砧，直接落到地板上，砸出一个坑。要是祖父没有及时跳开，那铁锤恰好落到他的脚板所踩的位置。祖父火冒三丈，冲刀子大声叫嚷，命他练习蹲马步、站桩、举重、跑步，尽快"硬起来"。刀子从不辩解，从不反抗，他是一个乖学徒，按照祖父的要求，天天早起晚睡，苦练基本功。不止一个晚上，父亲爬起来撒尿，看见他站在月光中，高高举起铁锤，一下又一下敲击大地。

短短一个多月，刀子像变了个人。他依然瘦，但腰杆挺起来了，脸上有了光彩，眼睛闪闪发亮。走路虽然一跳一跳的，但速度极快，嗖嗖生风。这时候的刀子，眉目清秀俊朗，宽额头浓眉毛，高鼻梁瓜子脸，完全是一条极富魅力的年轻汉子。可惜的是，他仍戴着那顶丑陋的旧毡帽。祖父解释说，刀子有偏头痛，只要受一点冷风，脑袋就会往死里疼。不过，不管怎么说，刀子毕竟越来越硬，这是一件大好事。

　　出乎所有人的意料，硬起来的刀子竟是个极有天分的铁匠。有句话说得好，外行看热闹，内行看门道。要成为一个好铁匠，光有一身蛮力是远远不够的。打铁不只是体力活，还是脑力活。不干一行，不知一行的难，打铁也是如此。一件看似简单的器具，得经过多少程序？要做出一件称心如意的产品，得花费多少心血？比如选材，什么材料打制什么铁器，要能作出恰当的判断，做到省力省时省料。又如烧料，该如何判断火候，这个没有固定的标准，主要靠个人感觉。再如锻打，对力量掌控极为讲究，这不仅关乎铁器的形状质地，还直接影响一个铁匠的战斗力。除此之外，还有不少需要注意的问题，比如淬火、切割、修剪、打磨等，每个环节各有奥妙，而奥妙只可意会不能言传。谁也没有想到，刀子只用了个把月的时间，就谙熟了其中奥妙。他打制的铁器，外形美观，质地优良，让人赞不绝口。我祖父说，许多铁匠干了一辈子，还比不上刀子一根小拇指。

　　刀子不只手艺好，还舍得下力气。一个个炎热的日子，铁匠铺烈火熊熊，闷热如同砖窑。祖父和刀子一个魁梧，一个瘦长，裸着膀子，挥动铁锤，溅起星星点点的火花。我祖父一手握铁钳，夹起滚烫的鲜红的铁块，放在铁砧上；另一手挥动小锤，敲击铁块。刀子抡大锤，祖父敲哪里，他就跟到哪里。小锤大锤的声音一轻一重、一细一粗、一尖一浊，节奏鲜明，仿佛二重唱。飞溅的火花中，映出两张古铜色的脸，线条坚毅，熠熠生辉。伴随着咣当咣当的打铁声，坚硬的铁块如同软泥，被弄成了方的圆的长的尖的扁的形状。

　　有时候，我祖父要跟刀子换锤，但刀子死活不肯。祖父说大锤重，怕他吃不消。刀子比画手势，说不用换，大锤很轻，像棉花。我祖父说，歇一歇。刀子继续比手势，说骨头生锈了，多干点活好。祖父问他是不是铁打的，为什么不会累。刀子的嘴角形成两个括弧，比画说，烧过的铁块是豆腐，吹口气就会碎。祖父指了指他的裆下，问他瘦得只剩排骨，是不是很硬？刀子点点头，指了指铁块，意思是比铁块还硬。

他们打铁的时候，经常用手势或眼神对话。不得不说，我祖父是个绝顶聪明的人，很快学会了与哑巴打交道的动作。人们从铁匠铺经过，几乎很少听到说话的声音。当然，这是假象。真实的情况是，祖父和刀子用手势热烈交谈，畅通无阻。在父亲的眼中，那是一种神秘的语言，外人根本无法走进去。

而在人们的眼中，他们就是两个哑巴。

四

一夜之间，各种传言如乌鸦乱叫乱飞。有的说，双枪兵（王家烈的军队）在乌江对岸竖起大炮，对赤匪狂轰滥炸，赤匪死的死伤的伤，大多葬身于鱼腹；有的说，赤匪吃了大亏，肯定要进行报复，抓壮丁，抢女人，烧房子；有的说，白军打仗耗费了银子，肯定要把这笔账算到老百姓身上，加租加税，搞摊派，剪羊毛，敲骨吸髓；有的说，赤匪的形势不妙，前有堵截后有追兵，钻进了黔军撒下的大网；还有的说，赤匪身穿盔甲，骑着水马，一夜之间渡过乌江，化装进入了遵义城……

白岩寨陷入了前所未有的恐慌，人们置身于大雾之中，搞不清东西南北。老人吩咐晚辈，安安分分躲在家里，哪里也不去。女人嘱咐男人，管好腿，千万别出去惹事。大人叮嘱小孩，不要疯跑，不要爬树，不要哭闹，不要叫嚷。男人命令女人，穿上破衣烂衫，往脸上涂上锅灰。家家关门闭户，喧闹的村庄一下子安静下来，几乎看不见一个人影。偶尔有一两条狗耷拉着脑袋，拖着尾巴，缓缓走在路上。乌鸦们也安静了，一动不动地站在房顶上、树枝上、石头上，凝视着空旷的村庄。

祖父提起锄头，挎上水壶，带上一包干粮，要去河边挖地。祖母拦住他，叫他不要出去触霉头。祖父说，他们打他们的仗，我挖我的地，井水不犯河水，有什么可怕的。祖母说，这年头，有什么道理可讲？不怕一万，就怕万一。祖父没好气地说，开春了，该挖地了。祖母哀求说，惹不起躲得起，等风头过了，再去也不迟。祖父一把推开祖母，甩开长腿跨出家门。祖母扶着门框，看着他魁梧的身影背负血红的日头，走向荒凉的山峦。

苦荞地仰面躺在乌江边，看去像一条长带子。地不大，顶多两亩。土层薄，像一层瘦肉附在骨头上。祖父在地里种过玉米、土豆、高粱、白菜等，几乎没什么收成。后来，他意外发现这地方适合种植苦荞。苦荞这东西命贱，种下后不用操心，可以任其自生自长自熟。播种之后，回去待上一段时间，当你返回峡谷，河岸已是葱茏一片。再过一段时间，当你再次来到峡谷，吃惊地看见苦荞已经开花了，明艳艳一片白。再过一段时间，当你走进峡谷，眼前已是苍黄一片。这时候，就可以收割苦荞了。

值得一提的是，苦荞一年种两茬，春天一茬，秋天一茬。正如老人们所说，手里有粮心里不慌。有了苦荞，祖父底气十足，哪怕年成不好，也不会让全家老小喝西北风。顺便提一句，刀子来到我们家，几乎天天吃荞麦饭，或者荞麦饼，或者苦荞糊糊。可以说，正是这块地生产的苦荞，让刀子恢复了生机活力，成就了打铁铺里的天才铁匠。

江水呜呜咽咽，腥味扑面而来。祖父走进地里，挂着锄头，杵在江岸。芦苇低垂，随风瑟瑟抖动。头顶传来燕子的嘶鸣，祖父仰起脸，看见几只燕子从野猫洞嗖嗖飞出，一闪而过。洞口乌黑，挂在银白的石崖下，正对着奔腾的乌江。有一条若隐若现的小路，蛛丝般随风晃动，从崖下弯弯曲曲地牵到洞边。

祖父举起锄头，开始挖地。日头挂在崖顶，照着他赤裸的膀子，闪烁出铜色光芒。他高举锄头，朝日头扬了扬，停顿一会儿，再缓缓落下，杀入荒草覆盖的地表，前后左右挣扎搅动，摆脱草根树根的纠缠，再缓缓拔出。他表情严肃，动作缓慢，一下，一下，又一下，就像玩慢镜头。还没挖上几锄，日头骨碌碌滚落峡谷，老天咣当一声陷入黑夜。

按理，凭祖父强悍的战斗力，那条窄地算不了什么。就算祖父只用单手，也能分分钟翻个底朝天。奇怪的是，祖父挖了五六天，那块地还没有翻完。祖母颇有怨言，说祖父吃白食，磨洋工，混光阴。村里人也觉得奇怪，打趣说江边是不是有女鬼，把祖父的后腿拖住了？有人甚至堵住祖父，笑着问他，王打铁，你他妈到底是翻地，还是翻人？

有人闲得蛋疼，暗里跟踪祖父。祖父走进苦荞地，举起锄头玩慢镜头，一下，一下，又一下。他们被吓住了，认为祖父不太正常。有人说，祖父身上挂满大大小小的野鬼，或啃头，或啃脸，或掏心，或拉手。祖母害怕了，打算请师娘子（神婆）为祖父跳神、念经、捉鬼。祖父大笑，把祖母带到峡谷，当着她的面举起了锄头。他甩开膀子，快速挥动锄头，咔嚓咔嚓咔嚓，就像挥动屠刀，砍杀一头胖猪。

地翻完了，祖父仍天天往峡谷跑。每一次，他总要背上水壶，并提上一包吃的。有所不同的是，他丢下了锄头，换上了镰刀，还带上一根竹竿。祖母很不高兴，问祖父究竟想干吗？还过不过日子？祖父说他要去野猫洞采燕窝，叫祖母别瞎嚷嚷。祖母叫他千万别去，那洞实在有些古怪，会惹上不干净的东西。祖父说，怕什么，老子偏不信这个邪。

祖母拦不住祖父，只好任他瞎折腾。野猫洞里有燕窝，白岩寨的人都知道。不过，几乎没人敢踏入洞口半步，为什么呢？因为洞里死过人。几年前，村东的耍猴人候三爷去洞里采燕窝，从岩壁上跌下来，等人们找到他时，尸体已经腐烂发臭，手里握着一块燕窝。从那以后，没人再敢惦记洞里的燕窝。祖父叫祖母放心，他命硬，阎王爷不敢收。

祖父去了几次，果然采回一些燕窝。他和祖母商量，找机会把燕窝卖了，全家老小一人做一身新衣服。祖父还说，野猫洞的燕窝又大又多，但大多长在陡峭的岩壁上，采割很不方便。祖母打着哆嗦说，不，千万别爬。

祖母反复劝说祖父，采燕窝太危险了，不要再干了。祖父哪里听得进去，他决定的事情，十头牛也拉不回来。祖母能有什么招呢，只得一次次眼睁睁看着他走出去，留给她一个孤独决绝的背影。祖母一次次想象，祖父如何走进峡谷，如何爬上悬崖，如何钻进野猫洞。她仿佛看见，祖父手脚并用，壁虎一样贴着岩壁攀爬，用镰刀砍下丑陋的燕窝。有时候，她甚至看见祖父忽然失手，从岩顶砸下来，发出"啊"的惨叫。不止一次，她在梦中看见耍猴人候三爷从石缝中探出头，仰着血肉模糊的脸，瞪着充血的小眼睛，满脸凶光，龇牙咧嘴。她的心揪紧了，害怕候三爷忽然跳上去，咬住祖父的脊背，把他当替死鬼。

谁也不知道，祖父走进野猫洞的时候，会不会想起祖母？他举起镰刀，采割岩壁上的燕窝时，是否只看见乱窜的燕子，而有没有想起祖母担忧的表情？

父亲说得对，那时候的祖父就是条二杆子。他大大咧咧，冒冒失失，在祖母忧虑的眼光中走远，又踩着祖母忧伤的目光返回。

五

也许，刀子第一次碰上熊三炮，就注定了他作为软蛋的命运。

熊三炮是保安团长安庆吾的干将，拳脚功夫了得，人称三爷。他最喜欢贴在人家的墙壁上，形如壁虎，偷听偷窥。据说，他掌握着辖区每户人家的秘密，控制着每个人的命门。刀子来到白岩寨的第三天，熊三炮带着几个手下，径直闯进了铁匠铺。

据父亲回忆，那个早晨没有雨，但有风，干冷干冷的。铁匠铺炉火熊熊，映出祖父铜色的脸庞，刀子灰黄的颜容。真奇怪，炉火热气逼人，刀子却舍不得摘下帽子。祖父用铁钳夹住红铁，放在铁砧上，一边讲授打铁要领，一边敲上几锤。在祖父的指点下，刀子举起大锤，模仿祖父敲击铁块。他业务不太熟，挥锤犹犹豫豫，身体摇摇晃晃。父亲坐在旁边，握着刀子送给他的那支钢笔，一边听断断续续的打铁声，一边对着纸张比画。他的动作很轻，似乎担心把笔尖弄坏了。他已经上了几年私塾，能够认识一些字。先生要求磨墨，用毛笔书写，这让父亲觉得麻烦。拿到钢笔后，他不止一次想用钢笔写字，可惜没有墨水（笔胆里的墨水已经用完了）。他比画了半天，纸上什么也没有。祖父叫他把笔收起来，将来有机会再用。刀子却说，找机会为父亲买一瓶墨水，就可以在纸上写字了。

熊三炮提着手枪，裹着冷风闯进来。他个子不高，但极粗壮，满脸麻子，额头狭窄，眉毛短促，瞪着两粒斗鸡眼。他的身后，跟着三四条提枪的汉子。祖父看了熊三炮一眼，一边挥锤敲打铁块，一边说，三爷，什么风把你吹来了？

熊三炮抬起枪，对准刀子的额头，嚷道，停下停下。

祖父拍拍父亲的肩膀，吩咐说，大成，去告诉你娘，来客人了。

父亲收起纸笔，从熊三炮的胳肢窝钻出去，一溜烟跑了。

熊三炮哼了一声，盯住刀子说，小子，你是什么人？给老子说清楚！

刀子放下铁锤，冲熊三炮不停地鞠躬，不停地打手势。祖父紧握铁锤，眼睛一眨不眨地盯着熊三炮的枪。几个兵丁一拥而入，把刀子团团围住。熊三炮冲刀子骂道，妈的，你不会说话？祖父点点头说，三爷，他是个哑巴。

刀子用手指了指自己，发出呜里哇啦的声音。

熊三炮抓起刀子的手，皱着眉说，这小子，八成是赤匪。

祖父赔笑说，误会误会，他是我的表弟。

刀子比画手势，不停地弯腰，说着谁也听不懂的话。

祖父告诉熊三炮，刀子是哑巴，又是瘸子。刀子命不好，死了父亲，又死了母亲，孤零零一个人。他虽有一身力气，但头脑简单，啥也不会。没办法，总不能眼睁睁看着他饿死吧？他只好把刀子接过来，让他学点打铁的手艺，好歹混口饭吃。

熊三炮盯着刀子的手看了又看，说，茧子这么厚，八成玩过枪。

三爷说笑了，玩锤子还差不多。祖父笑笑。

走，走两步，老子看看。熊三炮嚷道。

刀子赔着笑脸，哆哆嗦嗦迈开步子。右脚伸出去，顿一下，左脚再拖上去；右脚再伸出去，顿一下，左脚再拖上去；如此循环反复。

熊三炮踢了刀子一下，骂道，妈的，给老子跪下。

刀子停下脚步，瞪着惊恐的眼睛，不解地望着熊三炮。

哑巴，你他妈跪下。熊三炮又踢了刀子一脚。

刀子看了祖父一眼，弯下腰，缓缓跪在熊三炮的面前。他的左脚不能拐弯，只能直直地拖在后面，像一根木头棍子。

妈的，又是一只软蛋。熊三炮哈哈大笑。

祖父赔笑说，是啊，三爷，这家伙，比稀饭还软啊。

不行，我得带他走一趟。熊三炮冷哼一声。

我祖父抓出一把铜钱，递给熊三炮说，他就是只软蛋，三爷别吓唬他。

刀子以头叩地，发出呜里哇啦的声音。他应该在求饶，求熊三炮放过他。有人说，刀子被吓坏了，尿液顺着裤管流下来，散发出刺鼻的味道。我父亲也说，熊三炮离开后，他走进铁匠铺，看见刀子垂着脑袋跪在地上。

这件事传开后，祖父被人们视为硬汉，而刀子成了"软蛋"。村里人一次次讲述刀子下跪的丑态，描述祖父手持铁锤的神勇。在他们的讲述中，那泡尿的臭味随风飘荡，传遍了整个村子。我祖母也忍不住说，丢死人了，还是不是男人？

久而久之，无论大人小孩，都把刀子视为窝囊废。随便一个人站出来，也敢戳他的脊梁骨，对他呼来唤去。刀子从不顶嘴，点头哈腰，不停地傻笑。人们把刀子称为豆腐、尿货、蔫人、软蛋。只有祖母的哑巴堂妹麦子，自始至终站在刀子这一边，把刀子视为神一样的存在。别人看刀子的目光，往往是俯视。刀子那么大的个子，硬生生被看成侏儒。祖父看刀子的眼光，是平视。这很正常，他们个子一样高，都是打铁高手。而麦子看刀子的目光，是仰视。她不敢直视他的眼睛，只敢偷偷瞄他，脸上红云飘动。在她看来，刀子顶天立地，无人能及。

人们说，麦子对刀子有点那种意思。每次看见有人欺负刀子，麦子就会冲上去，又叫又踢又咬。有人说，麦子就是一只母兽，谁敢欺负刀子，她准会撕下谁的一块肉。

村里有个瘟三，平时喜欢搞恶作剧。有一次，他故意当着麦子的面，命令刀子从他裆下钻过去。麦子发飙了，冲他龇牙咧嘴，发出吓人的咆哮。他嬉皮笑脸，扯着嗓子叫"软蛋"。麦子扑上去，张嘴咬住他的手臂，吐出一口鲜血。瘟三被麦子的疯劲吓怕了，推开麦子，转身就跑。麦子边追边叫，鲜血滴答滴答。有人说，麦子那模样，活脱脱一只吸血鬼。从那以后，再也没有人敢当着麦子的面欺负刀子了。

有人开玩笑说，这个麦子，真把刀子当自家男人了。

有人附和说，两个哑巴，也算绝配。

六

风声越来越紧，不时有炮声从头顶滚过。据说，白军如铺天盖地的蝗虫，气势汹汹地扑向遵义城，要包红军的饺子。保安团也闻风而动，四下搜查失散的红军。兵丁们贴出悬赏告示，进村入寨，盘问行人，连一只蚊子也不放过。

一个日头昏黄的下午，熊三炮带着兵丁，押着一个衣衫褴褛的少年，走进了白岩寨。少年干瘦，羸弱，眼眶凹陷，耷拉着脑袋。听人说，他是个小红军，由于伤口发炎灌脓，只得躲在天门寨养伤。收留小红军的人家姓丁，人称丁大爷，是个石匠。丁大爷把小红军藏在地窖里，天天为他清洗伤口，换草药，熬稀粥。虽然丁大爷小心翼翼，但这事还是被天门的保长知道了。保长把这事捅给熊三炮，拿到了十个大洋。熊三炮打开地窖，将小红军从洞里揪出来。丁大爷上前拦阻，被熊三炮一枪托砸在脑门上。为了震慑民众，熊三炮拖着小红军，跑遍了附近的村子。最后一站，他们来到了白岩寨，打算演一场杀鸡给猴看的好戏。

兵丁挨家挨户打门，见鸡抓鸡，见狗敲狗，见人骂人。一时间，村里鸡飞狗跳，人影晃动，乱成一团。兵丁挥舞刀枪，又是骂又是吼，把人们赶到一片空地上。空地中央竖着一根木杆，木杆上绑着一个干瘦的少年。少年浑身乌黑，歪着脑袋，闭着眼睛，一动不动。熊三炮踢了他一脚，他陡然睁开眼，张嘴射出一口痰。熊三炮躲闪不及，被痰射中额头，又从额头滑落。熊三炮气坏了，他举起枪托，朝少年的脑袋连砸了几下。少年闷哼一声，脑袋一歪，昏死过去。

村里人肃然而立，不敢说话，不敢走动，不敢咳嗽。熊三炮一声吆喝，兵丁拽动绳索，发出嘎吱嘎吱的响声。少年慢慢向上移动，慢慢升到柱子顶端，弓着脊背，垂着脑袋，垂着手臂，垂着双腿。一阵寒风吹过，他单薄的身子晃来晃去，像一只倒挂的大鸟。

熊三炮发表训话，警告任何人不得勾结赤匪，若谁敢窝藏赤匪，一旦查明，该砍头砍头，该枪毙枪毙，绝不姑息。对于那些协助抓捕赤匪的良民，政府将重金奖励：一颗人头五个大洋。熊三炮举起枪，逐一指点面前的脑袋，厉声说，给老子听好了，别他妈耍花招，老子的枪不是吃素的。

训话完毕，几个兵丁举起枪，瞄准树干上的少年。少年瞪着充血的眼睛，握紧拳头，使劲蹬腿，冲兵丁大骂。熊三炮冷冷一笑，举手挥了一下，骂道，你他妈去死吧。兵丁们拉动枪栓，尖厉的枪响划破了天空。

少年抖动几下，鲜血骤然喷出，像下了一场雨。

熊三炮指着破破烂烂的尸体说，不听招呼，这就是下场。

人们噤若寒蝉，看着熊三炮带着兵丁走出村子，谁也没说一句话。少年挂在柱子上，随风摇来摇去。鲜血滴答滴答砸落地面，让人心惊肉跳。

从那天起，再没有人看见祖父去过峡谷。父亲认为，作为一名闯荡江湖的铁匠，祖父敏锐地嗅到了熊三炮身上的杀气。于是，他决定跟其他人一样，做个大门不出二门不迈的良民。祖母终于松了一口气，她跪在神龛前祈祷，求观音菩萨保佑赐福。

几天后的一个深夜，父亲从梦中惊醒，听到了一阵吵闹声。声音压得低，时断时续，听不分明。父亲摸到门边，吵闹声却没了。过了一会儿，只听砰的一声响。父亲猫下腰，凑近门缝，看见祖父魁梧的背影走进了霜白的月光。他提着一包东西，扛着雪亮的砍刀，挎着一把水壶。他走几步，抬头看了看月亮，大步往峡谷方向走去。

接下来的几个夜晚，父亲仍然听见祖父祖母的争吵声。他们把声音压得很低，根本听不清楚。每天晚上都一样，祖母没办法留住祖父，眼睁睁地看着他走出家门。

终于在一个晚上，父亲按捺不住好奇心，决定跟踪祖父。祖父在前，影子摇晃，大步踏过月光。父亲猫腰小跑，死死咬住祖父的身影。不一会儿，祖父走出村庄，走进层叠的山峦，朝惨白的月亮走去。父亲有点害怕，觉得祖父不再是祖父，似乎变成了一只狼。砍刀在月光下闪闪发亮，如同狼尖利的牙齿。父亲不停地打哆嗦，咬紧牙关，双脚打战，战战兢兢地跟着祖父走。最后，他看见祖父朝峡谷口走去。他知道，峡谷底就是乌江。

父亲有点犹豫，不知道该不该跟上去。这时，祖父停住了脚步，将一个孤独的影子立在峡谷口。他抬头望望月亮，忽然转过身，瞪着寒光闪闪的眼睛。父亲躲在石头后面，一动也不敢动。他惊异地发现，祖父真的变成了一只狼，冲着月亮露出尖利的牙齿。

父亲一动不动，他担心祖父看见他，把他撕成碎片。

七

每逢赶集，祖父和刀子背上装满铁器的背篓，去街市摆摊。我祖父把摆摊称为"赶转转场"，意思是从一个街市赶往另一个街市。运气好的时候，也许只"转"一两场，就把东西卖光了。运气不好的时候，只得一场一场"赶"下去，"转"下去。

对于人流量比较大的街市，比如龙场、猴场、马场等，祖父一般设有打铁点。所谓打铁点，其实就是简易的铁匠铺。打铁点设在街市入口：一个砖头垒成的简易炉子，一个蓄水的土坑，一根装有铁砧的木桩。千万别小看这些打铁点，至少有三个作用：一是既可摆摊，又可打铁；二是可以展示打铁的技艺，激发观众的购买欲，现炒现卖；三是可以接一些零活，如补锅、修刀、钉马掌等。一句话，打铁点是个好东西，大大提高了经济效益。这有点类似于当下人们所说的分店，一个打铁点就是一个分店，一个分店就是一棵摇钱树。

每逢赶集日，祖父和刀子早早赶到打铁点，将铁器一溜摆开。打铁声咣当咣当，铿锵悦耳，节奏鲜明。炉火熊熊，风箱呼呼直叫，炉子里的铁块仿佛鲜红的露珠，闪烁着瑰丽蓬勃的光芒。两条汉子面色黑红，裸着膀子，一个挥小锤，一个挥大锤，发出轻重粗细抑扬顿挫的和声。众目睽睽之下，火花飞溅之中，铁块发生了神奇的变化，变成了犁铧锄头镰刀勺子铲子。

铁器明码标价，随挑随选。祖父从不叫喊，从不解释，只顾挥锤打铁。顾客没看中，他从不纠缠，顶多说声慢走。顾客选中了，他收钱找零，道一声再来。这是祖父做生意的原则，一手给钱一手交货，你情我愿互不亏欠。

虽然祖父的手艺远近闻名，但铁器生意却日渐惨淡。我父亲分析，主要是因为连年战乱，老百姓手里没钱。还有另外一个原因，老百姓死的死，伤的伤，逃的逃，谁还有心思种地？不过，虽然买铁器的人少了，但多少还有点赚头。最让祖父苦恼的是，好不容易赚得几个钱，"税卡师爷"尤少安还要收厘金，并借机"刮地皮"，实在难忍其苦。

简单提一下，尤少安五短身材，戴着金边眼镜，一双眼睛滴溜溜乱转。他拿着账本，提着算盘，随便往哪个摊子一站，噼噼啪啪敲一阵，报出一个数目，摊主就得毕恭毕敬奉上税钱。税款名目繁多，什么过街税、粑粑税、屠宰税、铺子税、刀具税等，让人眼花缭乱。老百姓说，估计除了狗屎，什么都有税。不只如此，尤少安还时不时提高收税的比例。祖父不怕打铁，不怕流汗流血，就怕看见尤少安。每次看见提着算盘拿着账本走来的尤少安，祖父就心慌气短，挥舞的锤子便会乱了节奏，丧失了准头。

对于尤少安，祖父虽恨之入骨，但面上却毕恭毕敬。县官不如现管，尤少安毕竟代表政府，违抗他就是与政府为敌。如果把他惹毛了，往上参一本，那不是找死吗？每次见到尤少安，祖父又是打招呼又是递烟。不过，尤少安不吃这一套，单照开，税照收。祖父好话说尽，他却板着包公似的黑脸，盯着祖父的钱袋。有什么办法呢？祖父只得掏钱，掏钱，还是掏钱。时间长了，祖父窝了一肚子火，想杀人的心都有了。终于有一天，祖父发飙了，对尤少安举起了铁锤。

那是一个深秋的早晨，祖父刚摆好摊子，尤少安就来了。祖父丢下铁锤，凑上前打招呼，并递给他一把烟叶。尤少安推开烟叶，噼噼啪啪敲算盘，报出一个数字。祖父愣了一下，挤出一个比哭还难看的笑容，让他少一点。尤少安板着脸说，这不是菜市场，跟老子讨价还价？祖父说刚开张，钱不够。尤少安厉声呵斥，你他妈想抗税？是不是活腻了？

你不要，老子还不给了。祖父把钱揣进衣袋。

尤少安指着祖父，你，你，你要造反？

祖父黑脸发红，大声说，老子就是反了，你想咋办？

尤少安冷冷一笑，王打铁，你他妈真是活腻了。

祖父弯腰捡起铁锤，冲刀子点点头，示意继续打铁。刀子做了个掏钱的动作，让祖父不要顶嘴，掏钱交税完事。祖父哪里听得进去，他举起锤，猛然砸到铁块上，冲刀子大声说，少啰唆，干活。刀子愣了愣，举起锤，跟着砸下去。

王打铁，你真不交？尤少安弯腰捡起一截棍子，指着祖父。

祖父不作声，死命挥动铁锤，一下又一下砸到铁块上。刀子跟不上，只得收了锤，看着祖父跟铁块拼命。打锤声失去了节奏，又单调又刺耳。

尤少安向前跨了一步，骂道，狗杂种，你敢造反？

刀子冲尤少安鞠了一躬，又对着祖父比画掏钱的动作。

祖父充耳不闻，视若不见，只顾当当当打锤。

尤少安一棍子戳到祖父的脑门上，厉声说，狗东西，反天了。

祖父躲开棍子，猛然跳起来，对着尤少安举起锤子。千钧一发之际，刀子伸出手，一把抓住祖父的胳膊。祖父还没反应过来，锤子已经掉进刀子的手里。

尤少安吓呆了，杵在原地，一动不动。

刀子从祖父的衣袋里抓出一把钱，走到尤少安面前，深深鞠了一躬，把钱拍进他的手掌。尤少安活过来了，瞟了刀子一眼，冷哼一声，转身就走。

刀子对着他的背影，不停地鞠躬，发出呜哇呜哇的声音。

软蛋，谁让你给他钱？祖父冲刀子大吼。

刀子不吭声，弯腰捡起了铁锤。

八

天气渐冷，祖母给刀子做了一双布鞋，买了一件棉衣。

这实在让人意外。要知道，祖母原本对祖父收留刀子很有意见，对刀子一直不冷不热。在她看来，年成不好，粮食金贵，凭什么要白养一个大活人？她节衣缩食，挖空心思操持这个破家，到处是填不完的窟窿。每次看着刀子捧起饭碗，她就觉得他也是一口深不见底的窟窿，怎么填也填不满。让她郁闷的是，祖父鬼迷心窍，坚持要把刀子留下。祖父强调，打铁铺需要一个帮手，这个人不是刀子，也是别人。再说呢，刀子有悟性，舍得下力气，虽是个哑巴，却比什么人都强。祖母承认祖父说得有理，但心里就是不得劲，看见刀子就烦。

刀子这个人呢，从不会看脸色。祖母摔摔打打，横眉竖眼，指桑骂槐，旁敲侧击，冷言冷语，他却毫无反应。怎么说呢？简直就是榆木疙瘩。自从来到铁匠铺，他只知道玩命打铁，埋头做事。人们说，这小子，缺根筋。

祖母对刀子看法的改变，是在刀子抓住了祖父砸向尤少安的铁锤之后。听说这件事时，祖母先是怀疑，再是震惊，后是庆幸。她没想到，蔫头耷脑的刀子，竟然能夺下祖父的铁锤。可以想象，如果铁锤砸到尤少安的脑袋上，祖父会有怎样的下场？要是尤少安的脑袋砸破了，这个家也跟着破了。

祖母决定弄几个硬菜，请刀子吃顿好的。那是一个月光如水的夜晚，祖父和刀子赶集回来，大老远就嗅到了饭菜的香味。他们走进家门，看见饭桌上摆放着炒腊肉、炒鸡蛋、炒豆腐，还有两瓶酒。如豆的灯光中，祖母端着一碗菜豆花，笑盈盈走过来。祖父有点发愣，刀子一脸茫然，这究竟是唱哪一出？

祖母打破沉默，叫他们赶紧入座。祖父和刀子听从指挥，机械地坐到指定的位置上。祖母爽朗一笑，倒了三杯酒，对祖父说，来，我们敬刀子。

刀子摆摆手，表示先等一下。他从兜里掏出一个东西，放进父亲的手里。父亲呆了一下，丢下筷子，大叫一声：墨水。不错，那是一瓶墨水。父亲高兴坏了，绕着桌子又跑又跳。刀子举起手，比画了一个握笔的动作，又做了一个写字的动作。父亲拔开笔管，吸上墨水，铺开一张纸，写下"刀子"两个字。祖父端着酒杯，一动不动看着父亲，眼睛里流露出难得的柔情。祖母则伸长脖子，目不转睛地盯着白纸上的黑字，露出温柔的笑容，忍不住微微颤抖。

祖母端起酒，单独与刀子喝了三杯，说了许多感谢的话。祖父也和刀子喝了三杯，夸赞刀子是他见过的最好的铁匠。刀子比画手势，说要敬祖父祖母三杯，感谢哥哥嫂子赏饭吃。趁着他们喝酒说话，我父亲使劲吃菜，把肚子撑得圆圆的，敲上去咚咚响，像一面鼓。

三个大人边吃边喝，说了许多疯话。聊着聊着，祖母提起刀子的婚事，她说要为刀子说一门媳妇。祖父说，得了吧，你也会当媒婆？祖母说，没吃过猪肉，还没见过猪跑？刀子摇头，打手势说算了，没有人看得起他这样的。祖母说，你别管，人已经物色好了。祖父说，哪家姑娘？祖母笑笑说，麦子。祖父一愣，麦子？祖母说，对，麦子。

刀子没有接话，而是比画手势，把话题扯到尤少安的身上。他叫祖父小心，尤少安不会善罢甘休。祖母收起笑容，对祖父说，刀子说得不错，尤少安那条毒蛇，早晚会咬你一口。祖父一拳头砸在桌子上，大声说，让他来，老子砸破他的脑袋。刀子比画手势，叫祖父不要硬来，惹不起躲得起。祖母说，刀子说得对，低个头，让一让。

祖父瞪眼说，躲躲躲，躲到哪里去？狗日的，来一次，老子打一次。

刀子摇头，打手势叫祖父别冲动，多想想家里人。

祖母点点头，对祖父说，听刀子的，该让就让，管管你那牛脾气。

让，如何让？祖父说，逼急了，兔子也会咬人。

祖母叹息一声，对刀子说，兄弟，多管管你哥，别让他犯浑。

喝完最后一杯酒，耳边传来了鸡鸣声。我父亲趴在桌子上睡着了，口水沿嘴角流出来。祖母起身收拾碗筷。祖父和刀子走出家门，站在树林边方便。月亮已经偏西，天边露出鱼肚白。一阵风吹来，祖父打了个哆嗦，眼皮陡然跳了几下。

祖父撒了尿，让刀子先回去睡觉，他去铁匠铺看看。刀子站在月光中，对着祖父比画手势，说他不想睡，也想去铁匠铺。于是，两条修长的人影，踩着大雪般的月光，勾肩搭背走过短短的小路，弓身钻进了铁匠铺。月光从篱笆缝隙漏进来，星星点点落在炉子上、风箱上、铁墩上，照见大锤小锤、钳子铲子、镰刀犁铧、砍刀菜刀等，明暗不定。

祖父捡起铁钳，捅开炉子。刀子拉动风箱，火苗猛然蹿起，铺子里红光闪闪。祖父夹起铁料，放进炉火中央，腾起一阵火花。铁块在火中翻滚呻吟，渐渐变成晃动的金黄的硕大露珠。祖父把露珠夹出来，挥动小锤，发出当的一声。刀子的大锤立刻跟上，发出咣的一声。很快，村子上空响起了咣当咣当的敲击声。敲着敲着，天咣当一下亮了。

铁匠铺里摆满各种铁器，有几件是刚完工的，散发着火热的气息。两个铁匠不知疲倦，仍精神饱满地挥动铁锤。月亮已经落下，太阳从天边冉冉升起，大地浸泡在一摊血泊之中。祖父无意间一抬头，看见几个红色的人踏过血泊，一直走到了铁匠铺门口。打头的那个，正是熊三炮。而尾巴上的那个，是戴着金边眼镜的尤少安。

祖父满脸堆笑，迎上去说，三爷，什么风把你吹来了？

熊三炮看了看那些铁器，挥手说，这些菜刀砍刀，保安团征用了。

征用？你，你什么意思？祖父结结巴巴地问。

熊三炮一把推开祖父，大声说，搬走，全搬走。

听见吵闹声，我父亲跟着祖母跑出家门。他们站在屋檐下，惊异地看见熊三炮挥动手臂，正催促几个红色的人把菜刀砍刀往外搬。我祖父大声叫喊，试图阻拦他们，却被刀子拦腰抱住。尤少安站在边上，拿着账册，提着算盘，似笑非笑地看着祖父。

祖父挣脱刀子，抓起一把菜刀，冲向熊三炮。熊三炮连连后退，一屁股坐在地上。兵丁们哗啦拉开枪栓。祖父不管不顾，举起了菜刀。刺眼的血光中，几支枪戳到祖父面上。只要一搂扳机，祖父的脑袋就会砰然破碎。

刀子一闪身冲上去，抓住了祖父的手臂。只听咔嚓一声，祖父的两只手臂像折断的树枝，晃悠悠垂下来。当的一声，菜刀掉落地上。

祖父愣住了。他看着两只无力的手臂，露出不可思议的表情。

刀子上前一步，扶起熊三炮，扑通跪在他的面前，来回比画手势。熊三炮冷冷一笑，抽了祖父一耳光，带着手下，抬上铁器，扬长而去。

祖母如梦初醒，冲进铁匠铺，抱住祖父，哇的一声哭了。

刀子抓住祖父的手臂，上下左右摇，忽然使劲一拉，咔嚓一声响。祖父抬抬手，感觉力量又回来了。他瞪眼看着刀子，一脸不可思议。

父亲目睹了这一幕，吃惊地张大了嘴巴。

九

春寒料峭，光秃秃的树木站在风中，发出窸窣的声响。有几个人缩着脑袋走在路上，裹着黏稠的烟雾。一只狗拖着尾巴，低垂头颅，无声无息。在那个灰暗的早晨，一身红衣的麦子扛着锄头，踩着大雾走进了村子。

麦子是祖母捎口信叫来的。祖母说，开春了，人手不够，让麦子过来帮忙挖地。在我父亲看来，这不过是一个拙劣的借口。河边那一溜窄地，够祖父折腾多久？除了祖父，还有天才铁匠刀子呢，他使惯铁锤的双手也不是吃素的。

祖父提起锄头，准备去河边。祖母拦住他，夺过锄头，指了指铁匠铺。祖父叫祖母少啰唆，把锄头给他。祖母看了看麦子，又看了看刀子。祖父还是没弄懂她的意思，大声说，你想干什么？祖母以不容辩驳的口气说，你留下，让刀子和麦子去。

刀子在前，麦子在后，扛着锄头，踩着大雾走过村庄。他们一边走，一边比画手势，发出呜呜啊啊的声音。那个雾气浓重的早晨，刀子麦子就这样穿过大雾，走出人们的视野，走过层叠的山峦，走进阴森的峡谷，走向狭长的苦荞地。

没几天，刀子和麦子就把地翻完了。新翻的泥土又细又软，散发出好闻的气息。土地平整好后，祖父打算亲自跑一趟峡谷，播撒苦荞种子。祖母拦住他，叫他该干啥干啥，不要狗拿耗子。祖母拿出苦荞种子，郑重其事地交给刀子和麦子。就这样，刀子在前，麦子在后，提着装种子的布袋，走出村庄，走过山峦，走进峡谷，走向乌江。

两个哑巴除了干活，还会干些什么呢？有人说看见刀子站在江岸，对着乌江发呆；而麦子站在他的身后，对着他的背影发呆。有人说刀子和麦子坐在江边，看看悬崖，看看燕子，看看天空，发出呜呜哇哇的叫声。有人说两个哑巴手牵手走进地里，或举起锄头挖地，或清理乱草根，或捡拾石头，或播撒苦荞种子，动作协调，配合默契。还有人说，刀子把麦子放倒在峡谷底的草地上，脱得一丝不挂，骑在她的身上，就像骑一匹马。

过了一段时间，祖母让刀子和麦子去峡谷看看，给苦荞除除草。刀子背上背篓，麦子提着镰刀，一前一后走出村庄。看着他们的背影，村里人觉得有点异样。仔细想了想，终于发现了问题所在：他们之间的距离越来越近了。不只如此，他们除了呜呜哇哇说话，还会你打我一下，我敲你一下。有时候，麦子会举起水壶，让刀子喝水。遇上爬坡过坎，刀子会伸出手，拉麦子一把。人们说，这两个哑巴，真像两口子。

又过了一段时间，祖母让刀子和麦子再去看看，苦荞是不是开花了。有人看见，他们钻进狭长的峡谷，走向那片洁白的苦荞地。几个月的时间，他们种的苦荞开花了，像纷纷洒洒的大雪，落满了峡谷。他们手牵着手，走进了苦荞地，仿佛乘着一片白云。

人们猜测，等到荞子变黄的时候，两个哑巴的事情应该也瓜熟蒂落了吧。按祖母的计划，准备收了苦荞，就为他们操办婚事。让祖母没想到的是，当她与刀子谈起这件事时，却遭到了刀子的反对。刀子说，他与麦子只是普通朋友，不可能结为夫妻。祖母很生气，责备刀子不重情义，认为这样做会害了麦子。刀子却坚持认为，如果与麦子结婚，才是害了麦子。祖父劝祖母，叫她不要乱点鸳鸯谱，这事由刀子决定吧。祖母气坏了，叫祖父少添乱，该干吗干吗，别在眼前晃。祖母要求刀子，不娶也得娶，必须给麦子一个交代。

不久，苦荞黄了。祖母让刀子麦子带上镰刀，去峡谷收割苦荞。刀子说，他一个人去就够了，麦子该干吗干吗。麦子打手势，问刀子到底怎么了？是不是有什么事？刀子回应她，苦荞并不多，他一个人足够了。祖母拉下脸说，少废话，让麦子跟你一起去。顿了顿又说，这事，必须听我的。

有人看见，两个哑巴走到峡谷边，停下了脚步。刀子像一方冷酷的岩石，堵住了峡谷的入口。麦子陡然爆发了，使劲挥舞着手臂，呜呜哇哇冲刀子说着什么。风吹乱了她的头发，吹动她的衣襟，使她看上去像一棵悬崖上的树，在风中起舞凌乱。她的脸色很难看，失去了平时灿烂的笑容，铁青铁青的，有几分狰狞。刀子任她大吼大叫，死死堵住狭窄的入口，大有一夫当关万夫莫开的架势。过了好一会儿，麦子的声音随风消散，天地间陷入寂静。

麦子转身离开了峡谷。有人看见，麦子以手掩面，呜呜咽咽走了。

她没去找我的祖母，直接从半道回家了。她的家住在另一村子，距白岩寨二十多里路，名叫瓦房寨。那时候，没有谁会知道，这将是麦子最后一次涉足白岩寨。

祖母大发脾气，骂刀子是白眼狼，玩弄麦子的感情。刀子低着头，不打手势，不还嘴。祖父看不下去，把刀子叫到屋里，进行了一场漫长的密谈。多年之后，偶尔提及那次密谈，祖父轻描淡写地表示：刀子不娶麦子，是因为还有更重要的事情。刀子一直试图逃离白岩寨，去寻找他的组织。一年年过去，他却没有办法离开。刀子表示，就算找不到组织，他也会藏身白岩寨，发动干人（贫苦群众）做点事。不错，只要活着，不管在哪里，总可以做点事吧。他这样一个玩命的人，怎么能拽上麦子呢？据父亲说，祖父其实就是刀子发动的第一个积极分子。

麦子回去没几天，就出事了。她曾有一个打算，做一双布鞋送给刀子。回到瓦房寨后，麦子看着没完工的布鞋，眼泪忍不住往下流。她决定，不管刀子怎样对她，她也要把鞋子送给他。针线不够，她打起精神，准备去一趟街市。据我父亲推断，麦子伤心欲绝地走向街市的时候，刀子正在峡谷收割苦荞。

麦子返回的途中，遇上熊三炮及几个手下。熊三炮看中了麦子的美色，让部下将她抓住，拖进树林，实施了奸污。随后，熊三炮把她赏给手下，任由他们一个接一个扑向破烂的麦子。完事后，他们把烂布条似的麦子扔在树林里，若无其事扬长而去。麦子忍着疼痛，拄着一根木棍，踩着寒冷的月光，大半夜才摸到家中。谁也不知道，熊三炮及手下奸污麦子的详细情况。但是，只需简单想一想，那种惨烈的情景就会让人不寒而栗。

刀子一路疯跑，要去瓦房寨看望麦子。他想好了，他要跪在麦子的面前，请求她嫁给他。他要告诉她，无论发生什么事，他会永远跟她一起。但他没想到，麦子不愿意见他。麦子让人捎话，说见面就不必了，就当麦子死了吧。刀子苦苦哀求，希望她回心转意，让他做她的男人。麦子让人告诉他，算了，不用再见面了，如果非要见她，她就用剪刀割破喉咙，死给他看。

人们劝刀子，再等等吧，等麦子活过来再说吧。刀子只得返回白岩寨，打算让她先静一静，再去找她。他下定决心，无论有多少困难，他一定要见到麦子。他是多么后悔啊，要是当初让麦子跟他一起去峡谷，也许所有的一切就会改写。

谁也没想到，一个月黑风高的夜晚，麦子忽然失踪了。

人们找遍了能找的地方，连麦子的影子也没看见。

在麦子的房间里，刀子发现一双崭新的布鞋，与他脚板的码数一样大。

麦子究竟去了哪儿？有人说她死了，有人说她去了远方。

十

刀子大病一场，差点丢了性命。

他的病真奇怪，忽而水深火热，忽而冰天雪地，就像钟摆，从一个极到另一个极。祖父请来医生，为他把脉诊断，却找不到病因。医生开了一堆草药，丢下一句话，唉，这是老病，养着看吧。

祖父关了铁匠铺，成天围着刀子打转。刀子这病实在太折腾了，像一只活蹦乱跳的疯狗，搞得全家没有安宁。父亲担心刀子，偷偷在卧室的墙壁上挖了个小孔，以便随时监看。每次听见动静，他小心翼翼地揭开小孔上的掩体，窥看隔壁的刀子。通过小孔，他看见了扭麻花的刀子，铁炉子里焚烧的刀子，冷若冰霜的刀子，面黄肌瘦的刀子，气喘吁吁的刀子，翻来滚去的刀子，气若游丝的刀子……尤其是刀子陷入死寂的情景，给我父亲留下了一辈子难以磨灭的印象。我父亲说，刀子蜷缩着身体，形成一个半圆，像一条蛇。

躺了一个多月，刀子渐渐好了起来。终于有一天，刀子要下床了。他拒绝祖父的搀扶，拄着拐杖，弯着脊背，颤巍巍走出屋子。日光扑面而来，他后退一步，双腿呈圈状，终于站定身体，对天空眯起了眼睛。他弓起脊背站在日光下面，面色灰白暗淡，皱纹触目惊心，杂草般的胡子白了不少，看上去形销骨立，只剩下一副伶仃的骨架。

他站了一会儿，不顾祖父阻拦，撑着身子走进了铁匠铺。祖父夹起铁块，放到铁砧上，刀子习惯性抓住大锤，脸色憋得通红，却怎么也举不起来。祖父把小锤递给他，他咬紧牙关，颤巍巍举起锤子，当当当敲了几下，动作不够协调，节奏也比较杂乱。只敲了几锤，豆大的汗珠从额头上滚下来。祖父夺过小锤，说，一口吃不了个胖子，慢慢来吧。

接下来的日子，刀子天天早起跑步。晨曦中，他沿着崎岖小路，爬上山峦，跑向峡谷。他气喘吁吁，一瘸一拐，挺胸抬头，目视前方，留给人们一个决绝的背影。不只如此，他还在铁匠铺旁的大樟树上挂了一个庞大无比的沙包，一天至少打上三次。他跳来跳去，对沙包不停地挥拳踢腿。刚开始的时候，他的拳头是软的，而沙包是硬的，就像棉花打在铁块上。渐渐地，拳头越来越硬，而沙包越来越软。每一拳挥出去，能把沙包砸出一个坑，并发出一声惨叫。就在那段时间，我父亲跟着刀子混，学会了打沙包。

刀子打铁的功力日渐恢复。先是干一些杂活，如添煤、拉风箱。不久，他抡起了小锤，由心虚气短到稳定熟练，再到挥洒自如。再不久，小锤换为了大锤，从僵硬迟缓到准确有力，再到快如闪电、节奏铿锵。就这样，村庄上空又响起了咣当咣当的打铁声。

那段时间，我父亲发现刀子有些古怪。怎么说呢，他变闷了，很少跟人笑，很少比画手势，也不再发出呜呜哇哇的声音。父亲认为，一个人到了这种地步，才算真正的"哑巴"。换句话说，刀子彻底哑火了，成了一块沉默的石头。这块石头究竟藏着什么？谁也看不透，猜不着。直到后来的一个晚上，我父亲意外地发现了刀子的秘密。

据父亲说，那天晚上，他被一泡尿憋醒，看见月光从窗子漏进来。他正要下床，忽然感到了某种诡异的气氛，将他牢牢拽住。他想了一会儿，蹑手蹑脚爬起来，将一只眼睛凑近墙上的小孔，只见靠窗的地方漏进几缕月光，勾勒出一个轮廓分明的消瘦背影。这么晚了，刀子为什么还不睡呢？他在干什么？过了一会儿，父亲的眼睛适应了屋子的光线，赫然看见刀子的手里握着一把匕首。他背对父亲，面朝月亮，低垂脑袋，正在用布反复擦拭匕首。匕首不长，阴森森的，像一片薄冰。他来回擦拭了几百次，忽然将匕首举起，猛地刺进月光。

父亲一惊，赶紧移开眼睛，差点叫出声来。过了一会儿，父亲按捺不住好奇，再次凑近小孔。刀子没有改变姿势，但匕首不见了。他在枕头下摸了摸，掏出一团东西，一层层打开，露出一个黑家伙。仔细一看，我父亲惊呆了。

枪！一把枪！一把黑色的手枪！一把亮光闪耀的枪！

刀子拿起枪，身形不动，只有手在动。刚眨个眼，枪已经被拆成一堆零件。接下来，他微昂头颅，凝视着血红的月亮，手指却捡起一块块零件。眨个眼工夫，那些零件又组合成了一支枪。他举起枪，对着窗外，对准月亮，做了一个瞄准的动作。

连续几个晚上，我父亲半夜爬起来，透过小孔窥看刀子。每天晚上，父亲都看见了同样的情景：刀子对窗而坐，擦刀、拭枪。我父亲不止一次想过，刀子是不是大脑出问题了？为什么大半夜不睡，爬起来玩刀弄枪？有几次，他正看得出神，刀子忽然转过脸，一双鹰眼直直地射过来。我父亲不由心头凛然，感觉有一把匕首刺进了心里，拔凉拔凉的。

后来的一个晚上，事情发生了变化。刀子穿上黑衣，把匕首藏进兜里，将手枪别进腰间，推开门走出去（刀子的卧室有一道后门）。我父亲激动万分，轻轻拉开门溜出去，悄悄跟在后面。刀子猫着腰，甩开两条长腿，悄无声息地飞行在如镜的月光上。他的影子像一张弓，射进月光深处。村里鸡不鸣狗不叫，死一般寂静。不一会儿，刀子飞到村口，忽然停下来，像一只鹰鹫站在月亮底下，回头望了一眼。我父亲吓坏了，赶紧伏在地上，害怕碰上他锋利的眼神。刀子停了几秒钟，忽然转过身，张开胳膊，倏地一下飞走了。

刀子外出的那些夜晚，我父亲彻夜不眠。一般情况，鸡叫三遍，月亮西斜，刀子就会溜回来。他的影子很轻，从月光下闪进屋里，一点声音也没有。

最后一次跟踪刀子，父亲又有了意外发现。父亲像往常一样，跟着刀子出了门。刀子鸟一样飞过月光，影子清晰可见。父亲跟了一会儿，忽然刮起一阵风，天色骤然大变。转眼间，月亮被翻滚的乌云吞噬，豆大的雨点砸下来。

刀子没有放慢脚步，灰黑的身影穿过雨点，如一道闪电。父亲死死咬住他的背影，拿出吃奶的力气，穷追不舍。雨点扑面而来，射进父亲的眼眶，让他感到疼痛酸胀，一片模糊。他举起手，擦了擦眼睛，等他睁开眼，再也找不到刀子的背影。前方是无边无际的夜色，而刀子是一条游入大海的鱼。

一道闪电划过，父亲又看见了刀子的背影。他甩动手臂，快速迈动长腿，像一匹马奔跑在闪电之中。他的腿有点瘸，但丝毫不影响奔跑的速度。又一道闪电划过，父亲赫然看见前方的大树下，站着一个高大的身影，提着雪亮的大刀。

父亲只看了一眼，就认出那人是祖父。

刀子走到祖父面前，祖父伸出手，握住了他的手。闪电划过，照出铁黑的面孔、闪亮的眼睛、翕动的嘴巴、怪异的手势。他们在说什么？父亲听不见，也看不懂。他站在雨中，凝望树下伟岸的身影，耳朵里灌满了风声雨声。

闪电划过，刀子和祖父转过身，肩并着肩，对着大雨走去。

爹，爹，爹。父亲扯开嗓子，冲他们的背影大喊。

祖父和刀子一起回头，朝父亲这边看了看。父亲趴在草丛中，一动也不敢动。他赫然看见，他们变成了两头野狼，眼睛闪出蓝幽幽的光芒。

电闪雷鸣，两只狼长嚎一声，一头扎进了深邃的黑夜。

十一

1936年那个大雨滂沱的夜晚，熊三炮不知所终。保安团兵丁掘地三尺，也没找到任何蛛丝马迹。安庆吾及手下分析案子，认为有三种可能：一是仇家寻仇；二是赤匪滋事；三是自我走失，如摔下悬崖，坠入山洞，掉进河流。

安庆吾倾向于第一二种，下令贴出告示，悬赏捉拿凶手。凡提供线索的奖一百大洋，抓住或击毙凶手的赏三百大洋。清乡团的兵丁们扛刀的扛刀，提枪的提枪，设立岗哨，盘查行人，进村入户，挨家挨户清点人头。白岩寨也来了十几个兵丁，他们踢门爬墙、入户搜查、见狗敲狗、见鸡杀鸡。白天，他们互相壮胆，看上去威风八面。晚上，他们守在一起，不敢轻举妄动，害怕被神出鬼没的凶手割开喉咙。老百姓敢怒不敢言，使眼色说，安阎王疯了，真他妈疯了。

一个沉闷的下午，兵丁们闯进铁匠铺，将正在打铁的祖父和刀子围起来。他们用刀抵住祖父的后背，用枪指着刀子的脑袋。祖父和刀子听从指挥，放下铁锤，抱头蹲下。兵丁厉声呵斥，叫他们老实交代。祖父态度较好，一一作了交代，比如某日某时，铁匠铺打铁；某日某时，一家人吃晚饭；某日某时，上床睡觉；某日某时，街上摆摊。祖父不仅交代做了什么，还列举了证人。刀子呢，只会不断比手势，不断点头，鸡啄米一般。

兵丁的头目不甘心，追问刀子是哪里人，干什么的。祖父代刀子回答，说刀子是铁匠铺的伙计，又哑又瘸。刀子比画手势，发出呜呜哇哇的声音。头目举起枪，敲了刀子一下，问他是不是赤匪。刀子扑通跪下，冲头目不停地摇头，筛糠似的发抖。祖父笑着说，他那个熊样，能干得了什么？头目吼道，妈的，别耍花招，老实交代。刀子以头砰砰叩地，发出呜呜咽咽的声音。

祖父抓出一把铜钱，递给头目，笑着说，我表弟胆小，啥也干不了。

忙活了半个月，兵丁们不知从哪里弄来一个老乞丐，挂在木杆上示众。老头衣衫褴褛，头发又脏又长又乱，奄奄一息地挂在木杆上，看不清鼻子耳眼。安庆吾宣布，老头就是凶手，按律究办，以儆效尤。训完话，安庆吾挥了挥手臂，宣布执行死刑。兵丁们举起枪，冲老乞丐乒乒乓乓开了火。

凶手伏法不久，收税师爷尤少安又出事了。也是在一个大雨夜，尤少安无声无息地消失了。老百姓议论说，尤少安坏事做尽，肯定被老天收走了。有人私下嘀咕，说那个电闪雷鸣的晚上，尤少安顶着大雨，走过幽深恐怖的峡谷，跳入洪流滚滚的乌江。

保安团又忙开了，四下追查杀手。兵丁们来过一次铁匠铺，跟上一次差不多，问了祖父几个问题，我祖父一一做了回答。接下来，他们故伎重演，用枪指着刀子的头，让他老实交代。刀子跪在地上，身体抖动，嘴唇哆嗦。祖父旧话重提，说刀子是软蛋，别说杀人，杀鸡也干不了。有个兵丁眼尖，指着刀子的裤脚笑道，尿了，哑巴尿了。兵丁们哈哈大笑，接过我祖父给的铜钱，扬长而去。

人们议论说，杀手身穿盔甲，能够飞檐走壁，使一把青龙偃月刀，专斩贪官污吏，杀富济贫。在人们的议论中，杀手的形象越来越具体：身高八尺，眼如铜铃，鬓若刀裁，眉如墨画，长须飘飘；骑着一匹白马，来无影去无踪；披白色战袍，像一道闪电；武艺高强，一拳能打死一头牛，万军之中取上将首级如探囊取物。传来传去，有人竟说杀手不是人，而是一只吊睛白额大虫，牙齿锋利如刀，只需轻轻一下，就能咬断人的咽喉。

兵丁们把盘县深挖了一遍，仍然一无所获。安庆吾因此落下了心病，担心一个不留神，被人抹了脖子。从那以后，他无论走到哪里，身边总跟着几个荷枪实弹的士兵。那些作威作福的保长、敲骨吸髓的收税师爷、蛮狠不讲理的兵丁，忽然间也收敛了许多。

刀子尿裤子的事情，被人们反复戏说。在他们看来，铁匠铺的哑巴真他妈太软了。兵丁只看了他一眼，他就浑身颤抖，打摆子似的。兵丁吼一声，他膝盖发软，扑通跪在地上。兵丁举起枪，他就砰砰磕头，尿液沿裤管流淌。古人说，打铁必须自身硬。可刀子呢，是哑巴、是瘸子、是豆腐、是软蛋、是尿货、是蔫人，马尾串豆腐，提不起来。

就这样，刀子挥动铁锤，在咣当咣当的声音中混着日子。那段漫长的时光里，每逢有月亮的夜晚，他坐在床上，或擦拭匕首，或拆枪装枪，或把匕首刺进月光，或举枪瞄准月亮。当然，这事只有我父亲知道，其他人一无所知。在人们的眼中，刀子窝囊无用，真不像个人样。他长年戴着帽子，面色铁黑，胡子拉碴，下巴尖利如刀，行走时一瘸一拐，缩着脖子，弯着脊背，如一头跛脚骆驼。多年来，他一直没有娶妻。自从麦子失踪后，包括我祖母在内，没有人再管他的婚事。有人说，如果不是刀子，麦子就不会出事。

咣当咣当的打铁声中，刀子走到了1949年的冬天。与冬天一起到来的，还有一支解放军部队。解放军接管了县城，着手开展清匪反霸、退押征粮等工作。解放军进入白岩寨后，祖父第一个站出来，对他们表示热烈欢迎。父亲惊异地发现，祖父如打了鸡血，跑东家串西家，拉起一支面目黧黑的队伍，为解放军带路、喂马、运粮、推车，干得不亦乐乎。他们还拿起大刀，提起长矛，协助站岗巡查。父亲认为，那是祖父一生中的高光时刻。身材魁梧的祖父，背着大刀的祖父，两眼放光的祖父，神采奕奕的祖父，俨然铁骨铮铮顶天立地的大英雄。

安庆吾带领保安团，纠结一些被打散的匪徒流寇，仓皇逃入野猫洞，试图据险顽抗。第一场雪下来的时候，解放军某连开进乌江峡谷，准备攻打野猫洞。野猫洞位于半崖之间，上面是垂直的绝壁，下面是漫长的陡坡，可谓易守难攻。安庆吾的兵丁伏在洞口，借助石壁掩护，居高临下地冲解放军战士开火。战士们贴着陡坡匍匐前进，但被猛烈的火力压制，每推进一步都相当艰难。激烈的枪声中，不时有战士中弹，摔进波浪滚滚的乌江。

战士们前仆后继，一点一点向前推进。前面是一段裸露的斜坡，那是安庆吾精心构筑的死亡地带。他让手下割了杂草，砍掉树木，使斜坡完全暴露在眼皮之下。解放军战士一旦经过这里，必然成为活靶子。安庆吾命令部下，盯着脑袋打，一颗子弹一条命。解放军停了一会儿，一边举枪射击，一边朝斜坡爬去。与此同时，保安团的几十支枪对着斜坡，疯狂地开火了。最先爬上斜坡的战士纷纷中弹，一个个血肉横飞，扑通扑通滚落江中。千钧一发之际，忽见一条瘦长的影子，拉着绳子从绝壁飞下来，闪身跃入野猫洞，一阵枪响，撂倒了几个兵丁。保安团顿时大乱，躲的躲，闪的闪。安庆吾大喊，干掉他，干掉他。趁着这个机会，战士们冲过斜坡，直扑野猫洞。不一会儿工夫，战斗结束，保安团全军覆没。

那个从悬崖上飞身而下的人，竟然是刀子。他抱着枪，大吼着飞入野猫洞，一口气干翻了十几个兵丁。子弹打完后，他拔出匕首，与兵丁们展开肉搏。躲在石缝里的安庆吾对着他开了一枪，他挥了挥匕首，仰面倒在地上。倒下的瞬间，他听见了嘹亮的冲锋号。

刀子从昏迷中醒过来，看见身边围满了穿军服的战士。他喘了口气，开口说，我叫许绍武，共产党员，红九军团侦察连连长，祖籍江西龙门乡灌冲村。他口齿清楚，只是不太连贯，大概是因为长期装哑所致。连长握住他的手，哽咽着说，许绍武同志，欢迎你回家。

刀子睁大眼睛，叹息说，回家，回家了，真好，真好啊。

刀子望着洞口外的天空，手臂缓缓垂了下来。

按我祖父的建议，战士们把刀子埋在了那块苦荞地里。祖父请来石匠，用上好的花岗石打了一块墓碑，上面刻了几个大字：许绍武之墓。

战士们站在坟前，齐刷刷举起枪，乌江上空响起了一阵整齐的枪声。

十二

清明节，我带着十几岁的女儿回到白岩寨。我们跟着八十多岁高龄的父亲，走向山峦，走进峡谷，走进苦荞地。乌江清冽而枯瘦，伏在峡谷底部，蜿蜒流淌。几只燕子抖动翅膀，从头顶一掠而过。父亲指着乌黑的洞口，对他的孙女说，看见没？那是野猫洞。

我们跪在祖父的墓碑前，摆供品，烧纸钱。父亲走到旁边那个长满野草的土坑边，蹲下身子，一边奠酒，一边絮叨。父亲说，土坑是刀子的老家。每一年清明，祖父总会和父亲来峡谷看望刀子。祖父死后，跟刀子做了邻居，一起站在岸上，看着日夜奔腾的乌江。再后来，刀子离开峡谷，去了烈士陵园，只剩下祖父站在苦荞地里。不过，父亲坚持认为，刀子的魂魄仍在峡谷游荡。每次扫墓，他总要跪在土坑边，摆上供品，烧纸奠酒，唠唠嗑。

祭奠完毕，女儿缠着父亲，问这问那。父亲坐在祖父的墓碑前，讲起刀子的故事。也许是年纪大了，他的讲述比较零乱，往往有头无尾。不过，这反而更有吸引力，能够让女儿充分调动想象，对那些空白进行填充。在父亲乱七八糟的讲述中，我仿佛又看见那个挥舞铁锤的瘦长汉子，好像听到了咣当咣当响彻天地的打铁声。

就这样，父亲坐在灿烂的日光中，带着他的孙女从 1934 年走到了 1949 年的冬天。听完讲述，女儿歪头想了想，忽然提出一个问题：刀子是怎样来到铁匠铺的？

父亲愣住了。他万万没想到，小家伙会提出这样一个问题。多年前，他曾向祖父打探过这件事，但祖父却反手扇了他一耳光，叫他不要乱问。刀子死后，祖父说过一句话：刀子是从乌江里爬出来的，就把他埋在苦荞地里吧。另外，父亲还记起一件事，县史志办编写地方志时，曾采访过祖父。父亲猜测，祖父可能跟工作人员提过这件事。

回到县里，我去了一趟史志办，借到了一本五十年代末编撰的老版盘县地方志。那是一本印刷粗糙的大部头，弥漫着陈旧的灰尘味。说起来惭愧，这是我第一次读地方志。打开目录索引，我直接翻到了人物志部分。很快，我看到了一段关于许绍武的文字，文中还提及了我的祖父王打铁——

1935 年 1 月 1 日，寒风凛冽，冷雨纷纷。红军踏着积雪，翻过悬崖峭壁，来到乌江岸边。乌江吼声如雷，江流汹涌，水汽森森。对岸黔军凭借天险，架起机枪大炮，冲红军叫嚣：有本事就飞过来。红军战士争分夺秒，砍伐竹子，捆扎竹筏，强渡乌江。一场残酷的战斗打响了，乌江上子弹呼啸，炮声滚动。红军战士撑着竹筏，冒着枪林弹雨，劈波斩浪，冲向对岸。子弹蝗虫般乱飞，或掉入江水，水花溅起；或打在岩壁上，火星四射；或穿过树木，白烟弥漫；或打进战士们的头颅、手臂、胸部、腿脚，喷出一股股艳丽的鲜血。

许绍武腰别手枪，背插大刀，肩挎子弹袋，半跪在竹筏上，拼命划动竹篙。这条该死的江，把人的手脚都捆住了。他恨不得一下子飞过去，与敌人痛痛快快打上一场。越往前走，冲击力越大，仿佛有一双巨手，把竹筏举到空中，又狠狠砸下来。许绍武牢牢抓住竹篙，不停地划，划，划。忽然，一颗流弹飞来，击中了他的大腿。河流像脱缰的野马，猛然撅了一下蹄子，将他摔进江中。他拼命挣扎，抓住一块木头，被卷入翻滚的洪流。

那个天寒地冻的早晨，铁匠王打铁扛着锄头，直愣愣站在江边，看着血红的黏稠的江水。他的头顶，成千上万的燕子汇成一条黑色河流，涌向灰色的天边。这地段比较平，乌江显得宽阔而懒散。岸边长满了芦苇和荆棘，一律弯着腰，将头伸进水里。那些被血染红的尸体，不时碰上芦苇荆棘，稍微停顿一下，继续向前漂流。就这样，许绍武来到了王打铁的脚下，被一根倒钩刺抓住衣衫，像一尾鱼随水晃荡。王打铁把许绍武拖到岸上，探了探鼻息，竟然还有气。本想将他带回家，但看了看他的服装、手枪、子弹袋、大刀，王打铁犹豫了。怎么办呢？

王打铁最终作出决定，把许绍武藏在野猫洞里，再慢慢作打算。

从那天起，许绍武躺在阴森的洞底，接受漫长而艰辛的康复治疗。他的身下，是亿万年前的岩层，积攒了亿万年的寒气。他的头顶，是亿万年前形成的岩壁，颜色斑驳古怪，挂着一个个燕窝。总而言之，他躺在石头的怀抱里，或者说，他关在了石头棺材里。有时候，他以为自己已经死了，被投进了十八层地狱。可剧烈的疼痛一次又一次将他唤醒。有什么办法呢？他只得咬紧牙关，与伤痛作斗争。他终于知道，疼痛看得见摸得着，有形状有重量：时而是尖刀，一刀刀往胸口挖；时而是锤，一锤一锤敲打脑袋；时而是斧，不停地砍伐身体骨头；时而是针尖或钉子，满身乱刺乱扎；时而是剪刀，将身体一寸一寸剪开；时而是烈火，皮肤寸寸炸裂，眼睛冒火头皮冒烟；时而是寒冰，将他层层包裹，肉体僵硬骨头发冷，血液几乎停止流动……总之，难尽其状，难描其形。多少次，当他从死亡中活过来，或听见野猫凄厉的嚎叫，或听见水滴从岩壁滴落，或听见乌江的隐隐涛声；或看见燕子抖动翅膀，或看见一条蛇钻进石缝，或看见日光慢慢变暗，或看见洞口洒满了月光。

王打铁以挖地为名，天天往江边跑，为许绍武送吃的喝的。他不敢久留，顶多聊一会儿天，就得匆匆离开。外面风声太紧，他不得不小心防范。过了一段时间，王打铁改换借口，说要去江边采燕窝。他提着镰刀，举着一根竹竿，看上去煞有介事。又过了一段时间，保安团到处搜查掉队的红军，王打铁改换策略，白天待在家中，晚上去野猫洞。那些或下雨、或刮风、或月光凄凉的晚上，他猫腰走在通往峡谷的路上，像一只诡异的野猫。

　　渐渐地，许绍武好了起来。他经常背靠石壁，把枪拆开装上，装上拆开，借此打发无聊的时光。看着枪，他想起了从瑞金走到乌江的点滴，想起那些活着或死去的战友。他一次次爬到洞口，俯瞰谷底爬行的乌江，似乎又听见了震耳欲聋的枪炮声。光洒满峡谷的晚上，他盯着江水，看见战友们赤裸身体，从血红的江水中爬出来，或缺手断腿，或圆瞪双眼，或怒发冲冠，或举着旗帜。一个个漫长的黑夜，他经常被岩层深处窸窣的声响弄醒。睁开眼，看见一个个鬼魂从缝隙里钻出来，围着他跳来跳去。

　　在洞里待久了，许绍武发现洞里住着许多土著。而他呢，不过是个闯入者。土著们并不喜欢他，明里暗里想赶他走，甚至想弄死他。比如说吧，燕子飞到头顶，冲着他拉屎。王打铁说，燕子的屎会让人腐烂，得赶紧洗掉。洞里栖息着一种大蚊子，嘴巴又长又尖，喜欢躲在幽暗之中。趁他入睡之后，喝他的血，吃他的肉。最可怕的是，洞里还有蛇。有一次，昏睡中的许绍武被一种冰冷的东西惊醒，看见一条胳膊粗的黑蛇缠在腰上。黑蛇就像一条绳索，绕了一圈又一圈。危急时刻，王打铁及时赶到，一镰刀将蛇斩为两截。

　　又过了一段时间，许绍武终于能够一瘸一拐地行走了。许绍武说，他要去找队伍。王打铁反对，说这不可能，队伍早没影了。许绍武说，他宁愿死，也要追赶队伍。王打铁劝他打消这个念头，留得青山在，不怕没柴烧，不如找个地方住下来，再另作打算。

　　1935 年 6 月的一天，王打铁背上一背篼铁器出了门。他对村人说，他要去一个很远的地方，把哑巴表弟领回白岩寨，做打铁铺的伙计。人们看见王打铁大步走出村口，走向了苍茫的群山。人们知道，翻过大山，有一条官路，一直通往猴场。

王打铁赶到猴场，吃了几个饼，卖了半天铁器，朝更远的马场走去。到了马场，卖了几件铁器，继续往前走。就这样，王打铁一站一站往下走，最终走失在人们的视野之中。没有谁知道，王打铁忽然掉头往回走。他白天睡觉，晚上赶路。几天后的一个夜晚，下起了滂沱大雨。电闪雷鸣之中，王打铁摸进乌江峡谷，爬上了野猫洞。

那天晚上，许绍武背靠岩壁，看着洞口划过的一道道闪电。忽然，他看见一个魁梧的身影冒出来，像一棵高大的树，挡住了晃动的闪电。

王打铁走到许绍武的面前，抱着他的肩膀说，兄弟，走吧。

许绍武推开他，笑笑说，走？去哪里？

去铁匠铺，我教你如何做一个好铁匠。

许绍武摇摇头，叹息说，算了，我不能害了你。

记住，走出山洞后，你的名字叫刀子。王打铁盯着许绍武尖瘦如刀的脸。

不行，我不去，真不能去。许绍武使劲摇头。

从今以后，别再开口说话，你满嘴的鸟语难听死了。

凭什么这样说？你的口音更难听，能让耳朵恶心呕吐呢。

少废话，走出这个山洞，你就是个哑巴。

不行，我不能跟你去；要走，我自己走。

王打铁不由分说，将他拽起来，大声说，走吧，表弟。

许绍武沉默了一会儿，点点头说，哥，难为你了。

电闪雷鸣，大雨如注，王打铁扶着刀子，走出了野猫洞。

刊发于《解放军文艺》2021 年 12 期

凤凰路

一

　　绝壁千仞，直插云天。孔如鹏站在吴王山下，双手叉腰，脑袋后仰，脸庞几乎与天空平行。疲惫的目光经过长途跋涉，终于爬上云雾缭绕的峰顶。不得不承认，要在岩壁上凿一条公路，真是比登天还难啊。

　　岩壁呈灰白色，如刀砍斧削，几乎与地面垂直。崖上古木倒挂，似乎稍有响动，就会轰然掉落。稀疏的荒草一律倒伏，一阵风就能卷走。靠近岩顶的位置，赫然有一片色彩斑斓的灌木，像振翅欲飞的凤凰。更高的地方，则是虚无缥缈的天空。苍鹰贴着天幕飞翔，恍若飘浮的云朵。

　　这个叫天门的村庄，匍匐在吴王山下。村庄呈三角状，窝在凹陷之处。村后是巍峨的吴王山，构成三角形的底边；北盘江从左边峡谷奔涌而出，毛从河从右边峡谷咆哮而来，两江于村前汇合，构成三角形的另外两边。绝壁高耸竖立，如镜插入水中。两江汇合之后，跌入凶神恶煞的深谷。

　　听老人讲，几百年前，祖先为了躲避战乱，逃到了这个阎王也找不到的地方。曾被视为屏障的大山大河，如今成了难以逾越的障碍。儿孙们忍不住抱怨，正是祖辈轻率的决定，让他们陷入无法挣脱的绝地。

不错，这地方就是一块绝地，是天然的囚室。据说很久以前，外面的人把天门称为"穽"寨，意思是像一口井。孔如鹏翻过词典，"穽"读"jǐng"音，泛指深坑、陷阱、牢房或圈套。乡党委鲍书记也说过，天门人可怜啊，被判了终身监禁。按鲍书记的说法，让孔如鹏来天门挂支书，就是要接过老支书王天平的担子，砸掉天门人的脚链枷锁，让天门人跳出来。如何砸呢？最要紧的一件事，就是打通连接山外的公路。对于天门来说，打通一条公路堪称开天辟地的大事，相当于瞎子重见天日，哑巴开口说话，瘸子如风奔跑。

孔如鹏移动目光，盯住挂在崖上的石梯。上百年来，那条鸡肠子是连接外面的唯一通道。石梯陡峭，行人稍有不慎，就会跌落山崖。据说，悬崖口阴气浓重，太阳落坡之后，或阴雨天气，经常有一些缺手断脚的人影坐在岩石上，望着脚下的村庄叹气。他们面容枯黑，身体残破，衣衫褴褛，飘飘忽忽。有风的时候，悬崖下传来呜呜的哭声，呻吟声，叹息声。当地人警告，太阳落山之后，不要单独从那里经过。那些不甘的鬼魂伏在悬崖上，只要看见落单的人，就会饿狼般蹿出，将行人拽下山崖。唯有如此，它们才能找到替身，投胎转世。

两天前，孔如鹏乘坐乡政府的猎豹，屁颠屁颠赶到底母。底母是一处乡场，除了赶集天，平时难见人影。抬眼望去，砖房夹着一条短短的水泥街，卧在寂寞的山坳里。公路呈弧状，从乡场边划过，义无反顾地奔向苍茫群山。

孔如鹏钻出猎豹，一个面色乌黑的汉子迎上来，抢过他背上的帆布包。汉子叫刘志发，天门村主任。四十多岁，地中海头型。脑门油腻腻的，看上去不太干净；屁股硕大，走路时摆来摆去，像推一盘磨。

刘志发带着孔如鹏，绕过一座山，穿过一片树林，来到吴王山悬崖口，沿石梯蜗牛般往下挪。风真大，从崖下呼啦啦冲上来，吹得草木唰唰发抖。灌木又矮又小，扭曲变形，裸露枯黑。说是石梯，不过是岩壁上开凿出来的或横或竖的石头槽子，正如当地人所言：猴子难攀登，鸟儿无歇处，下山打屁股，上山碰鼻子。脚下悬崖垂直，深不见底；头顶犬牙交错，悬挂枯树断藤。途中经过一道狭窄的石缝，仅能容一人钻过。两边是绝壁，抬头仰望，只能看见一线天空。刘志发说，天门的名称就是从这里来的。老天没有赶尽杀绝，给村子留了一道门。有了这门，村庄就有了嘴巴鼻子，就能自由呼吸，就能活上千年万年。村民对石门充满虔诚，不许任何人损坏这里的一草一木，一沙一石。他们从石门经过的时候，总会屏住呼吸，放轻步子，担心稍有动静，就会把石门弄垮。没了石门，天门无门，无门的村庄，只能寂然死去，连草木也没办法生长。

孔如鹏的目光移过石梯，缓缓坠落。岩壁下趴着一段公路，破破烂烂的，尚未成型。路面堆满乱七八糟的石头，石缝长出稀疏的野草。几把锄头躺在干燥的泥土上，已生出细密的铁锈。草丛中躺着两三只破撮箕，拉出乱七八糟的箕片。不远处歪着一架板车，轮子沾满泥土，木板已经发霉。

刘志发说，木板车是老支书王天平的。半年前，王天平带领村里人，打算从岩壁上劈出一条公路。公路爬上岩壁不到半公里，他就被石头砸断了一条腿。老人们认为，王天平惊扰了山神爷的安宁，注定要付出血的代价。

断腿的王天平不得不扔下板车，被人们用木头做成的简易担架抬回村里。近半年来，他天天坐在门前，抱着一支唢呐，反反复复地吹。

落日西坠，耳边又传来咿咿呀呀的曲调。

二

用天门人的话说，孔如鹏是"空降"的。

王天平出事后，再也挑不起天门的"担子"。乡领导筛来筛去，也筛不出一个合适的接班人。巴掌大的盘子，就那么点人，谁能干什么，谁不能干什么，一眼看得清楚。稍微合适的，要么不愿干，要么出门在外。恰在此时，孔如鹏从部队转业，被安排到花嘎乡机关。乡领导一合计，认为这小子有股狠劲，可以加加担子。鲍书记开玩笑说，怪谁呢？谁叫他撞到枪口上。

事实上，孔如鹏并不想被"空降"。待在乡机关多好，有身份有地位，谁见了不高看一眼？天门那个"窝窝"，就是无底深坑，掉进去休想爬出来。那地方是人住的吗？交通基本靠走，通信基本靠吼，治安基本靠狗……只要掉进"窀"里，就会成为一只蜗牛，长年趴在井底，连太阳也看不见。再看看天门那些人，个个面目模糊，如同乌黑的煤炭。长期待在这种鬼地方，要么变成傻子，要么成为疯子。孔如鹏认为，去天门算什么空降，顶多算是流放而已。

为了不被"流放"，孔如鹏打算动用父亲的关系。孔如鹏的父亲叫孔学忠，曾是赫赫有名的战斗英雄。多年前，年仅二十的孔学忠奔赴老山前线，参加对越自卫反击战。他曾孤身深入虎穴，抓来敌军的"舌头"；曾挥舞一把大刀，在左手受伤的情况下，干掉三个越南兵；曾带领部下以身排雷，为大部队开辟了生命通道……后来，在一次战斗中，他的右腿被地雷炸成扫帚，从此成了瘸子。孔学忠退休后，安心回家颐养天年。孔如鹏的意思，让父亲跟乡领导打一声招呼，就别玩什么空降了。凭父亲的名望，这点事应该没什么难度。

谁料，听了孔如鹏的话，孔学忠只顾吹烟筒。孔如鹏心里打鼓，脚杆发颤，真想一跑了之。他最怕面对沉默的父亲，感觉被某种力量牢牢摁住，浑身上下如被火烤，却没有办法动一下。父亲目光平静，似乎空空如也，似乎又深不可测。孔如鹏搞不懂，父亲要唱哪一出？这种感觉很不好，就像一个犯人，在等待法官的审讯。不知为什么，面对垂暮之年的父亲，他仍然怕得要命。

孔学忠叹了口气，颤巍巍打开柜子，提出一只木箱，递给孔如鹏。木箱乌黑斑驳，挂着一把铁锁，看上去很有些年头了。孔学忠捡起拐杖，弓着腰往外走。孔如鹏不敢多言，只得提上木箱，跟着父亲走出家门。父子俩一前一后，走过石桥，穿过玉米地，爬上山梁，走进杉树林。茂盛的荒草中间，站着一块墓碑。孔如鹏一震，那是祖父的坟墓。五六年不见，这地方荒芜了许多。

孔学忠对着墓碑跪下，磕了三个响头。孔如鹏放下箱子，学着父亲的样子，也磕了三个头。孔学忠坐在坟前，掏出一把钥匙，小心翼翼打开木箱。孔如鹏瞥了一眼，看见黄澄澄的功勋章，红彤彤的荣誉证，还有泛黄的报纸。

阳光直直地照下来。孔学忠一枚一枚捡起勋章，细细摩挲之后，再递给孔如鹏。日光明亮，勋章泛起金黄的光芒。孔如鹏托着沉甸甸的勋章，眼前又浮现出一张消瘦苍老的脸庞。那是祖父的脸，似乎很远，似乎又很近。

孔如鹏的祖父名叫孔大勇，也是一名老兵。孔大勇十六岁参加红军，跟着部队跋山涉水，走完二万五千里长征。他参加过抗日战争、解放战争及抗美援朝战争，屡次立下战功，受到上级的嘉奖。他多次受伤，脸部有刀疤，头皮被削掉一块，身上刻满纵横交错的疤痕，还丢掉了两根手指。在他干瘦的身体里，留下了多块弹片。奇怪的是，他回到老家之后，绝口不提战场上的事情。有人问他，他摇摇头，表示什么也记不得了。孔如鹏一度认为，祖父的脑子坏掉了。

孔如鹏九岁那年，祖父油尽灯枯，驾鹤西去。医生说，祖父的脑部及肠胃出了问题，是由于旧伤引起的。奇怪的是，祖父生病之后，话反而变多了。孔如鹏记得很清楚，祖父躺在床上，干枯的手拉着他的手，絮絮叨叨说了许多话。祖父说，我从没遇过那么冷的天气，天天刮风下雪，哪怕哈一口气，也会结成冰；尿撒出去，立马成为棍子……在一个地方站上几分钟，就被冰雪冻住……嘴巴被冻住了，头发被冻住了，衣服也被冻住了，整个人就像冰块……地面硬邦邦的，比钢铁还要硬，哪怕用刀戳，也没办法砍开……我们伏在冰雪中等了许久，终于听见隐约的脚步声……祖父的故事没有讲完，就闭上了眼睛。多年后，孔如鹏也成了一名士兵。他终于知道，祖父并没有虚构故事。事实上，还有远比这个更惨烈的，比如说长津湖战役中，有一支连队甚至被冻成了"冰雕"。

勋章分为两堆，一堆是孔大勇的，一堆是孔学忠的。日光温暖，静静地洒在勋章上、荣誉证上、泛黄的报纸上。孔学忠不说话，默默地抽烟，看着那些闪光的东西。孔如鹏瞟了一眼，瞥见报纸上跳出祖父的名字，还有父亲的名字。他颇不服气，心想自己运气不好，要是生逢乱世，肯定也会成为叱咤风云的英雄。可惜啊，他虽然当过兵，却毫无用武之地，只能沦落为一个破支书。

孔学忠吐了口烟雾，点点头说，你爷爷是好样的。

顿了顿，又一字一句地说，我没给你爷爷丢脸。

孔如鹏冷哼一声说，要是有机会上战场，我也不会给你丢脸。

孩子，你错了，天门就是你的战场，孔学忠拍了拍孔如鹏的肩膀，加重语气说，记住，你这个战场，并不比我们的战场容易啊。

孔如鹏抬起头，看见一轮残阳挂在天边，鲜红如血。

孔学忠举起拐杖说，去吧，别给老孔家丢脸。

三

脚步沉重，如灌了铅。唢呐萦绕耳旁，那么忧伤那么悲怆。孔如鹏想起王天平皱巴巴的脸庞，苦大仇深的额头，锥子似的目光，不由瘆得慌。

孔如鹏"空降"那天，村里搞了个欢迎会。说是会，不如说是接风宴。刘志发的意思，在村委摆上几桌，召集村干部，以及部分村民代表，喝喝酒，聊聊天，增进增进感情。孔如鹏坚持不让村里破费，认为应该由自己掏钱。刘志发拉下脸说，你什么意思？瞧不起我们？来到天门，就得按天门的规矩。

刘志发解释说，之所以这样安排，是为了让孔如鹏一次性解决问题。天门是一个以布依族为主，多民族杂居的村庄。村里有一条不成文的规矩，一家来客，家家轮流邀请。如果客人拒绝，邀请的人会觉得受到轻视，从而产生隔阂。也就是说，孔如鹏初来乍到，应该挨家挨户上门做客。为了省事，刘志发想出这个折中的办法，一家来一个人，一家出一个菜，在村委"打平伙"（聚餐）。

酒过三巡，刘志发提议，请孔如鹏讲几句。孔如鹏表示，今后要与大家一道，千方百计谋发展，齐心协力求致富，红红火火过日子……正说在兴头上，忽见王天平拄着拐杖，提着唢呐，腰间吊一只酒壶，一跳一跳地蹿过来。

刘志发拉过一把椅子，赔笑说，老支书，快请坐，我敬你一杯。

王天平按了按酒壶，冷笑一声：笑话，老子没酒喝？

众目睽睽之下，刘志发坐也不是，站也不是。他实在想不通，王天平为啥冲他发火。搞接风宴之前，他再三派人请他，可他死活不来。

大伯，别老站着，坐下喝一杯。孔如鹏赔笑。

小子，你能把路修通吗？王天平举起唢呐，指着孔如鹏。

刘志发缓过来，叹口气说，孔支书刚到，给点面子。

大伯，你放心。孔如鹏拍拍胸脯。

小子，路通了，你才配喝这杯酒。王天平指了指酒杯。

一个二十出头的女孩跑过来，拽住王天平的胳膊，让他不要胡闹。刘志发低声告诉孔如鹏，女孩叫阿朵，是王天平的独女。阿朵穿着布依族人家的服装，个子不高，头发浓黑，眉毛弯弯，眼睛又大又亮，看上去格外漂亮。

路通了，你才配喝这杯酒。王天平逼视着孔如鹏，不依不饶。

路打不通，我就不干这个支书。孔如鹏将酒杯咚地放在桌子上。

王天平扬起唢呐，高声说，路通了，我为你吹三支曲子。

顿了顿，目光锥子般掷过来：若干不了，到一边凉快去。

来天门的路上，孔如鹏听刘志发说过，王天平是天门的唢呐王。他十五岁玩唢呐，一直吹到现在。可以肯定，他还会一直吹下去，直到离开这个世界。不，他肯定会吹着唢呐离开，死也不撒手。不得不提的是，他还是天门的寨老，会主持稀奇古怪的仪式。大凡婚丧嫁娶，总会看见他的身影。几乎所有人家，都把能请到他视为很有面子的事情。按天门的规矩，请唢呐匠不能空手上门，至少要提上酒，带上烟。唢呐匠吹奏完毕，主人家还要奉上辛苦费。当一个唢呐匠不收任何费用，并且表示要为某人吹奏三支曲子，这是一种最大的敬意。

孔如鹏放下酒杯，抬起脸说，哪怕拼了命，我也会劈开一条路。

经这一闹，大家丧失了喝酒的兴趣，早早地散了场。孔如鹏走出村委会，仰头眺望月光中高耸的吴王山。月亮挂在山顶，看上去如一把弯刀。岩壁上传来夜鸹子阴惨惨的叫声，高一声低一声，让人汗毛倒竖，背脊发凉。

走进村子，一幢幢吊脚楼已经亮起灯火。天门的房屋很有特点，清一色吊脚楼，木质结构，青瓦房盖。房屋一律两层，一楼作圈舍，二楼住人。孔如鹏来天门之前，鲍书记再三提醒，说天门是罕见的古村落，一定要做好保护工作。除了吊脚楼，天门还有大山大河、芦笙舞、唢呐、古树、梯田、红米。鲍书记强调，天门是一座沉睡的金矿，正等待有心人将它唤醒。

唢呐断断续续，若丝线牵引脚步。孔如鹏一路走下去，看见有人在喂猪，有人在吹唢呐，有人在说笑，有人在打牌，有人在跳芦笙舞。走着走着，忽有人提着酒壶跑上来，斟满一杯酒，拦在他的面前。孔如鹏知道，这叫拦路酒，是天门人待客的礼数，万万不能拒绝。他一路走，一路喝，竟然喝了五六杯。

拐个弯，冒出一幢吊脚楼，孤零零挂在大樟树下。王天平黑衣黑裤黑脸，笔直端坐竹椅之上，托着一支唢呐。屋檐上吊着一颗灯泡，散发出昏黄的光芒。小虫子绕着灯泡乱飞，看上去像一团升腾的乌云。

唢呐断断续续，最后拖出一声长叹，戛然而止。

孔如鹏一步一步走上去，一直走到石头台阶下。王天平似乎没有看见他，枯瘦的身影端坐竹椅，一动不动，如一柄铁剑。

大，大伯，能和你聊一会儿吗？

王天平凝然不动，锥子般的目光忽射过来。

孔如鹏悚然一惊，颤声说，大伯，我……

王天平起身，拍拍裤子，提着唢呐，倏然闪进屋里。

孔如鹏叹了口气，准备转身离开，忽听嘎吱一声，木门打开，阿朵闪身而出。她穿着布依族服装，像一朵斑斓彩云，沿青石台阶飘下来。

孔支书，你别介意。阿朵低下头，小声说。

孔如鹏结结巴巴地说，没，没，没什么。

真对不起，阿爸心情不好。

放心吧，我不会介意。

唉，自从出事后，他就这样。

阿朵沉默片刻，又说，我真不应该，跟他吵了一架。

吵架？为什么吵架？

没什么，我要去打工，他不让。

孔如鹏笑笑，放心吧，会好起来的。

谢谢你，孔支书。

别叫支书，叫大哥吧。

好，孔大哥，谢谢你。

四

村委会也是一幢吊脚楼，坐落在梯田边。与其他楼房不同的是，这楼作了不少装修改造：一楼隔成三间，分别为图书室、资料室和医务室；二楼也是三间，中间为会议室，左边为工作人员办公室，右边暂作孔如鹏的卧室。

回到住处，孔如鹏看了会儿书，准备睡觉。他躺在床上，仰面看墙上的地图。那是天门的地图，吴王山巍峨，北盘江豪放，毛从河蜿蜒，村子藏身凹处，像一口深井。孔如鹏盯着吴王山，想象有一条公路在岩壁爬动，一直爬上山顶，伸向山外。恍惚中，炮声轰响，吴王山晃起来，石头漫天飞舞。他尖叫一声，一下从梦中惊醒。这时，他听见嘭嘭的敲门声，催命似的。拉开门，民兵连长陆小虎一阵风闯进来，气喘吁吁地说，妈的，那帮龟儿子，又赌上了。

据陆小虎说，村里有个叫马明的，算是刘志发的表弟。这小子又高又壮，却不愿耕田种地，也不愿出门做工，成天游手好闲，专干偷鸡摸狗的事。这狗日的，仗着懂点拳脚功夫，成天牛逼烘烘。怎么说呢？天是王大，他就是王二。马明带着几个弟兄，今天捣鼓这样，明天捣鼓那样，搅得村子不得安宁。比如说吧，王大爷家的黑山羊丢了两头，张大嫂家的放山鸡少了三只，龙三叔家的黑狗被人砍断前腿……大家都知道是怎么回事，但没有谁敢明说。这些坏东西，还时不时招惹村里的大姑娘小媳妇。前不久，马明勾搭上陈大傻子的婆娘，弄得鸡飞狗跳，差点搞出人命。老支书行动不便，有心无力，想管也管不了。刘志发呢，碍于亲戚关系，顶多不痛不痒说上几句。马明越发张狂，今天喝酒，明天打牌，后天砍伐古树，就像一根搅屎棍。这段时间，马明聚众赌博，已有不少人上了贼船。此时此刻，马明纠集了十几人，正猫在赵家老宅血战呢。

孔如鹏抓起手电说，走，过去看看。

陆小虎说，孔支书，多叫上几个人。

孔如鹏给刘志发打电话，通了，没接。又给文书、出纳等人打电话，要么关机，要么不接。陆小虎冷笑说，就算是打雷，恐怕也吵不醒。

出了门，只见月亮高悬，月色如霜。陆小虎在前，孔如鹏在后，穿过稻田，穿过树林，踏过一座桥，绕过一座山，直奔灯火隐约的赵家老宅。老宅远离村子，建在一堵断崖下。乍一看上去，就像一只鸟窝，吊在岩壁之上。据陆小虎说，老赵一家外出打工多年，这房子几乎被遗弃了。

走近些，陆小虎停住脚步，低声问，怎么办？

孔如鹏越过陆小虎，猫腰爬上斜坡。

陆小虎跟上，轻声说，算了，他们人多。

孔如鹏回头看了一眼，目光灼灼，如同闪电。陆小虎仿佛被火灼了一下，猛然缩回手，跟上孔如鹏，猫腰爬向老宅。

近了，更近了。烛光摇动，人影绰绰。老宅像一只硕大的马蜂窝，发出嗡嗡的吵闹声。陆小虎的心猛地跳了一下，又跳了一下。

孔如鹏大步走上去，一脚踢开木门。吵闹声叫嚷声戛然而止，仿佛被刀刃咔嚓斩断。十几张混沌的脸转过来，惊愕地看着孔如鹏。他们的手上，或捏着牌，或夹着烟，或端着酒杯，或拿着纸币……一排拉开的木桌上，胡乱摆放着方便面、酒瓶、杯子、纸牌、纸烟，烟雾缭绕，气味熏人。

别动，把手抱在头上。孔如鹏厉声呵斥。

众人按照命令，机械地把手放到头上。

孔如鹏吩咐陆小虎，辨认参加赌博的人，并记下名字。陆小虎的目光扫过去，碰上一双三角眼。他一惊，仿佛被针刺了一下。那是马明的眼睛，充满了严厉的警告意味。陆小虎顿了顿，避开马明的目光，缓缓走进屋子。

一丝风吹来，烛光动了动。马明忽然跳起，一巴掌拍灭烛火。赌徒们像出笼的野兽，到处乱撞乱窜，逮到窟窿就钻。屋子四处漏风，顾了这头，顾不了那头。几个黑影冲上来，猛地把陆小虎撞翻，闪身逃出小门。孔如鹏急了，伸手抓住两个家伙，将他们摔倒在地。他转过身，又抓住一个。这家伙力气奇大，不管不顾往外冲，像一头蛮牛。混乱中，是谁举起椅子，劈头盖脸砸下来。孔如鹏闪身躲过，椅子裹挟风声擦过耳朵，恰好砸在肩膀上，发出嘭的巨响。

不一会儿工夫，赌徒全跑光了。孔如鹏捡起电筒，照着满屋狼藉，不由鬼火乱窜。作为一个当兵的人，却斗不过一伙赌徒，真他妈丢脸啊。

远远地传来几声鸡鸣，天快亮了。

五

马明赌博的事，对孔如鹏似乎没有丝毫影响。天气晴朗的日子，他穿着迷彩服，戴着太阳帽，戴着墨镜，走过吊脚楼，走过稻田，走过石桥，走进树林。或沿着河流跋涉，绕着古树转圈，对着绝壁发呆。有时候，他攀上石梯，一直爬到吴王山顶。有人看见他独坐崖顶，对着呼啸的风，像一只秃鹫。

人们还发现，无论走到哪里，他总挎着一只鼓囊囊的帆布包。他走走停停，掏出笔记本写写画画，举起手机拍这拍那。他就像一只幽灵，随时可能出现在任何地方。也可以这样说，人们可能在任何一个地方碰见他。

有雨或有雾的日子，他在村子里游逛。他绕着吊脚楼转圈，举起手机拍石头路、青石台阶、青瓦房盖、木柱子、老石磨、旧纺车、旧石碓。更多的时候，他会走进某户人家，坐在主人家的木凳上，喝水拌酒，抽水烟筒，嗑花生米，吃火烧洋芋。有人说，孔支书是把喝酒的好手。有人说，孔支书记性好，能叫出每个人的名字。还有人说，孔支书不挑食，哪怕是酸汤苞谷饭，也能吃三海碗。几乎每个人都说，孔支书是个直筒子，好说话，自来熟。

有句话说得好，新官上任三把火。孔如鹏呢，一点火花也没敲出来。自从来到天门，他不像支书，倒像个游客。刘志发很快就把他看轻了，认定他不过是只绣花枕头，啥也不会，啥也不懂。村民们私下议论，说孔支书不像支书，倒像说书的。王天平成天拉长脸，见鸡骂鸡，见狗踢狗。阿朵劝他不要生气，保重身体要紧。他皱着眉头说，姓孔的占着茅坑不拉屎，我能好受吗？不行，我要向上级反映，把狗日的踢出天门。阿朵劝他不要折腾，把腿养好再说。王天平长声哀叹，缓缓举起唢呐。于是，村庄上空又响起了苍凉的旋律。

一个阴沉沉的下午，孔如鹏挎着帆布包，循着苍凉的音符走去。转过弯，又看见那幢孤独的吊脚楼，像一幅画挂在大樟树下。屋檐下没有人，只有一张空空的竹椅。目光滑下屋檐，循声望去，碰上一间偏房。偏房很小，搭在正屋侧边，斜面青瓦盖，仅有几根柱子支撑，三面空空无板壁。

王天平坐在炉火边，正在试吹一支唢呐，发出咿咿呀呀的声响。不用说，这偏房就是王天平的唢呐作坊。王天平不仅唢呐吹得好，还会纯手工打制唢呐。听人说，他制作的唢呐名声在外，一副能卖两三千元。

孔如鹏走进屋檐，小作坊一览无余。王天平坐在木凳上，面前是砖砌火炉，旁边卧一具风箱，身后站着几支长长短短的唢呐。靠墙有一排木架，上面摆放木槌、锤子、铜片、转子、芦苇秆、唢呐碗、铁钳、扳手、锯子、剪刀、实心木杆或空心圆木杆……分门别类，一点不乱。地上有零星的木屑，趴着两三只大小不一的木墩，站着一只装木炭的桶，还有小半盆清水。

王天平停下吹奏，举起唢呐，对着亮光看了又看。

孔如鹏走进去，赞叹说，大伯，这唢呐真漂亮。

王天平好像没听见，保持姿势不变，目光顺着唢呐杆子，从第一孔移到最后一孔。他一声不吭，皱了皱眉头，把唢呐放在另一把唢呐的旁边。

地板上站着八支唢呐，两两成双，按高矮排列。第一对短，第二对稍长，第三对长，第四对最长。颜色不一，分别为酱紫、鲜红、淡黄、乌黑。孔如鹏弯下腰，从第一支开始，一一打量。王天平起身，走到架子边，捡起一块红铜片，坐在木凳上，用尺子量，又用画针画，再用剪刀剪下一溜铜片。

孔如鹏提起一把唢呐，笑笑说，我吹一下试试。

放下，不要乱动。王天平噌地站起来。

孔如鹏有点尴尬，讪笑说，大伯，这手艺真不赖。

王天平哼了一声，你有事吗？我很忙。

孔如鹏掇过一张木椅，坐下说，你忙你的，我看看。

王天平轻轻扶了扶唢呐，又坐回木墩，继续干活。他将铜片略长的一边剪成弧形，然后将铜片放在画针杆处，再用小锤子一点点锤打，使铜片两端连起来。敲打结实之后，再用焊药均匀地、反反复复涂抹连接处。

孔如鹏打开手机，对准忙活的王天平。镜头里，他看见了古铜的脸庞，花白的头发，皱纹密布的额头，专注的目光，粗糙的手掌，灵巧的手指，精准微妙的动作。王天平将铜片放进火炉，高温加热，再反复锤打，细细整形。那些不起眼的铜片，在敲打中渐渐变形，渐渐升华，成为一枚闪光的芯子。

过了好久，王天平抬起头，惊讶地说，你还没走？

大伯，你这个可以申报非物质文化遗产呢。

不，不报，丢不丢人。

这事你别管，我来弄。

不报，把视频删了。砰的一声，铁锤砸落。

孔如鹏沉默片刻，打开帆布包，掏出一瓶酒，拧开盖子说，大伯，你歇一下吧，我请你喝酒，一起聊聊。

没什么可聊的，你走吧。

喝一口，这酒不错。

王天平挡开酒瓶，指指腰间的酒壶说，我有酒。

大伯，公路该动工了。孔如鹏叹了口气。

王天平望了望灰色的天空，嘟囔说，要下雨了。

孔如鹏把酒瓶递过去说，大伯，这事还得请你帮忙主持呢。

王天平挡开酒瓶，捡起拐杖，一瘸一拐走出作坊。

下雨了，噼噼啪啪，敲打瓦片，声声入耳。

六

这场雨来得突然，像一张大网，眨眼间将天地罩住。雨点从屋檐掉落，滴滴答答。孔如鹏呆坐片刻，背起帆布包，提着酒瓶，走出偏房，看着雨点溅起的青石梯子，犹豫着要不要爬上楼，找王天平讨一把伞，或者再坐上几分钟。他的目光穿过雨幕，只看见一张空空的竹椅，直戳戳横在屋檐下。

雨如子弹扫射，只一刹那工夫，孔如鹏已是千疮百孔。他笑了笑，举起酒瓶，碰了碰迷蒙的天空，踏过石头路，急匆匆跑起来。拐弯处，忽然冒出一个撑伞的人，差点撞了个满怀。孔如鹏擦了把雨水，失声喊道，阿朵。

来人正是阿朵。她立住脚，看着落汤鸡似的孔如鹏，咯咯笑了起来。她把伞移过来，笑着说，孔大哥，你这是干吗？

孔如鹏叹口气，我请你爹喝酒，他把我赶出来了。

我爹就是那脾气，谁让你招惹他？

我真搞不明白，他为什么容不下我？

唉，我爹老了，脾气也大了。

孔如鹏嗅到一股清香，不禁慌了一下，悄然挪开身体。

我爹爱酒，谁都知道。阿朵又把伞偏了偏。

孔如鹏举起酒瓶，来，喝酒。

阿朵接过酒瓶，仰脖灌了一口，笑笑说，好酒。

孔如鹏想了想，说，阿朵，帮我劝劝你爹。

阿朵瞪大眼睛说，你说吧，要我干吗？

孔如鹏表示，他这次过来，主要是想谈谈修路的事。这事不能再拖了，再拖黄花菜都凉了。不过，修路不是说干就干的，牵扯着方方面面的问题。比如，资金从哪里来，谁提供技术支持，劳力如何解决，后勤如何保障。孔如鹏一直思索这些问题，目前也有一些想法。对于资金，打算采取三条途径筹措：向上级要一点，动员村民筹一点，呼吁爱心人士捐一点。村里拟写报告，请求乡政府协调解决雷管炸药，这事鲍书记已作过口头承诺。打算向上级申请，派遣技术人员，或者在网上发布信息，寻求能提供技术指导的志愿者。打算召开动员大会，呼吁村民出工出力。他初来乍到，对情况不熟，希望得到老支书的支持。

阿朵叹口气说，这事太难了，我每次看见阿爹的断腿，就忍不住掉泪。你知道吗？我爹做梦都想把公路打通。他不止一次说过，天门人太苦了，一辈子被压在山下，比孙猴子还憋屈。他多次表示，要苦就苦我们这一代吧，哪怕拼了这把老骨头，也要把路打通。他带着天门的男人们，爬上岩壁，系着安全带，用锤子敲，用钢钎钻，打炮眼，炸岩石，移山开路。可恨老天不长眼，公路刚爬上岩壁，我爹就出了事。阿爹说，他活得真窝囊，注定要被大山压一辈子。路打不通，天门人注定只能做乌龟，永远趴在吴王山下。

放心，大伯没做完的事情，我来做。

唉，我爹，他不相信你，说你是……

说我是什么？

说你是说书的，来天门不过为了镀金。

孔如鹏举起瓶子，跟天空碰了碰，猛地灌了一口。

你放心，哪怕把天戳个窟窿，我也要把路打通。

阿朵点点头，你回去吧，我再劝劝阿爹。

雨小了些，滴滴答答敲打伞盖。雨水从伞檐流下，像细细的栏杆，围成一个圆圈。孔如鹏和阿朵就站在圆圈中，听风声雨声，看烟雨弥漫，小声地说话。孔如鹏从未想过，自己会跟阿朵站在一把伞下，说了那么多话。

孔如鹏掏出手机，让阿朵观看王天平制作唢呐芯子的视频。他认为，纯手工打造唢呐这事挺有意思，可以申报非物质文化遗产项目。省里市里都有这方面的文件，如果申报成功，至少有上万甚至几万的资金扶持呢。

好事情，那就报啊。阿朵跺了跺脚。

孔如鹏叹口气，唉，可惜大伯不配合。

你说吧，我们该怎么做？

孔如鹏表示，要的资料并不多，主要是制作唢呐的视频，以及解说的文字资料。问题在于王天平不配合，没办法完整地拍摄制作唢呐的流程，比如，如何上山找材料，如何锻打、切割、拼装，如何砍锯、车旋、钻孔、剪刮，如何试吹、修定、打磨，就算拍到视频，没有王天平的参与，也没办法解说清楚。

阿朵笑笑说，这事嘛，你不行，我行。

你，你，能行？孔如鹏瞪大了眼睛。

雨点变得稀疏起来。孔如鹏挥手告别，提着酒瓶走进暮色之中。阿朵要把雨伞给他，但他拒绝了。他无视风雨，脚步坚定，从容而行。

那个晚上，人们看见孔如鹏没有撑伞，湿淋淋地走过村子。雨声滴答，风声呜咽，他却毫不慌张，缓缓冒雨而行。有人跟他打招呼，他没有丝毫反应，好像已进入另一个世界。他提着一瓶酒，时不时举过头顶，跟天空碰杯。

人们不知道的是，孔如鹏回到住处时，竟把一瓶酒干完了。

他把空酒瓶放在书桌上，看了又看，看了又看。

七

在人们的眼中，孔如鹏就是一只孤魂，游荡在天门的土地上。用刘志发的话说，除了晃荡，他还会做什么？还能做什么？谁也没有料到，忽然有一天，孔如鹏不"晃"了。他一反常态，通知村委会干部，马上召开会议。

刘志发提着水烟筒，趿拉拖鞋走进会议室，看见孔如鹏沉着脸坐在长桌的一端。其他人都到了，稀稀拉拉围桌而坐。刘志发坐到座位上，吧嗒吧嗒抽水烟。孔如鹏皱了皱眉头，让他收起烟筒，准备开会。

刘志发吐出一口烟雾，放下烟筒说，孔支书，我提个意见。孔如鹏点点头，问他有什么意见。刘志发说，村委应该少开会，开短会，多做事，少空谈。孔如鹏看看手机，加重语气说，刘主任，我也提一个要求，以后请准时参会。

孔如鹏的目光扫过众人的脸，敲敲桌子说，该开的会还是要开，开会是为了统一思想，为了安排工作。下面，我们讨论几个问题，请作好记录。

出乎意料，孔如鹏提到了马明聚众赌博的事情，问大家有什么看法。刘志发率先表示，这种事常有，管不过来，乡里乡亲的，不过是找点乐子，批评教育就行了，没必要上纲上线。陆小虎起身说，马明那种人，难道不该收拾？刘志发冷笑，哦，我忘记了，你是民兵连长啊，这事该你管，呵呵，赶快把马明抓起来啊。陆小虎猛地拍了一下桌子，吼道，我就不信，没有人能治他。

孔如鹏敲敲桌子，示意所有人安静。刘志发瞟他一眼，撇了撇嘴，仰面靠在背椅上，将一只腿架到另一只腿上。陆小虎挺直脊背，打开笔记本，将目光投向孔如鹏。其他人呢，或低头看记录本，或玩弄笔头，或翻看手机。孔如鹏咳嗽一声，开始发表意见。他认为，马明这种事下不为例，过去的既往不咎，之后绝不姑息。试想一下，如果村里赌博成风，会引起多少是非？这个村子还有什么希望？村委必须加大宣传力度，严禁任何人参与赌博。若谁不听招呼，该报警就报警，该抓人就抓人。如果谁讲人情，顾及面子，甚至勾勾搭搭，通风报信，必将严惩不贷。他特地要求陆小虎，一定要操练民兵，护一方水土平安。

话音刚落，刘志发猛地站起来，脸色铁青地说，孔支书，你不要指桑骂槐，马明虽然是我的表弟，但我与他没有半点瓜葛。

好，这样好。孔如鹏目光如炬，一字一句地说，我先把话撂在这里，谁若做出违背纪律的事情，休怪我翻脸不认人。

众人肃然，低头做笔记。

孔如鹏点点头，提出第二个议题。他认为，应采取措施，对古树、吊脚楼、唢呐、芦笙等进行保护，不能任其自生自灭。比如，经初步统计，天门有近千株古树，但却缺乏精准管理。据村民反映，马明等人为了捞钱，竟对古树抡起了斧头。再如唢呐，只剩下王天平为代表的几个老头仍在坚守。尤其是纯手工打造唢呐的技艺，如今仅剩王天平一人。如果丢掉了这些元素，天门将不再是天门。孔如鹏反复强调，将来发展旅游，这些东西比金子还可贵。

最后一件事，讨论修路事宜。孔如鹏表示，要想富，先修路，没有路，没出路。村委目前最重要的工作之一，就是尽快召开村民大会，商议筹款、出工等问题，尽快将修路提上日程。天门人憋屈了几百年，是该有一条路的时候了。

话音刚落，会场炸开了锅。这事说起容易，做起来却千难万难。钱从哪儿来？绝壁如何凿？炸药雷管怎么解决？万一弄出人命怎么办？

刘志发长吸一口烟，清清嗓子说，孔支书，你开什么国际玩笑？

谁开玩笑？再难也要上，我们不修，谁修？孔如鹏一拳头砸在桌子上，沉声说，一年修不通，两年。两年不够，三年。这代人不行，下一代。

刘志发表示，这事不靠谱，应该慎重考虑。正如有句山歌所唱，要是吴王能修路，石头开花马长角。老支书干过这事，结果怎么样呢？山上有山神，谁碰谁倒霉。一句话，这事不能草率，应该从长计议。村委可以向上头打报告，拨一笔足够多的钱，找足够专业的工程队，也许方能啃下这块骨头。

孔如鹏坚持认为，再硬的骨头也要啃，晚啃不如早啃。上面的意思，由村委组织村民出工，乡里提供火药雷管，还可协助联系技术员。毛路打通之后，政府再投入资金，对路面进行硬化。没办法，用钱的地方太多，政府也有难处。村里应该打消坐等要的念头，尽早把修路的事情提上日程。

大家纷纷发言，有支持的，有反对的，还有模棱两可的。陆小虎提出，动工时间应安排在秋收之后，理由有两条，一是错开农忙季节，时间比较宽裕；二是入冬之后，外出打工的人陆续返回，人力较为充足。

刘志发皱着眉头说，你们说了算，但我保留意见。

孔如鹏一锤定音，秋收之后，便是动工之时。

八

村子上空，又响起断断续续的唢呐声。有人找上门，跟王天平说修路的事，他置若罔闻，如同聋子。他天天窝在作坊，埋头制作芦苇哨子、铜片芯子、木头杆子、唢呐碗子，再进行装配、试吹、校音、打磨。作坊里挂满了长长短短的唢呐，将王天平团团围住。阿朵举着手机，跟在他身后转悠，拍下古铜色的脸，花白的头发，纵横的皱纹，粗糙的手掌，专注的目光，精准的动作……她问这问那，大有一种打破砂锅问到底的劲头。王天平觉得奇怪，问她到底想要干吗。阿朵伸伸舌头，笑着说，爹，你老了，我得继承你的手艺嘛。

修路的风声传开后，好像没多少人当回事。有人咂咂嘴说，修啥子路，别做白日梦了，山神爷是好惹的吗？看看老支书吧，岩壁没啃开，倒贴了一条腿。还有人发牢骚，认为孔支书只会喊口号，修路修路，要钱没钱，要物没物，要人没人，拿什么修？用嘴啃？用手刨？用头撞？还是用脚踢？

私下里，刘志发也会发表几句牢骚。他认为，孔如鹏只会耍嘴皮子，啥事也办不成。作为支书，他从不干实事，只会"晃"来"晃"去。怎么说呢？真把天门当度假村了。修路不是喊喊口号，那可是玩真功夫。试想一下，连老支书都搞不定的事，新支书搞得定吗？一只还没开嗓的小公鸡，能唱什么调？

秋风渐紧，村民们抡起雪亮的镰刀，走向金色的田野。某个早晨，人们看见孔如鹏挎着帆布包，穿着迷彩服，从村委晃出来，像一个逃兵。他踩着薄雾，匆匆赶到吴王山下，抓住石梯往上爬，仿佛一只风中摇晃的蚱蜢。

有人议论，孔支书是不是逃走了？还回不回来？刘志发冷笑，谁知道呢？天门太小，不够孔支书晃，他要晃到更广阔的天地去。陆小虎骂道，放屁，孔支书过几天就回来。有人笑道，一只没开嗓的小公鸡，不回来也罢。

一天，两天，三天，孔如鹏没有回来。有人说，孔如鹏出去找关系，估计要坐直升机。有人说，孔如鹏干不下去了，打算跟战友投资办厂。有人说，孔如鹏犯了错误，已被派出所扣押。还有人说，孔如鹏傍上一富婆，甘当吃软饭的小白脸。面对各种议论，王天平从不发表看法，整天待在作坊里，敲敲打打，吹吹唱唱。马明又张狂起来，四下招呼"会员"，打算找地方"聚一聚"。

第七天的下午，孔如鹏回来了。确切点说，他押着一卡车炸药回到底母。他给陆小虎打电话，让他多带点人手，马上过去搬运火药雷管。

陆小虎带上十几名汉子，背上背篓赶到底母。他们走近卡车，看见了满面风尘的孔如鹏。他瘦了，也黑了。眼睛红红的，额头有了皱纹。

在孔如鹏的率领下，汉子们把炸药雷管背到吴王山崖口。距石梯不远，有一处倾斜的白色断崖，下有一幽深岩洞，人称白蛇洞。一条羊肠小道弯弯扭扭，通往断崖之下。孔如鹏打头，陆小虎第二，领着汉子们紧贴岩石，如壁虎爬行，慢慢爬到白岩之下。孔如鹏的意思，雷管炸药就保存在白蛇洞，修路时即取即用。他吩咐陆小虎，安排民兵驻守岩洞，轮流看守，不得有误。

回到天门，孔如鹏召开村委会，汇报了几天来的"活动"情况：一是得到上级大力支持，已解决雷管炸药，并拨款二十余万元；二是经多方争取，获得爱心捐款近十万元；三是经请示协调，交通局将抽取一名业务过硬的技术员，对修路作指导。孔如鹏强调，村委要马上召开村民大会，充分发动村民，有钱出钱，有力出力。一句话，修路的事必须尽快上马，箭在弦上，不可不发。

会后，陆小虎跟孔如鹏提议，让他去找找王天平。理由很简单，王天平不只是老支书，还是村里的寨老，村民们听他的。

孔如鹏提上两瓶平坝大曲，连夜去了王天平家。跟往常一样，王天平端坐竹椅之上，黑衣黑裤黑脸，托着一支唢呐。屋檐下的灯泡一动不动，散发出昏黄的光芒。一曲奏完，孔如鹏踏上青石台阶，走到王天平的身边，笑着喊了声大伯。王天平一动不动，好像没有看到，也没有听见。孔如鹏放下酒瓶，掇一张凳子坐下，笑笑说，大伯，我想找你谈一谈修路的事。

王天平指着酒瓶说，提走，少来这套。

一点小心意，还望大伯笑纳。

提走，赶紧提走。王天平捡起拐杖，站了起来。

等一下，大伯，我找你真有事。

灯光下的王天平如同雕像，棱角分明的脸庞泛起冷冷的光芒。

大伯，修路的事情，得请你帮忙拿主意啊。

唉，我老了，腿也断了，没什么用了。

阿朵跑出来，责怪父亲说，爹，咋不让孔大哥进屋？

王天平瞪了阿朵一眼，小孩子懂什么？别插嘴。

阿朵噘了噘嘴，爹，我已经二十了。

王天平叹口气，唉，二十了？瞧我这记性。

阿朵笑了笑，转身进屋，提出一把酒壶，倒了半碗酒，端给孔如鹏。王天平瞟一眼，没有吭声。孔如鹏端起酒，一饮而尽。

王天平沉默一会儿，缓缓掉转头，拄着拐杖往屋里走。孔如鹏急了，接连喊了几声，没有丝毫回音。阿朵扑哧笑了，偷偷打手势，让他别追了。孔如鹏请阿朵收下平坝大曲，并劝劝她的父亲。阿朵说，酒你带走，我会尽力。

孔如鹏恳求说，收下吧，一点小心意。

带走带走，你又不是不知道老爷子的脾气。

唉，这到底怎么回事？我没招谁惹谁啊。

阿朵看了看挂在树梢的月亮，悄声问，那件事办得怎样了？

没问题，你放心。孔如鹏拍了拍胸脯。

太好了，你回去吧，时间不早了。

九

孔如鹏上了一趟吴王山，领来一个戴着眼镜，面色白净的小伙子。村里人说，怎么那么白呢？是雪做的？还是面捏的？

小伙子名叫赵庆阳，孔如鹏称他为赵工。据孔如鹏说，赵工毕业于某所著名的大学，主修道路桥梁工程，有过硬的专业技术能力。别看赵工年纪不大，已多次参与指挥修建公路，算这一行的老人了。尤其难得的是，赵工曾带领百里之外的罗盘村，从悬崖上劈出一条挂壁公路。刘志发不以为然，当面称赵工，背地里却说，一个雪人能做什么？那么白那么软，太阳大一点就化了。

令人意外的是，"雪人"却扛着测绘工具，天天往山上跑。爬石梯，钻草丛，攀岩壁，测定路线，绘制草图。接连干了十几天，雪人没有软，也没有化，相反，越来越硬，越来越黑，成了"黑人""铁人"。

村民大会如期召开，效果却不理想。孔如鹏精神抖擞，发表了慷慨激昂的讲话，响应者却寥寥无几。村民们心不在焉，有的抽旱烟，有的看手机，有的拉家常，有的打瞌睡。孔如鹏声嘶力竭，嗓子都冒烟了。他四下搜寻，也没看见王天平的身影。直到会议过半，他才看见阿朵匆匆赶来，站在人群后面。

散会后，孔如鹏又用喇叭反复播报通知，要求每户人家至少出一个劳力，明早八点到村委集中，一起上山修路。喇叭如雷轰响，盖过了咿咿呀呀的唢呐。王天平对着天空大骂，号丧啊，嗓门大有毛用？有本事把路修通啊。

第二天早上，孔如鹏叫上村干部，候在村委会门口。时间已过，只来了七八个人。孔如鹏打开喇叭，让大家赶快来村委集中。天地间回荡着如雷的吼声，村庄却寂然不应。人们好像成了聋子，多大的声音也听不见。

陆小虎看不下去，让孔如鹏别喊了。他告诉孔如鹏，王天平不开口，喊破嗓也没用。刘志发拖长声调说，那怎么办？还上山吗？孔如鹏想了想，斩钉截铁地说，走，上山。刘志发笑了，什么，上山？就凭这几个人？孔如鹏说，对，就凭这几个人。刘志发大笑，孔支书，你疯了？孔如鹏说，走，上山。

刘志发不想去，认为这不过是耍猴戏。个别干部也犹豫不决，大有打退堂鼓的架势。孔如鹏拉下脸，要求干部必须上，一个也不能少。就这样，孔如鹏扛上钢钎，带上十几人组成的队伍出发了。他们迎着萧瑟的秋风，走出村子，走过稻田，走过那段破路，攀上挂在岩上的石梯，恍如一串蚱蜢。

孔如鹏听从赵工的意见，决定从峰顶切入，从上往下掘进。顶峰虽险，但人在其上，气势胜了一头。从下往上，绝壁压顶，抬不起头，伸不直腰，恍若背负巨石作业，哪有什么出头之日。古人说，射人先射马，擒贼先擒王。从上往下，一鼓作气，先拿下最为险要的地方，无异于射马擒王。

话虽如此，当孔如鹏站在悬崖口，却忍不住双腿打战。风声响亮，从崖下呼啦啦冲上来。灌木又矮又小，裸露枯黑的枝干，瑟瑟发抖。小心地探出头，但见悬崖垂直，深不见底。要是一脚踩滑，后果不堪设想。那些坠落悬崖的人，是不是像一只只折翼的飞鸟，垂直撞向岩石？风中传来哭喊声、呻吟声、叹息声、咒骂声、哀嚎声、碰撞声？孔如鹏背脊发冷，不由往后退了一步。

众人盯着孔如鹏，似乎在等他拿主意。孔如鹏伫立崖顶，不能转身，也不能往前。他知道，只要自己软了，修路的事算彻底黄了。

一轮红日从天边升起，洒下万丈光芒。孔如鹏久久伫立，久久不语。其他人还在等待，硬硬的目光直戳后背。恍然中，他又看见祖父托起金黄的勋章，目光沉甸甸地看着他。祖父说，我从没遇过那么冷的天气，天天刮风下雪，哪怕哈一口气，也会结成冰；尿撒出去，立马成为棍子……在一个地方站上几分钟，就被冰雪冻住……嘴巴被冻住了，头发被冻住了，衣服也被冻住了，整个人就像冰块……地面硬邦邦的，比钢铁还要硬，哪怕用刀戳，也没办法砍开……我们伏在冰雪中等了许久，终于听见隐约的脚步声……他定了定神，祖父消失不见，父亲拄着拐杖走来。随着轰隆一声巨响，父亲飞上天空，又砸下来……父亲举起拐杖，指着天空说，去吧，别给老子丢脸。

孔如鹏霍然转身，大声说，来，系绳子。

赵工为孔如鹏系上绳索，反复检查几遍，握了握他的手，使劲点点头。孔如鹏也点点头，缓缓走到悬崖边，爬进竹箩筐。箩筐用龙竹编制，异常牢固扎实，如同钢筋铁骨。箩筐上系着一根粗大的棕绳，绳子的另一头拴着碗口粗的树干。几条汉子握住绳索，一点点往下放。孔如鹏蹲在箩筐里，双手紧紧抓住绳索，忍不住微微颤抖。他贴着绝壁，一点点矮下去，矮下去。最后看了一眼赵工，还有赵工身后的树，以及树后面的天空，便只剩下坚硬的岩壁。

风呼呼吹来，箩筐荡来荡去。孔如鹏抓紧绳子，像一只飘动的蜘蛛。他定了定神，往身后瞟了一眼。岩壁如镜，笔直插入峡谷。北盘江纤细如线，蜿蜒缠在谷底，时隐时现。天门像一叶浮萍，那么远，那么小。他转头面对石壁，吐出一口粗气，拽了拽腰间的绳子，粗大坚固；又试了试箩筐上的棕绳，粗硬如铁。这时，岩顶传来赵工的声音，让他不用担心，绳子很扎实。

他荡过去，举起风钻，对准岩石。轰鸣声响起，整个岩壁颤抖起来。孔如鹏吓了一跳，风钻差点脱手。他咬咬牙，握稳风钻，撞向岩石，粉尘纷飞，响声如雷。石壁真硬啊，费尽九牛二虎之力，只打出一个浅洞。

风声远去，忽听头上传来说话声。他抬起头，看见陆小虎和石匠候三腰系长绳，趴在箩筐里，缓缓落下来。他们冲他挥挥手，贴着石壁往下坠，一个在左，一个在右。他点点头，举起钢钎，杀向沉默千年的岩石。

吴王山上，响起了敲打声、吼叫声、隆隆的炮声。沉默的石头，坚硬的石头，顽固的石头，被钢钎撬开，被大锤敲碎，在炮声中分崩离析。

正午时分，日头高悬。阿朵背着背篓，气喘吁吁爬上崖顶。岩壁被炸出一个缺口，男人们裸着肩膀，正在跟石头玩命。阿朵挥挥手，吆喝大家开饭。众人扔下钢钎锤子，丢下锄头簸箕，一下子涌到阿朵身边。阿朵盛饭舀菜，吩咐大家不要急，慢慢吃，管够管饱。有人边吃饭边问，阿朵，明天还来吗？阿朵说，要来。有人又问，后天来吗？阿朵说，我天天来。

孔如鹏把阿朵叫到一边，低声说，辛苦你了。

阿朵不说话，低头踢飞一粒石子。

谢谢你，阿朵，我干活去了。

慢，等一下。阿朵扑哧一笑。

有什么事，你说。

我爹想喝酒了，让你把平坝大曲送过去。

好的，没问题。

十

孔如鹏躺在床上，身子骨几乎散了。闭上眼，感觉身体仍挂在绝壁上，随风飘来晃去……钢钎一下一下撞击岩壁，锤子一下一下敲打岩石……敲击声、吼叫声、轰隆的炮声……石头飞起落下，灰土烟雾弥漫，火药呛人的味道飘满山谷……日头高悬，阿朵背着背篓，抓着绳子似的小路往上爬……

敲门声响起，急促如同暴雨。孔如鹏竖起耳朵，听见有人喊，孔大哥，孔大哥。披衣起床，拉开门一看，不由愣住了。阿朵站在门外，握着手电，提着雨伞。她的身后，冷风呜呜咽咽，小雨淅淅沥沥。

你怎么来了？阿朵。孔如鹏闪开身，让她进屋。

阿朵摆摆手，说她父亲得到消息，马明等人正在野猫洞赌博。自从村里颁发了禁赌令，马明消停了几天。这段时间，马明又旧病复发，暗里张罗赌局。为掩人耳目，他将赌场设在荒郊野外、河沟山洞等隐蔽之处。野猫洞位于北盘江附近的岩壁之下，周围长满茂盛的芦苇，是聚赌的窝点之一。马明作出严格的规定，凡是参加活动的人员，必须提出申请，通过多重考验，方能颁发"会员证"。一旦入会，不得背叛组织出卖同志，违者扔进北盘江喂鱼。王天平安排眼线，经过半个多月的盯梢暗访，终于大致掌握了马明的行踪。

孔如鹏抓起电筒，骂道，狗东西，我看他怎么逃。

阿朵拦住孔如鹏，压低声音说，我爹的意思，他负责联系派出所，你带人盯住野猫洞，尽量拖时间，等派出所的人来了再动手。

孔如鹏给陆小虎打电话，让他带上民兵，立马到村委会集中。他又给其他村干部打电话，除了刘志发没接，其他人均表示马上就到。

十分钟后，该到的人都到了。孔如鹏提醒大家，不要说话，不要打手电。所幸夜色并不浓烈，能够看见乌黑的小路。涛声隐隐传来，牵引着脚步的方向。走着走着，小路消失了。芦苇越来越多，看上去黑压压一片。涛声渐响，如战鼓齐鸣，如雷声隆隆。抬起头，只见乳白的雾气中，矗立着一堵断崖。

冷雨滴答，露水浓重。芦苇高大茂盛，密不透风，一丛一丛低垂头颅。走在芦苇中，脚步凝重缓慢，就像蜗牛爬行。爬到距岩壁不远的地方，阿朵噘起嘴巴，学了三声鸟叫，一低一高一低。不一会儿，芦苇丛中传来三声应答，一弱一强一弱。几分钟后，一个黑影钻出芦苇，弓着背摸过来。

来人叫毛小鹏，是王天平安排的眼线。毛小鹏将手指压在嘴上，低低嘘了一声。所有人屏住呼吸，跟着毛小鹏匍匐向前。芦苇上的雨水饱满硕大，不时砸落头上背上，发出沉闷的破碎声。爬上一片斜坡，毛小鹏停下来，指了指前方。众人趴下身子，隔着密密层层的芦苇，依稀可见一个乌黑洞口。仔细看，洞口若有光，忽明忽暗，忽暗忽明。再往里看，离洞口一米处，坐着一个黑影，背靠石壁，怀抱砍刀。毛小鹏说，那是放哨的，大约两小时轮换一次。

孔如鹏吩咐众人呈扇形排开，将洞口团团围住。冷风吹过，芦苇影影绰绰。硕大的雨点砸落，发出砰砰砰的响声。冷气穿透身体，骨头嘎吱作响。孔如鹏低声说，要不动手吧，弟兄们熬不住啊。阿朵说，不行，我爹说了，派出所的人来了再动手。孔如鹏看看手机，说还要等多久？这样下去要死人的。阿朵给王天平发短信，显示信息无法发出。这地方太偏了，手机没有信号。

又等了半小时，民警还是没有来。孔如鹏认为，天气不好，路不好走，民警一时半会儿来不了。阿朵又是拨电话，又是发短信。孔如鹏让她别忙活了，一点用也没有。有人受不了，提议先回去，等民警来了再说。

芦苇丛响起几声口哨，划破寂静的夜空。岗哨陡然跳起，冲出洞口看了看，又将头伸进洞里，发出一阵吼叫。几个人影冲出洞口，扯着嗓子吼，妈的，怎么了？怎么了？岗哨连滚带爬，边跑边喊，快，有情况。

孔如鹏来不及多想，带领众人冲上去。赌徒们惊慌失措，有的抱头求饶，有的掉头往洞里跑，有的试图钻进芦苇丛。不一会儿工夫，多数赌徒已被拿下，只有少数龟缩在洞里。孔如鹏带上几个人，正准备进洞，没想到马明提着砍刀，骂骂咧咧地跳出来。阿朵尖叫一声，躲到孔如鹏的身后。陆小虎举起电棍，指着马明说，放下刀，不要乱来。孔如鹏目光炯炯，吼道，马明，你要干什么？

马明嘿嘿冷笑，上下舞动砍刀，一步步逼过来。众人纷纷后退，退进簌簌发抖的芦苇。砍刀劈过，芦苇被刀锋所伤，发出痛苦的叫声。

不要乱来，放下武器。孔如鹏捡起一根芦秆，指着马明说。

马明挥动砍刀，骂道，滚开，信不信老子弄死你。

孔如鹏不退反进，手持芦秆，一步一步走上去。马明连连后退，一直退到洞口边。众人围上来，形成一个扇形。恰在此时，王天平拄着拐杖，带领村民们匆匆赶到，里三层外三层地将野猫洞围起来。村民们一人举起一支火把，照得岩壁亮如白昼。芦苇在火光中晃来晃去，仿佛跳舞一般。

马明退无处退，忽然挥刀劈来。刀光闪亮，众人失声尖叫。孔如鹏身形闪过，一棍子抽到马明的脸上。马明失声惨叫，砍刀咣当掉地。

阿朵跑上前，连声问，孔大哥，没事吧。

马明举手抱头，背靠石壁，与其他赌徒蹲在一起。

孔如鹏蹲下身，看着砍刀说，刀不错，可惜了。

陆小虎双手叉腰，高声说，仔细清点，把赃物带回去。

马明四下瞟了瞟，趁看守的民兵不注意，拔出一把匕首，扑向弯腰清点赃款的孔如鹏。斜刺里劈下一根拐杖，准确地将匕首击飞。孔如鹏猛然回头，看见王天平独腿站立，举着拐杖，怒目圆瞪，如天神下凡。

谢谢你，大伯，谢谢。孔如鹏鞠了一躬。

谢什么？小子，别以为只有你当过兵。

王天平顿了顿，沉声说，老子也当过兵。

拐杖铿锵落地，又变成另一条腿。

十一

村庄上空的唢呐稀疏了许多。王天平变得繁忙起来。他走出作坊，拄着拐杖，一家挨一家串门。看着行色匆匆的老支书，人们颇感意外。近半年来，他天天摆弄唢呐，死活不愿挪窝。如今呢，好像打了鸡血，比谁都闹得欢。

很意外，参加修路的村民渐渐多起来。看着长长的队伍，刘志发忍不住嘀咕，疯了，真是疯了。唢呐声又响起来，变得生机勃勃，茂盛铿锵。

赵工与孔如鹏商量，成立了两个特殊的战斗组：一是将石匠们编为一组，作为尖刀班；二是抽出十几个身手灵活的汉子，组成炮兵连。尖刀班由陆小虎担任组长，主要负责攻坚排难，就是要"啃最硬的骨头"。炮兵连由赵工指挥，主要负责打炮眼、放炮。赵工将队员集中起来，进行强化培训。赵工反复强调，放炮是个技术活，绝不能一味苦干蛮干，还要学会善干巧干。

公路一点一点推进，如蜗牛爬行。岩石真硬，如铜墙铁壁。锤子敲上去，火花四溅，虎口欲裂。钢钎杀上去，只留下浅浅的痕迹。汉子们身系长绳，吊在悬崖上，趴在箩筐里，用风钻钻，用钢钎撬，用雷管炸，用脚蹬，用手扒。噪声轰响，尘土纷飞。岩壁陡峭嶙峋，那就先放一炮，炸出立足之地，再一钎一钎地钻，一锤一锤地敲。刘志发发牢骚，照这样啃下去，不知要啃到驴年马月。陆小虎说，别说丧气话，啃一点，少一点。阿朵说，是啊，山凿一尺宽一尺，路修一丈长一丈。刘志发干笑说，如果我记得不错，这是你爹说过的话。阿朵说，不错，是我爹说的。刘志发又笑了一下，你爹啊，怎么说呢？好了伤疤忘了痛。孔如鹏勃然变色，厉声呵斥道，刘主任，你说的是人话吗？

公路推进顺利，孔如鹏却陷入了更大的焦虑。修路修路，可不能只喊口号，须有真金白银。账上的数字越来越少，雷管炸药消耗飞快，锄头铲子钢筋锤子损耗严重，这些问题怎么办？一旦断了补给，这路还怎么修？

孔如鹏召集村干部，连夜召开会议。经过讨论，会议决定了四件事：一是筹集资金，以户为单位，一个人头一百元；二是组织能工巧匠，对损坏的工具进行修复；三是陆小虎和刘志发看管工地，孔如鹏去乡里或县里，请求上级给予支持；四是发动女人们做好后勤工作，由阿朵担任组长。孔如鹏强调，筹集资金不要搞"一刀切"，要灵活处理。比如说，对于手头宽裕的人家，取决自愿，上不设限，多多益善。对于实在贫困的人家，可以不用出钱，只需出力就行。

开完会，天已经亮了。孔如鹏跟往常一样，带着队伍赶向工地。工地上忙开了，一片热气腾腾。他转了几圈，把陆小虎和刘志发叫到一边，嘱托他们务必看好工地，决不能出丝毫差错。随后，他挎上帆布包，一阵风走了。

三天后的下午，孔如鹏押着一卡车炸药回来了。他仰面躺在副驾座上，面色憔悴，头发凌乱。他的怀里抱着一只黑皮包，包里装着一张文化局颁发的非物质文化认证书，还有两万元的扶持金。真没想到，王天平的资料这么快就通过了审核。文化局的领导说，唢呐艺术源远流长，值得每一个人保护。

这一次进城，他还把储蓄卡里的家底全掏出来了。不多，也就两万五千五百元。好钢要用在刀刃上，该是动用这笔钱的时候了。说不心疼是假的，毕竟攒了好几年。他想过了，再心疼也要拿出来，否则没办法给自己交差。

卡车司机是个大胡子，一边开车一边抽烟。进入盘山公路后，卡车左右上下颠簸，发出声嘶力竭的吼叫。大胡子抱住方向盘，随着卡车甩来甩去。

孔如鹏掏出手机，给陆小虎打电话，没接。他想了想，拨打刘志发的号码，没反应。他的心跳了一下，赶紧拨打赵工的电话，还是没通。

风呜呜吹过，飘起毛毛细雨。天气越来越冷，也许要下雪了。孔如鹏稍一犹豫，翻开阿朵的号码。电话接通了，传来咯咯的笑声，叮叮当当的敲击声，乱哄哄的吵闹声。他绷紧的神经一下子松了，问工地上情况怎样。阿朵说，放心吧，没啥问题。阿朵还说，要不要拍几张照片，发给他看看。他说不用，让阿朵转告陆小虎，多带点人手，半小时后赶到底母，搬运炸药雷管。

挂了电话，他忍不住给阿朵发了条短信，告诉她王天平获得扶持资金的事情。阿朵秒回说，太好了。短信后三个感叹号，还有一串大笑的表情包。

卡车抵达底母，小街上空荡荡的，仿佛遭遇了一场飓风。大胡子停下车，让孔如鹏赶快叫人下货，他得尽快赶回去。

孔如鹏左看右看，没发现一个熟悉的背影。

大胡子探出头，冲他喊，喂，快一点。

手机骤然叫起来，如利刃划破空气。

孔如鹏不可抑制地抖动起来，好不容易才滑开了屏保。

那一刻，他听见了阿朵惊天动地的哭喊声。

十二

阿朵接到孔如鹏的电话时，陆小虎和赵工身系长绳，正带着炮工们在悬崖上飞来飞去。刘志发站在一面石壁上，举起钢钎，漫不经心地撬动岩石。公路出现一处豁口，尖刀班正在砌堡坎。工地上人声鼎沸，敲打声吵闹声响成一片。阿朵举起小喇叭吆喝，让大家静一静，有好消息宣布。

听了阿朵的消息，工地上响起如雷的掌声。陆小虎挑了十几条汉子，每人一只背篓，准备赶往底母。就在此时，意外猝然发生了。

半岩上的刘志发也许是走神了，忽然提起钢钎，狠狠撞向岩石。岩壁吱吱叫唤，哗啦啦掉石子。赵工急了，挥动旗帜跑过去，吆喝众人散开。石壁发出惨烈的哀嚎，砸下一阵石头雨。陆小虎冲上去，一把将赵工推开。石头啪啪滚落，他努力甩开脑袋，避开致命一击，却被砸中后背，一头栽倒在地。

孔如鹏陪同陆小虎的家人，连夜把陆小虎送进县人民医院。经检查，脊背多处被石头砸伤，腰椎体爆裂骨折，腰右侧横突骨折。医生的意思，陆小虎没有生命危险，但腰部要落下残疾。怎么说呢？就像一棵拦腰折断的树，就算重新扶正治愈，也会落下伤疤。可以判断，陆小虎治疗之后，再也没办法挺直腰杆。他走路的时候，腰形成弓状，身子前倾，臀部朝一边扭，面部往一边歪。

医生建议，要做好打持久战的准备，陆小虎的恢复将是一个漫长而艰难的过程。孔如鹏说，请你们尽全力，他是一个好人。医生说，不管好人坏人，治病都需要钱。孔如鹏沉默一会儿，打开帆布袋，把钱全掏出来。没办法，救人要紧，修路的事再做打算吧。他把缴费单交给医生，看着病床上变了形的陆小虎说，你们尽管治，不用担心钱的事情。

安顿好陆小虎，孔如鹏抓上一辆货车，心急如焚往回赶。下车后，他挎上帆布包，急匆匆赶到悬崖口，不由呆若木鸡。昔日热气腾腾的工地，如今空无一人。尚未成型的公路挂在岩上，形同破烂的布条。他心如刀割，捂着胸口走近龇牙咧嘴的岩壁，目光移过钢钎、锤子、簸箕、铲子、锄头……移过乱七八糟的石头，缓缓爬上石壁，又缓缓坠落悬崖。他走到陆小虎出事的地方，找到那些带血的石块。他凝视许久，忽然提起脚，狠狠踢在坚硬的石头上。

孔如鹏滑下石梯，听见村里的喇叭响起来。那是王天平的声音，苍老，嘶哑，威严，有一种无法抗拒的力量。孔如鹏不由一愣，这是唱哪一出？印象中，王天平自从退居二线后，再也没有碰过那只喇叭。这个晚上，他是不是中邪了？那声音滚过头顶，被岩壁弹回，嗡嗡作响，又随风灌进耳朵。

走到村委会，孔如鹏大吃一惊。吊脚楼前面的水泥空地上，已经站满黑压压的人影。他们一动不动，沉默不语，像一片雕塑。王天平拄着拐杖，一跳一跳地走到台子上。他努力挺直脊背，目光炯炯，直视前方。

村民们低头俯首，一声不吭。王天平低头，弯腰，冲村民鞠了三躬。他动作缓慢，面色凝重。过了好一会儿，他缓缓挺直腰杆，低声说，乡亲们，我知道你们心里不好受，我又何尝好受呢？小虎出了事，你们难过，我更难过。

王天平顿了顿，又说，是的，谁不难过呢？将心比心，谁也不是铁石心肠。不过，我想问问大家，难过能当饭吃吗？公路只修了一半，吴王山仍然挡在村子后面。如果因为这事，大家撂挑子不干，我们还有什么出头之日？不只是我们，还有我们的子孙，注定只能当缩头乌龟，永远无法抬头做人啊。

王天平挪开拐杖，指着断腿说，半年前，我丢了一条腿；半年后，小虎被石头砸伤。要做点事，总得付出代价。我的腿断了，小虎的腰废了，这已是事实。就算现在不修路，我的腿能好吗？小虎的腰能好吗？事情已经出了，最重要的是想办法解决，而不是甩手不干。请问，我们不干，谁干？我请求大家，不要辜负孔支书的心血，明天早上立即复工，争取早日打通公路。

有人抬起头，嘟囔说，小虎，小虎怎么办？

王天平点点头，掏出一沓钱说，这些年来，我吹唢呐卖唢呐，积攒了一点钱，这是五千元，就给小虎做医疗费吧。

人们纷纷抬起头，看着红彤彤的钞票，像一簇跳动的火焰。

王天平想了想，又说，孔支书帮我申报了一个项目，得到了两万元的扶持资金。等钱到手后，一万元用来修路，一万元用作小虎治疗的费用。

话音刚落，一条人影冲上台子。众人定睛一看，原来是赵工。他头发凌乱，面色乌紫，眼眶凹陷。短短几天，他几乎变了个人。

对不起，赵工小声说，对不起，是我害了小虎。

他掏出一沓钱，低下头说，这是我这个月的工资，一半用来修路，一半用来给小虎买营养品。对不起，是我给大家添麻烦了。

话音未落，又一条人影蹿上台子，冲大家扑通跪下。他弓着腰，将额头磕在地板上。人们看不见他的脸，只看见乱糟糟的头发。

王天平将他拽起来，露出一张灰扑扑的脸。

众人愕然，这不是村主任刘志发吗？

对不起，对不起。他一边说，一边弯下身子。

王天平一把拽住他，厉声吼道，上跪天，下跪地，中间跪父母。男人膝下有黄金，你小子给我站稳了，不要动不动下跪。

刘志发嚅动干裂的嘴唇，小声说，若医药费不够，我砸锅卖铁补上。

说这些有屁用？小虎该怎么办？有人吼道。

小虎的腰毁了，下半辈子怎么活？有人不依不饶。

是啊，小虎的腰不行了，这辈子还能干啥？有人附和。

大家别吵了，王天平点点头说，让小虎跟着我，吹唢呐，做唢呐。

人们齐刷刷抬起头，看着拄着拐杖的王天平。

那可是王家的手艺，不是说不传外人吗？有人问。

王天平笑笑，一字一句地说，从今以后，小虎就是我的传人。

孔如鹏没有想到，一向寡言的老支书竟然说了那么多话。他躲在树影里，远远地看着，却不好意思走过去。他看见老支书举起拳头，人们也跟着举起拳头，像一把把锤子敲响天空。他也举起拳头，敲了一下夜空，转身走了。

已是半夜，王天平踩着清冷的月光，一跳一跳往回走。天气越来越冷了，也许就要下雪了吧？断腿又疼起来，如虫子咬，如蚂蚁爬。好像还有一只无形的手，不停地往骨头里敲钉子，时不时来一下，时不时来一下……

转过弯，他看见吊脚楼前站着一个人影。走近一看，原来是孔如鹏。

他的手里，提着一只黑色皮包。

十三

早晨，王天平拄着拐杖站在村口，看着长长的队伍走过。孔如鹏走在前面，头戴安全帽，身穿迷彩服，脚踏解放鞋，肩上扛着钢钎，黝黑的脸庞闪闪发亮。除了那口白亮的牙齿，他与天门人再没什么区别。他的身后，跟着一个个面色黝黑的庄稼人，或扛着大锤，或提着钢钎，或拎着撮箕，或背着背篓，踏着铿锵的唢呐声，走出村子，走向悬崖，爬上绳子般摇摆的石梯。

傍晚，王天平提着唢呐站在村口，看长长的队伍从暮色中走来。那是一支怎样的队伍呢？个个面目模糊，衣服裤子沾满泥土，手脚膀子刻满伤痕，浑身上下散发出浓重的汗臭，说说笑笑地走来。唢呐的旋律响起，又悠扬又温柔，回荡在村庄的上空。有人忍不住感叹，老支书的唢呐吹得真好啊。

女人们也没闲着，变着法子给干活的男人们"搞服务"。阿朵把女人分成几个组，或采购各种用品，或浆洗衣服，或做饭炒菜，或把吃的喝的送到工地。女人们还彼此约定，干活的男人回到家，还要好吃好喝地伺候，好言好语地哄着，必要时捶捶背，揉揉肩，吹吹耳边风。一句话，不能给男人添堵。道理很简单，男人心情舒畅了，才会安心干活，憋足劲跟岩石拼命。看着岩壁上延伸的公路，女人们满怀期待和甜蜜。怎么说呢？那感觉，跟怀胎十月差不多。

每天中午，阿朵带上一队女人，提着篮子背着背篓，爬上陡峭的石梯，把吃的用的送到工地。男人们越来越黑了，像一块块煤炭。孔如鹏也是一块煤，只不过块头更大更壮。阿朵管不住自己的眼睛，总忍不住瞟他一眼。他的脸方方正正，看上去比岩石还硬。赤裸的胳膊结实粗壮，估计能举起一头牛。眼睛又黑又亮，好像有火焰在跳动。吃饭的样子真逗，就像一只饿狼。

第一场雪后，公路抵达岩壁的三分之一处。腊月二十九，公路爬到了岩壁半腰。大年初四，村民们扛着钢钎提着大锤，冒着寒风走出家门。正月底，公路已赶到距离岩脚十几米高的地方。二月中旬，公路跑到山下，接上了那段遗弃许久的旧路。公路下到岩底的那一天，老支书王天平拄着拐杖来到工地，把那辆遗弃的木板车推出来，亲自参与运送泥……

入秋，公路硬化结束，全线竣工。全村人一起出动，穿红着绿，杀猪宰羊，敲锣打鼓，举行盛大的庆祝活动。宴会上，人们不停地喝酒，不停地唱歌，不停地跳舞。孔如鹏被村民抬起来，高高地举到空中。阿朵也灌了几杯，面色红如桃花，为大家跳了一支芦笙舞。陆小虎也来了，他举着一支唢呐，为大家吹了一曲。他白了胖了，走路是身子前倾，臀部朝一边扭，头部往一边歪。他吹得并不好，断断续续的，但人们报以了最热烈的掌声。

王天平叫上孔如鹏和阿朵，让他们陪他走一走。公路劈开岩壁，如巨龙蜿蜒而来。王天平拄着拐杖，踏着宽阔崭新的公路，步履蹒跚地走在前面。阿朵和孔如鹏要扶他，他说不用，这么好的路，没有腿也能走。

爬上半山腰，阿朵说，这么好的路，该叫什么名呢？

王天平停住脚步，看着孔如鹏说，是该有个名，你来取吧。

孔如鹏抬头望了望，只见靠近岩顶的地方，有一处色彩斑斓的灌木丛，像一只振翅欲飞的凤凰。更高的地方，是碧蓝的苍穹。

他一激灵，拍拍脑袋说，就叫凤凰路吧。

凤凰路？阿朵拍手叫道，好，这名字好。

王天平点点头，好，凤凰路，真好。

爬上峰顶，已是日头西沉。王天平坐在石头上，取下腰间酒壶，变魔术般掏出两个酒杯，斟满酒说，来，我请你喝酒。

干了一杯，王天平又斟满酒说，来，再干一杯。

孔如鹏说，大伯，不能再喝了。

王天平不容分说，跟孔如鹏连干了三杯。他放下酒壶，起身走到风口，举起长长的唢呐，对着血红的夕阳，一口气吹了三支曲子。看着伫立崖边的古铜色身影，听着热烈悠扬的音符，孔如鹏禁不住热泪盈眶。

阿朵碰碰他，悄声说，没出息，怎么哭了？

刊发于《清明》2023 年 1 期

拯救穿山甲

鲮鱼何所？鲠堆焉处？——《天问》

一

王顺安扛着砍刀，挎着水壶药箱，从吴王山上下来。他身后跟着一条黄狗，矫健如同骏马，不时摆动尾巴，汪汪吠叫。远远地，他看见垭口上卧着一口棺材，在日光中闪闪发亮。哪个龟儿子，把棺材摆在路上，也不怕折阳寿？他眯起眼睛，往垭口走去，棺材渐渐大起来。他不由哑然失笑，哪有什么棺材，不过是一辆黑色轿车罢了。

不知从什么时候起，只要看见黑色的东西，王顺安就会想起棺材。他多次提醒自己，不准胡思乱想。不提醒还好，提醒之后，只要看见黑色的东西，脑海里就会闪出棺材的形象。在他眼中，黑衣、黑鞋、黑帽、黑狗、黑牛、黑猪、黑鸡、黑箱子、黑雨伞……天上地下，飞的跑的，爬的走的，会动的不会动的，有腿的没腿的，全是大大小小的棺材。

他家一楼的屋子里，卧着一口真正的棺材：杉木板，九道漆。几年前，红草患上癌症，撒手西去。红草身体好，平时极少生病，谁想到说走就走呢？癌症像飞刀，嗖的一下将她拦腰截断，像杀一棵草。红草走后，王顺安有了某种紧迫感。他省吃俭用，积攒了一笔钱，买树、看地、请木匠、打棺材。人们总算看出来了，王顺安有心事，很重的心事。不错，他的心事就是大军。小狗日的去云城打工，钱没挣到几个，臭毛病倒添了不少。快三十的人了，成天吊儿郎当，连个媳妇也没讨到。一年到头，难得见一面。只有到了年底，他才回村晃一晃，亮个相，拍屁股走人。王顺安千算万算，没算到要强了一辈子，到头来还得自己准备老屋。村人把棺材称作老屋，意思是老人死后的住所。为人子女，如果没本事给父母备下老屋，活该被人戳脊梁骨。王顺安对人们说，树是大军买的，打制老屋的钱也是大军掏的。人们冲他笑，夸大军孝顺懂事。王顺安很不得劲，觉得那笑容意味深长。

垭口上站着两个人，一高一矮，一胖一瘦。胖的戴遮阳帽，举起一支长枪似的东西，东瞄瞄，西指指。瘦的背黑色背包，举起手机东拍拍，西照照。这些城里人，闲得骨头生锈，成天东奔西跑。王顺安骂了句龟儿子，举刀冲落日砍了一下，泛起一片红光。

黄狗跑在前面，低头嗅了嗅，汪汪汪叫起来。

王顺安皱紧眉头。狗叫得这么凶，莫非有幺蛾子？一般情况，黄狗只有碰上脏东西，才会有这种激烈的反应。这些年来，黄狗跟着他早出晚归，攀岩过坎，形影不离。人们说，吴王山的护林员有两个：一个是王顺安，另一个是黄狗。那些偷树的、盗猎的，谁也逃不过黄狗的火眼金睛。林业站的孔站长感叹说，黄狗是大山的守护神，谁也惹不起。

越走越近，瘦子转过头来，叫了一声爹。

王顺安愣住了，这不是大军吗？咋回来了？小狗日的又瘦又高，头发又长又黄，上身花衬衣，下身牛仔裤，形同伶仃的竹竿。

回来干啥？王顺安瞪了大军一眼，气冲冲地问。

看看，大军咳嗽一声，回来看看。

有什么好看的？这个家除了我这把老骨头，还有什么？

王顺安说的是气话。红草临死之前，眼睛一直盯着大军。王顺安叫大军跪下，让他做出保证，努力学习，上高中，考大学。听了大军的话，红草慢慢松开手，闭上了眼睛。可恨的是，大军说到做不到，三天两头逃课、上网、打架、追女生。好不容易熬到初三，龟儿子死活不读了。那架势，就算用刀子抵住胸口也没用。一个有雨的早晨，大军背上背包，登上了去云城的中巴。王顺安站在垭口，看着中巴一溜烟远去，心里一下子空了。

爹，这是张哥。大军指了指扛相机的男人。

男人粗壮，腆着肚子。他上前一步，抓住王顺安的手说，老伯，我叫张松，大军的拜把兄弟。王顺安吓了一跳，这么热的天，张松的手冰冷透骨，如同雪天的刀子。

张松打开后备厢，拎出一条烟，丢给王顺安说，大伯，一点小心意。

王顺安赶紧摆手说，送什么东西，能来就好，就好。

水泥路太陡太窄，轿车下不去。王顺安的意思，车就别动了，停在垭口上。他指着房子，说站在那里，就能看见车，没事的。张松说，好，听大伯的。

黄狗在前面带路，一边跑一边叫。王顺安提醒张松小心脚下，不要摔倒。水泥路原本是一条泥巴路，只要下几颗雨，又脏又黏。几年前，政府搞村村通工程，终于把这段路硬化了。可惜的是，路面比较窄，仅够两个轮子的通过，四个轮子的下不去。

大军，赶紧挣钱，把这条路修一下。

张哥说得对，等我有了钱，一定把路拓宽。

对，以后你买了车，就可以直达家门口了。

王顺安笑笑说，我们这种人家，能吃上饭就不错了。

大伯，你要相信大军，你的福气是可以打包票的。

王顺安抬起头，看见太阳像半块烙饼，贴在苍黄的天幕上。

二

房是平房，两层。二楼设客厅，还有三间卧室。一楼五间，左右各两间，中间设堂屋。左靠前是厨房，后一间是储存室，摆放玉米稻谷土豆。堂屋装了卷闸门，后墙设神龛，供奉祖宗牌位；靠右墙卧着一副棺材，漆黑如墨。右靠前是王顺安的工作室，摆放与护林工作有关的物件。后一间是王顺安的卧室，常年门窗紧闭，光线晦暗。

王顺安走进厨房，烧水泡茶。他打开柜子，把那盒"绿宝石"拿出来。他并不喜欢喝茶，又苦又涩，有啥搞头？可城里人喜欢，只要打开电视，经常看见他们端着一杯茶，装模作样品上半天。品茶这种说法，王顺安是从孔站长那里听来的。孔站长来村里检查工作，一般先去村主任王学义家吃饭，再到王顺安家喝茶。王顺安托人买了一盒云城的名茶——绿宝石，放在柜子里备用。孔站长每次来家里，王顺安泡上一壶茶，让他细品。孔站长端着杯子，半天抿上一小口。王顺安真替他着急，一口就能喝完，偏要磨叽半天。孔站长说，老王，你不懂，这叫品茶，你以为人人都像你那样，喝茶像喝白开水？那叫牛饮，懂吗？

王顺安泡好茶，放在托盘上，送到二楼。张松起身弓腰，给他发了一支烟。王顺安擦擦手，接过烟，叫大军陪张松喝茶，转身下楼做饭。

电饭锅里趴着一团米饭，长了层白毛。王顺安把馊饭舀出来，倒进垃圾桶，往锅里倒入洗洁精，反复擦洗干净，舀米，加水，按下开关。本打算杀只鸡，但时间已晚，只得作罢。想了想，把墙上那只猪腿放下来，生火烧肉，加水洗净，放入高压锅，端到电磁炉上。忙完这些，他丢下围裙，用帕子擦了擦手，转身出门。

守在门口的黄狗叫了一声，弓腰跳起，使劲摇尾巴。

行了，想去就走吧。王顺安拍了黄狗一巴掌。

黄狗在前，王顺安在后，沿水泥路往村里走。途中遇上瘸了一条腿的郭少文，赶着一大一小两头黄牛。王顺安问他，儿子儿媳几时回来。郭少文说，谁知道呢？死外面了。王顺安叹息一声说，孩子们也不容易，熬着吧。郭少文抽了牛一鞭子，问王顺安去哪里。王顺安说，去超市。郭少文问，来客人了？王顺安说，大军回来了。顿了顿，忍不住说，大军的领导也来了，车在垭口上呢。郭少文竖起大拇指说，这小子，有本事。

几年前，乡里搞危房改造，王顺安的老房子也在被改之列。老房子改掉后，王顺安拿到三万元补助款，又筹措了一笔钱，建了现在的房子。之所以把房子建在垭口下，是为了方便上山护林。搬出村子后，王顺安这才发现问题，找人吹牛聊天不方便。一个人住在新房里，就像孤魂野鬼。幸好还有郭少文，时不时上来逛逛，一起聊上几句。

超市开在村点校门口，上面挂着一块牌子：便民超市。说是超市，其实不过是个小百货店，经营油盐酱醋茶。王顺安敲了敲门板，对埋头打盹的王学义说，两瓶酒、两包烟。王学义拿了两瓶金沙，用毯子拂去灰尘，递给王顺安。王顺安说，还要两包贵烟。王学义嘟囔说，怎么不一次说完？王顺安苦笑，这家伙，记性被狗吃了。

王顺安提着东西，踩着暮色往回赶。前脚刚进厨房，大军后脚就跟进来，问饭菜弄好没。王顺安把烟酒塞给大军，叫他上去陪张松。大军说，快一点，不能再等了。王顺安说，少废话，快去。他抹了把汗，抄起家伙，啪啪啪啪干起来。

　　三菜一汤端上饭桌：香喷喷的腊肉、金黄色的鸡蛋、柔软的洋芋丝、青绿的野菜。王顺安招呼张松上桌，说农村人没什么，随便填填肚子。张松说这是绿色无公害食品，城里人想吃还吃不到呢。王顺安说，只有野菜是绿的嘛。张松哈哈大笑，说大伯真幽默。大军瞪了父亲一眼，说绿色无公害食品是指无污染无毒害的食品。张松说，是啊，城里人挺可怜，连一棵干净的白菜也吃不到。王顺安举起酒杯说，大侄儿，走一个。

　　边吃边聊，王顺安知道了大军和张松的一些情况。张松是豪林酒店的老板，身家千万。大军是酒店领班，手下有几十号人。领班是什么职务？应该是个领导吧？算起来，应该比孔站长大吧？孔站长的手下只有两人：一个又瘦又矮，像猴子；另一个又粗又壮，像大象。而大军的手下全是姑娘，个个赛过七仙女。王顺安说，要是能带个姑娘回来，那就好了。大军笑了笑，掏出一张照片，拍在桌子，嚷道，爹，你看，我女朋友。

　　女孩锥子脸，长头发，大眼睛，像画上的。王顺安说，骗谁啊？这真是你女朋友？大军点头，当然是真的。王顺安抖索嘴唇，她，叫什么名字？大军懒洋洋地说，小芳。王顺安问，家住哪里？多少岁了？谈了多久了？打算什么时候结婚？大军摇摇头，不知道，有了房子再说。王顺安表示，房是现在的，赶紧回来。大军撇撇嘴，回来？回来干吗？王顺安急了，高声说，那怎么办？你总不能不结婚吧？大军说，等我买了房再说。

　　张松叫王顺安别急，不就是房子吗？他拍着胸脯保证，只要再让大军干上两年，一定可以在云城买上房子。有了房子，娶小芳不过是分分钟的事。

　　酒至半酣，张松指了指照相机，说他喜欢摄影，听说吴王山风景优美，特地过来拍一组照片，参加摄影大赛。王顺安点头说，没事，我明天陪你们去。张松问，山上还有什么动物？王顺安说，麻雀、野鸡、画眉、野兔、斑鸠、老蛇。张松说，有穿山甲吗？王顺安叹息一声，有是有，但已经不多了。

张松眼睛发亮，站起来说，太好了，我们能见到吗？

不知道，碰运气吧。王顺安摇摇头。

大军说，爹，张哥难得来一趟，你想想办法。

三

月光有点凉。王顺安坐在屋檐下，裹了袋旱烟，转身进屋，穿过堂屋，走进工作室。屋子不大，靠窗放一张书桌，桌上码着文件袋，还有一本红壳笔记本。拐角处斜靠一把砍刀，侧边有台木架，挂着迷彩服、草帽、工作袖标、哨子、小喇叭。靠后墙站着一只古色古香的药柜，蜂巢似的格子装满草药，散发出浓烈的药香。他打开笔记本，提起毛笔，蘸了蘸墨汁，写下几行方方正正的蝇头小楷——

六月六，晴。带上黄狗，走到蚂蚁地，陪爹娘和红草说话。过白水河，爬尖刀岭，遇上那条手臂粗的菜花蛇，彼此打了个招呼。上中指峰，查看穿山甲洞穴。下中指峰，坐在枫树下喝水，吃干粮。黄狗竖起耳朵，冲老鹰岩叫。放眼望去，只见一股烟雾升腾而起。急忙赶过去，看见几个男女围着一堆火，火上架着铁钎，正在搞烧烤。黄狗冲上去，咬住一个男人的衣角。男人吓坏了，鬼喊鬼叫。我喝住黄狗，举起弯刀，骂了一声滚。

他们连滚带爬，离开了老鹰岩。

当护林员多年，王顺安养成了一个雷打不动的习惯，每次巡山回来，不管多累多晚，总要填写护林日志。内容很简单，没有什么修饰，如流水账。

王顺安丢下笔，走进卧室，掏出火机，点燃蜡烛。这屋只有一道窗户，挂着严严实实的帘子。床头有一张木桌，漆面斑驳脱落。桌上放了四张照片、三张黑白、一张彩色。第一张是王顺安的父亲，叼着烟杆，面色铁黑。第二张是王顺安的母亲，坐在瓦房前，脚边靠着一只箩筐，正在捡豆子。第三张是红草，站在花丛中，抿着嘴笑。第四张是彩色照，王顺安坐在一端，红草坐另一端，大军举着一杆木枪站在中间。

屋子昏暗、寂静、混沌。只有走进这里，王顺安才感到踏实、安稳、沉着。睡觉之前，他总要看着照片，吟诵一段经文。经文是阴阳先生刘半仙教的，文白相杂，晦涩拗口。王顺安跟刘半仙混了半月，硬是把经文背得滚瓜烂熟。也许是心诚则灵吧，他渐渐具备了一种特殊能力：只要看着照片，反复吟唱经文，照片上的人就会动起来，活起来。怎么说呢？就像守在屏幕前，拿着遥控器，观看一部电影，可以快进、暂停、后退、放慢。几乎每晚睡觉之前，他总要坐在烛光中，对着照片低吟，进入一个人的电影时光。

烛光摇曳，浓郁的药味从幽深处飘来。吟唱声中，王顺安循着药味走去，拉开一道木门，看见父亲躺在木床上，像一截枯木。张华佗坐在床前，握着他干瘦的手腕，皱着眉头号脉。年轻的王顺安垂手而立，神色紧张地盯着张华佗的手。红草坐在矮凳上，抱着熟睡的大军，满脸愁苦之色。郭少文蹲在角落里，吧嗒吧嗒抽旱烟……

张华佗叹息一声，放下父亲的手。王顺安忙问，情况怎样？张华佗摇了摇头。王顺安扑通跪下，哀求说，张叔，求你了。张华佗将他扶起，摸着山羊胡说，我开个偏方，再试一试。张华佗开了方子，对王顺安说，这服药嘛，要用穿山甲做药引。

月光真好，远山清晰可见。王顺安提着镰刀，郭少文扛着锄头，一前一后走进蚂蚁地。这片曾被视为禁地的地方，如今随处可见新翻的泥土，一片斑驳零乱。王顺安焦躁起来，骂了声狗日的。郭少文不吭声，继续往林子深处走。忽然，他转过身，朝王顺安招手，示意他过去。如霜的月光中，趴着一只穿山甲，背脊高耸，肚腹隆起，铠甲闪闪发光，拖着长尾巴。听见动静，它没有蜷成球，也没有逃跑，而是抬起尖脑袋，镇定地看着王顺安。是小白，王顺安吃了一惊，怎么是小白呢？郭少文低声说，就是它了。王顺安说，不，不要抓它。郭少文说，它重要，还是你爹重要？王顺安拦住郭少文，催促小白快走。小白点了点头，摇摇尾巴，慢吞吞爬进茂盛的草丛。

转了半天，连穿山甲的影子也没看见。月亮偏西，耳边传来鸡鸣阵阵。王顺安望了望月亮，扑通跪下去，求老天开眼。郭少文说，求老天有屁用。王顺安爬起来，低着头往前走。没走几步，他惊讶地看见月光中趴着一只硕大的穿山甲，脊背高耸，肚腹隆起，铠甲闪闪发光，拖着长尾巴。定睛一看，竟然又是小白。郭少文提着口袋，大步向小白走去。小白一动不动，抬头望着王顺安。王顺安转过脸，闭上眼，摇了摇头。

回到家，天已大亮。郭少文扔下穿山甲，叫王顺安自己收拾，他回家眯一会儿。张华佗指着缩成一团的小白，叫王顺安把它宰了。王顺安提着刀，茫然不知所措。张华佗说，把它扔进水里。王顺安打来一盆水，按照张华佗的指示，把小白倒立插入水中。小白呛水后，身体慢慢打开了。张华佗说，割脖子，放血。王顺安摇头，把刀交给张华佗，转身去看墙边那棵树。枝头站着一只彩色的鸟儿，拍打着翅膀，正唱着凄婉的歌声。

张华佗冷冷一笑，把小白提起来，一刀割开了它的喉咙。

鲜血汩汩冒出，流进一个碗里，滴答有声。

张华佗把小白丢进水盆，说，接下来，该你了。

在张华佗的指导下，王顺安把小白的鳞片一片一片地拔起来。每拔一片，他就感觉一阵钻心的疼痛。他恍惚觉得，他拔的不是鳞片，而是自己的指甲。

鳞片拔尽后，张华佗提起小白，用刀划开它的肚子，发现一团小东西在蠕动。把它抓出来，用水洗干净，竟然是一只小穿山甲，乳白色，光溜溜的。

王顺安双手抱着脑袋，靠着墙壁蹲下去。

四

眼前的蚂蚁地，早已不是以前的蚂蚁地了。山坳荒芜，长满灌木杂草。自从推行退耕还林政策以来，王顺安放弃了这片耕种多年的土地，担任了护林员。父亲死后，王顺安一直深感不安。父亲死得蹊跷，冥冥中是不是有某种报应？他不止一次把父亲的死与小白联系起来，觉得其间有某种神秘的联系。比如说，小白的身体是不是有毒，把父亲毒死了？巧的是，父亲死后没几天，村里又死了几个人。跟父亲一样，他们也是吃了穿山甲。被人们视为神药的穿山甲，是不是因为背负了太多的仇恨，从而变成了夺命毒药？

村里人说，王顺安运气好，捧上了铁饭碗。事实上，他的苦没人知道，看护那么大一片山，真不是人干的。无论天晴下雨，他扛着弯刀，独自走在荒野之中。几年前，王顺安对大军说过，他累了，希望他来接班。大军听不进去，认为护林员没前途，就像地滚牛，一辈子在窝窝里转。他要进城，当老板，挣大钱，住高楼，娶城里女人。王顺安有点难过，说自己百年后，房子怎么办？山林怎么办？大军撇撇嘴，谁要给谁，我不稀罕？王顺安气急败坏，说祖坟怎么办？你妈怎么办？我怎么办？大军说瞎操心干吗？该咋办就咋办。王顺安气得半死，却没有一点办法。近年来，他感觉身体大不如前，动不动腰酸肚疼腿抽筋。他去找孔站长，请他重新安排护林员。孔站长说，不干也行，但你得找人接班啊。没办法，王顺安只得往下熬。他经常对着吴王山发呆，心想等他死后，谁来看管这片山林呢？

王顺安扒开半人高的草丛，命令大军跪下。大军一愣，看见草丛中卧着三座坟。碑石青黑，上有斑驳碑文。大军不耐烦地说，爹，你要干吗？王顺安说，跪下。大军说，爹，你要搞哪样？王顺安沉声说，磕头。张松说，大军，听大伯的。大军说，你看我爹，都什么年代了，还抱着老皇历不放。王顺安吼道，跪下。张松说，兄弟，听大伯的。

大军无奈，只得对着坟堆跪下去。王顺安说，瞪大眼睛看看，这是谁？大军看了看碑石，文字模糊不清，只得摇了摇头。王顺安说，这是你奶奶，她离世的时候，你还没出生。大军笑了，扭头对张松说，你看我爹，又来了。王顺安正要发火，张松抢着说，大军的奶奶，也是我的奶奶，我也磕三个头。王顺安赶紧拦住，连声说，使不得，使不得。

张松笑笑说，给长辈磕头，天经地义。

王顺安指着第二座坟，对大军说，这是你祖父，享年六十三，他死的时候，你才十岁。你记住，他把你当心肝宝贝，有什么好吃的总想着你。

大军撇撇嘴，磕了一个头；张松弯下腰，连磕了三个。

王顺安指着第三座坟说，这是你妈……

大军皱了皱眉，弯腰下跪。张松也跟着下跪。

王顺安扒开草丛，露出一个个洞穴，长满了苔藓。张松举起相机，对着那些洞穴一阵猛拍。大军说，这些破洞有什么可拍的？张松说，我要把图片发到网上，呼吁大家行动起来，共同保护穿山甲。王顺安扭头对大军说，听听，听听，你张哥怎样说？

多年前，有人来村里收购穿山甲，说穿山甲全身是宝，可以治跌打损伤、关节肿胀、半身不遂、淋巴结肿大、肿瘤包块、消痈排脓、外用止血等。最神奇的是，穿山甲可以壮阳，让老弱病残的男人重获生机。一夜之间，穿山甲几乎被捕杀殆尽，连影子也见不到。二十世纪八十年代末，国家出台法规，把穿山甲列为保护动物。从那以后，人们害怕蹲大牢，不敢再抓捕穿山甲。王顺安担任护林员后，一次次对吴王山进行梳理，终于在中指峰上发现了穿山甲的踪迹。据他推断，穿山甲为了逃命，不得不迁徙到陡峭的险峰上。

日上中天，他们登上了中指峰。王顺安走在前面，拉藤蔓攀岩石，扒开茂密的草丛，探寻穿山甲的洞穴。黄狗很奇怪，跑到王顺安的面前，张嘴咬住他的衣角，试图要拦住他。王顺安不耐烦，一把推开黄狗，继续往草木深处走去。

在这里，他们终于见到了新鲜的洞穴。穿山甲这东西真鬼，把巢穴藏在繁茂的草木中，几乎难以察觉。王顺安指着洞穴说，这些小家伙，白天睡觉，晚上活动。张松问，有没有例外？王顺安说，有啊，很多年前，有一只被称为瞎子的穿山甲，喜欢在白天到处乱窜；瞎子有个叫小白的女儿，继承了它的坏脾气，经常颠倒黑白。

黄狗跳上岩石，瞪着张松，汪汪汪叫起来。

五

王顺安拉开灯，走到木架边，眯眼看迷彩服、袖标、小喇叭、草帽、酒壶、药箱。这些东西已经陪伴他多年。刚当上护林员时，他不过四十出头，发不白，眼不花，耳不聋，像个壮小伙。第一天上班，他穿上迷彩服，戴上袖标，提着小喇叭，挎上酒壶药箱，雄赳赳气昂昂，踏上吴王山。时间过得真快，眨个眼的工夫，他已经老了。

王顺安走到书桌边，打开笔记本，填写巡山日志。短短几行，方方正正，一笔一画，如同刻碑。写完日志，丢下笔，走进卧室，点燃蜡烛，焚上一炷香，捧起红草的照片，开始吟诵经文。恍惚中，看见一对男女从昏暗中走出，提着镰刀扛着锄头，站在郁郁葱葱的玉米地。他愣了一下，这不是红草和自己吗？真不敢相信，自己如此年轻，腰板笔直，头发浓密。更惊异的是，红草如此好看：身材匀称，瓜子脸、柳叶眉、大眼睛，鬓发如云。

王顺安牵着红草，向树林里走去。他们刚干完活，身后是锄过草的玉米林，锄头放在一块空地上。空地中央卧着一颗小土包，那是母亲的坟。

母亲这辈子最大的遗憾，就是没能见到她的孙子。她患病后，不止一次催促王顺安和红草，赶紧给她生个孙子。王顺安拉住红草的手，跪在母亲的面前，保证说，妈，你放心，我们一定给你生个孙子。母亲盯着他们，眼珠一动不动。王顺安抓住她的手，妈，你放心。红草也说，妈，你放心。母亲笑了一下，轻轻说，唉，我等不及了啊。

一晃眼，母亲已走了几年，红草终于怀上了孩子。乍看上去，红草跟平常没两样，但只要仔细看，腹部已微微隆起。此时，在她的身体深处，大军正在茁壮成长。

王顺安牵着红草，要去林子里拜访小白。好久不见了，也不知道它过得怎样。王顺安认识小白，至少七八年了。第一次见到小白，它那样小，像个肉球。后来，他经常在树林里遇上背着小白的瞎子。瞎子是小白的母亲，形体修长，脊背隆起，鳞片硕大，是穿山甲中少见的大个子。穿山甲这种小东西作息很有规律，一般白天睡觉，晚上活动。瞎子呢，不知是怎么回事，总喜欢大白天窜出来。母亲说，这家伙，是不是眼睛有点瞎，分不清白天黑夜？听了母亲的话，王顺安就把它称为瞎子。瞎子生过七八个孩子，而小白是它最小的孩子。有句话说得好，皇帝爱长子，百姓爱幺儿。对于小白这个幺儿，瞎子似乎格外疼爱。那些月光皎洁的夜晚，瞎子背着小白，对着月光转动身体，翩翩起舞。

小白慢慢长大，铠甲渐渐变深，呈黑褐色。不过，王顺安仍称它小白。很多事情就是这样，一旦叫顺口了，想改也改不了。小白越长越大，个头超过了瞎子。跟瞎子一样，它也是尖头，长尾，小眼，小嘴，小耳朵。跟瞎子一样，它也喜欢白天乱跑。王顺安认为，它之所以跑出来，是因为它喜欢灿烂的阳光，青青的草地，柔和的清风，宽广的天空。怎么说呢？瞎子是穿山甲中的异类，小白也是。这就好比人类，总有一些特别的人。比如说，普通人都是晚上睡觉，少数人却白天睡觉。那些颠倒黑白的人，是人类中的疯子，往往会干出一些出格的事。换句话说，瞎子是不同凡响的疯子，小白也是。

扒开草丛，可以看见一个个洞穴，有的新鲜，有的陈旧，有的长满苔藓。一路走下去，新鲜的洞穴越来越少，老旧的洞穴越来越多。这意味着什么？意味着穿山甲越来越少了。可以这样说，一个老旧的洞穴，意味着一只穿山甲的离开或死亡。

第一次抓穿山甲，王顺安与郭少文定下三条规矩：一是不能挖洞穴，以免引起他人注意；二是只能晚上进山，一个月两次；三是只抓成年穿山甲，不能抓幼崽。在此基础上，王顺安还增加了第四条：不能抓瞎子和小白。郭少文不解，问这是为什么？王顺安告诉他，瞎子和小白基因好，应该让它们繁衍下一代。

红草蹲下身子，扒开杂草覆盖的洞穴，沉声说，顺安，收手吧。王顺安说，你别管。红草说，别捉了，听见没。王顺安点点头，没有说话。

红草起身，摸着肚子说，放过它们，给宝宝积点德。王顺安心头一凛，又想起母亲临死时说的话：这是造孽，会有报应的。他看了看天，岔开话题说，走，去看看小白。

小白有五个巢穴。王顺安牵着红草，扒开草丛，一个个往下看。走到一片灌木丛边，王顺安把手指头放在嘴上，嘘了一声。红草点点头，凑近灌木，只见小白伏在干草上，缓缓踱着步子。小白胖了许多，动作笨重迟缓，肚子高高凸起。红草悄声说，小白怀孕了。王安笑了笑，摸了摸红草的肚子，轻声说，是啊，小白要生宝宝了。

小白停下动作，扭头看了看他们，慢慢爬进洞里。

六

干瘦的树枝高举手臂，指着孤零零的月亮。忽听一声巨响，一个庞然大物从树林里爬出来，长尾巴，高脊背，尖脑袋，城墙般的躯体，铁锅大的鳞片，山洞般的嘴巴。王顺安眼看怪物越走越近，却丝毫不能动弹。怪物的面目越来越清晰，王顺安觉得它很面熟，仔细看了看，原来是小白。小白扬起脸，朝天空怒吼了一声，玉米纷纷倒地，树木嘎吱作响，大地颤动不已，似乎就要沉沦。王顺安大骇，用尽全力叫了一声。小白停下脚步，陡然站起，像一个巨人。刹那间，鳞片哗啦啦掉落，只剩下一截光溜溜的白身子……

王顺安一下子惊醒了，心脏怦怦乱跳。披衣下床，走到窗子边，拉开窗帘，只见外面一片白月光。耳边传来几声狗叫，汪汪汪，呜呜呜，像人哭。

王顺安抓起砍刀，走出门去。月光真好，如水如霜，铺满大地。站在屋檐下，听见几声狗吠，从垭口那边传来。他踩着水泥路，朝垭口走去。大老远，看见轿车趴在月光中，像一口黑森森的棺材。黄狗抬起前爪，趴在轿车的后盖上，呜呜怪叫。

狗日的，叫什么叫，不嫌吵人？王顺安冲黄狗骂。

黄狗摇摇尾巴，一瘸一拐地走过来。明亮的月光下，王顺安赫然看见黄狗的后腿有一处伤口，汩汩流血，鲜红夺目，如点点梅花。

怎么搞的？也不小心点？

黄狗抬起头，汪汪叫了几声。

王顺安说，回去吧，给你上点药。

黄狗龇牙咧嘴，一瘸一拐走回车边，举起前爪，扒上后备厢，叫了几声。王顺安绕车转了一圈，什么也没发现。黄狗举起爪子，敲了敲后备厢。王顺安拉了一下，后备厢是锁着的。风窜出来，抓扯他的头发，抱住他的手臂，哇哇怪笑。听老人们说，这种风是鬼吹的气，叫鬼风。王顺安挥动砍刀，对着风劈去。风惨叫一声，刺溜一下消失了。

王顺安把黄狗带回家，从药箱里拿了点药面，洒在伤口上，又用纱布包住。他觉得奇怪，黄狗怎么会受伤呢？他看了看狗，冲它说，去，好好睡一觉。

王顺安坐在屋檐下，裹上一袋烟，抱着水烟筒吸起来。鸡叫三遍，垭口上传来低低的说话声。他摁灭烟火，闪身躲进阴影。不一会儿，有两个人影走下垭口。月光明亮，可以看清他们的身形，走路的姿势，甚至脸庞的轮廓。他们一边走，一边低声说着什么。不一会儿，他们走到房前，弯腰拍打裤脚上的灰土。王顺安咳嗽一声说，大军，你们干什么？

大军和张松吓了一跳，慌乱转过身子。见是王顺安，大军说，爹，吓死人了。王顺安说，大半夜的，出去干吗？大军说，能干吗？到处走走。张松举起相机说，大伯，我们去山上拍月亮。大军说，对对，拍月亮，拍月亮。王顺安笑笑，月亮有什么好拍的？张松感叹，说山上的月亮太美，不拍可惜了。王顺安看看大军，问去蚂蚁地没？大军说，去了。王顺安愣了一下，掉头问张松，有没有去中指峰？张松笑笑，没去，太远了。

黄狗蹿出来，冲张松龇牙咧嘴。张松吓坏了，赶紧躲到大军的身后。王顺安提起烟杆，敲了黄狗一下，黄狗夹着尾巴，一瘸一拐地跑进月光中。

狗日的，没眼力。王顺安骂。

沉默一会儿，张松说，大伯，我打算天亮回城。

难得来一次，咋不多玩几天？

事情太多，得尽快回去。

张松想了想，看着大军说，你留下，多陪大伯几天。

王顺安摆摆手，那怎么行？让大军跟你一起走。

大伯放心，大军请假这段时间，工资一分也不会少。

大侄子？这，不太好吧。

这有什么，谁叫大军是我的兄弟？

天麻麻亮，王顺安提上篮子，往菜地走去。黄狗一瘸一拐跟在后面，不时抬起头，冲天空叫两声。往东走百步，有一条小溪，长年水流不断。他在小溪边开垦了一块荒地，种瓜种菜，种辣椒西红柿，种杂七杂八的东西。有了这块菜地，他可以一年四季吃上蔬菜。王顺安想好了，没什么送给张松，就送他一点绿色无公害蔬菜吧。

吃了早饭，王顺安提着一篮子瓜果蔬菜，与大军一起把张松送到垭口。黄狗蹿出来，盯着张松，不停地吠。王顺安懒得理它，叫张松打开后备厢，把竹篮放进去。

张松摇头，说后备厢有问题，没办法打开，就放车座下吧。

黄狗冲到车边，人一样站起，举起爪子拍打后备厢。

张松连连后退，他被黄狗吓坏了。

王顺安举起烟杆，骂道，狗日的，滚一边去。

黄狗低下头，垂下尾巴，走了几步，又掉头叫了几声。

张松握住王顺安的手，点头说，老伯，走了。

好的，开慢点，路上小心。

七

王顺安炖了锅土鸡肉，热腾腾端上桌。大军盛了半碗汤，端给王顺安说，爹，喝汤。王顺安诧异地看了看大军，手忙脚乱地接过碗。大军又拿出酒瓶，倒了两杯酒，笑着说，爹，我陪你喝点。王顺安接过酒杯，机械地点头，好啊，好啊。

喝了几口酒，大军说，爹，跟你商量一件事。王顺安愣了愣，叫大军有话就说。大军说，休假这段时间，由我负责巡山。王顺安说，巡山？你？大军说，不就是看几天林子吗？有什么大惊小怪的。王顺安说，巡山？我没听错吧。大军说，爹，我想过了，城市再好，也不是我们的，我打算再干几年，就回家接你的班。王顺安瞪大眼睛，你说的是真话？大军笑笑，不是真的，难不成是煮的？王顺安拍了一下大腿，大声说，好，那就实习实习。

王顺安借着酒兴，把大军带到工作室。他取下迷彩服，让大军穿上。大军问，为什么非要穿这一身，不穿不行吗？王顺安告诉大军，作为一名护林员，上山必须备齐行头：迷彩服、草帽、砍刀、药箱、水壶。草帽遮烈日，挡风雨，防虫子，护脑袋。比如鸟拉屎，如果没戴草帽，可能会落到头上。鸟屎很脏，甚至有毒，会让脑袋腐烂。为什么要带上砍刀呢？可以修剪树枝，防野兽，也防盗猎者。为什么要带上水壶呢？山高路远，累了渴了，喝上两口，身上又会长出力气。为什么要带上药箱呢？在山林里行走，难免遇上受伤的麻雀、野鸡、乌鸦、斑鸠、兔子、老蛇等，赏它们一点药面，也许能救一条命。

王顺安一边说，一边给大军戴上草帽，挎上药箱，背上水壶，并把砍刀交到大军手里。大军一脸苦笑，任由他摆弄。王顺安眯上眼，左看右看，上看下看，越看越觉得精神。他把大军拉到镜子前，高声说，你看看，多神气啊。

大军吓了一跳，镜子里的他面目全非，竟有几分像王顺安。

王顺安又交代了一些注意事项，如巡山路线，重点工作等。大军叫他放心，他已经记下来。王顺安笑容可掬，指了指椅子，叫大军坐下。大军说，爹，干吗？王顺安把笔记本推到大军的面前，说，打开它。大军问，这是什么？王顺安一字一句地说，工作日志。

大军打开笔记本，看见页面上写满蝇头小楷，横竖折捺，如同刻碑。大军浏览了几则日志，不由得哑然失笑。父亲所说的日志，不过是些流水账——

三月二十八，晴。采了三束花，放在爹娘和红草的坟前。

提上弯刀，穿过林子，看见两个黄发青年，正在用弹弓射鸟。

黄狗如猛虎下山，猛然扑过去。俩小子拉开弹弓，对准黄狗。

我怕黄狗吃亏，举起砍刀，喝令他们住手。经查问，他们是镇上的，相约来吴王山，打算弄几只斑鸠解馋。训了他们一通，他们终于认识到错误，保证不再打鸟。

六月十日，小雨。昨晚刮风下雨，折断了不少树木。经蚂蚁地，扒开草丛看了看，不少洞穴已被泥水填满。经过白水河，波涛滚滚，水流浑浊。拉着黄狗的尾巴，蹚水过河，爬上中指峰，查看穿山甲的洞穴。这些小东西真聪明，它们的家很讲究，有冬洞，有夏洞。夏洞建在位置高的地方，洞穴较浅，通风方便，干燥凉爽，排水性强。冬洞建在背风向阳处，洞穴较深，弯弯曲曲，形似葫芦。隧道尽头是一间比较宽的屋子，铺着柔软的干草，那是它们的卧室，也是生养宝宝的地方。眼下正是穿山甲发情婚嫁的时候，它们躲在洞穴里，像小夫妻。过了这段时间，它们会各分东西。女方怀孕后，在年底或明年初产下幼崽。

腊月十九，阴。要过年了，也不知道大军回不回来？再巡一次山，打算回家备年货。走过老鹰岩、白水、刀岭、燕子洞、蛇山……——跟山上的树、动物打招呼，让它们准备过冬。最后，带着黄狗爬上中指峰，坐在山顶，吃干粮喝水。我和黄狗说好了，今天晚一点回去。夜幕降临，一轮月亮从天边升起来。借着月光，扒开草丛，查看那些洞穴。走到一个洞穴附近时，不由屏住了呼吸。一片空地上，一只穿山甲背着一只小小的浅白色的穿山甲，在月光中跳舞。那一刻，我又想起了瞎子，还想起了小白。

大军合上笔记本，放在桌上。王顺安说，这么快就看完了？大军笑笑说，这个简单，我知道怎么写。王顺安叮嘱说，每天巡山回来，一定要记日志。

大军伸了个懒腰，起身说，爹，睡了吧。

王顺安说，等一等。

爹，还有什么事？大军皱了皱眉头。

上山的时候，记得叫上黄狗。

八

烛光摇曳，影子朦胧。王顺安捧起母亲的照片，开始吟诵经文。耳边响起母亲苍老的声音，一声声呼唤他的乳名。四下张望，昏黑漫无尽头。他跌跌撞撞往前走，摔倒了，爬起来；摔倒了，再爬起来。随着一声巨响，眼前浮现出一个湿淋淋的世界——

一群人抬着一具棺木，从村里走出来。细雨纷飞，锣鼓声声，纸钱飞落。抬棺人迈着整齐的脚步，吼叫着走过来。红草一身白衣，低头跟在棺材后面，呜呜咽咽。王顺安戴着孝帽，抱着牌位，奔跑在棺木的后面。抬棺人行走如风，遇沟过沟，遇坎爬坎。不一会儿，棺材飘上垭口，飘上吴王山，飘到蚂蚁地。放下棺木，先生念了一通经文，用罗盘校准方位，指挥人们开始打井。王顺安跪在棺木前，看看面色憔悴的红草，不由倍感凄凉。

母亲离世时还不到六十岁。她五十八岁的那个冬天，肚子里长了一颗指头大小的肿瘤。肿瘤长得快，如充气的气球。王顺安一次次把张华佗请来，让他为母亲诊断治疗。张华佗每次上门，经过一通望闻问切，扔下一堆草药，然后转身离去。两年来，母亲不知喝了多少药汤，肿瘤不但没有变小，反而越长越大，像一只小篮球。

王顺安拉下老脸，挨家挨户借钱，好话说了一箩筐，一毛钱也没借到。不怪村里人，大家都太穷了。从哪里弄钱呢？王顺安患了失眠症，头发大把大把掉落。忽然有一天，郭少文背着猎枪来找他，约他上山抓穿山甲。郭少文告诉他，有人高价收购穿山甲，一斤十几块。王顺安抓住郭少文的肩膀，问是不是真的。郭少文让他快走，再晚就被抓光了。

走到山下，王顺安惊呆了。一个个村民扛着锄头提着口袋，从山上叫嚷着走下来。他们的袋子里，装着穿山甲、野鸡、兔子、老蛇、狍子、斑鸠、老鹰、麻雀、乌鸦等。上了山，随处可见新翻的泥土，一片狼藉。值得庆幸的是，蚂蚁地还没发现异常情况。多年以来，在当地人心中，蚂蚁地属于鬼魂，是一块不祥之地。老人们说，蚂蚁地的树林里，随处可能撞上死鬼：或尖嘴獠牙，或头大身小，或瘦如猴子，或胖如大象，或眼如灯笼，或嘴似岩洞，或高如竹竿，或矮如侏儒，或胡子齐胸，或耳尖如鼠……每逢月圆之夜，蚂蚁地的死孩子会齐齐出动，手拉手围成一圈，对着月亮唱歌跳舞。

王顺安和郭少文悄无声息地走进蚂蚁地，查看那些隐秘的洞穴。郭少文要动手挖掘，王顺安拦住了他。王顺安的意思，不能动手挖土，会招来其他人。

天色渐晚，月亮升起。穿山甲陆续爬出，四下寻找食物。王顺安和郭少文像两个幽灵，飘忽于草丛之间，将一只只穿山甲捡进袋子。这东西真傻，只要听见动静，马上缩成一团。没费多少时间，他们捡了两袋穿山甲，悄悄返回村庄。

收购点是一所低矮的瓦房，隐藏在街市后的树林里，平时人迹罕至。门上挂一块发黄的牌子，歪歪斜斜写着几个字：收购药材，价格从优。一箱一箱的飞禽，一箱一箱的走兽，堆放在大屋子里。在一个不显眼的角落里，放着几只铁笼，挂着沉重的铁锁，里面装满了挨挨挤挤的穿山甲。它们蜷着身子，一动不动，像一个个球，死了一般。

王顺安和郭少文达成协议，两人联手，五五分成。他们白天睡觉，晚上上山，一月两次。没过多久，穿山甲越来越少，踪影难觅。有人跑了一天，也抓不到一只。王顺安郭少文小心翼翼地捂着蚂蚁地的秘密，往往要等到三更半夜，这才偷偷出门。

有几次，他们在树林里碰上了瞎子。瞎子已经很老了，走路迟缓笨重。它抬着头，睁着小眼睛，摇着尾巴，行走在草木中。郭少文打算对它下手，王顺安拦住他说，放过它吧。郭少文问为什么，王顺安说，它是看着我长大的呢。还有几次，他们遇上了小白。郭少文准备出手，王顺安又拦着他说，放过它吧，它可是我看着长大的啊。

王顺安把卖穿山甲得到的钱，源源不断地送到张华佗的手里。张华佗使尽浑身解数，也没能挽回母亲的生命。母亲临死之前，拉住王顺安的手，盯着他说，听妈一句话，不要再抓穿山甲了，它们也是命啊，这是造孽，会有报应的。王顺安说，妈，没有的事。母亲说，你别骗我，我天天梦见穿山甲，它们在我的身体里爬来爬去，又是喊又是哭。王顺安被吓住了，低下头说，妈，你别乱说。母亲命令说，抬起头来，看着我。

王顺安抬起头，看着母亲的脸。他惊讶地发现，母亲的魂魄正从眼里钻出，化作一股青烟，袅袅飘散。母亲努力笑了笑，柔声说，记住，别抓了。

雨下一阵停一阵。墓穴已经打好。人们把棺材抬起，放入墓井之中。两个人移开棺盖，露出了母亲的脸。母亲躺在棺底，眼睛紧闭，脸色蜡黄，皱着眉头。王顺安不敢再看，赶紧把脸歪向另一边。时辰已到，棺盖缓缓合上，发出隆隆之声。

不一会儿工夫，坟堆垒了起来，湿漉漉的。众人散去，他们的背影陆续走入雨中。红草把跪在坟前的王顺安拉起来，说，走吧，回家。王顺安说，你先走，我陪陪妈。

天色渐晚，王顺安叹了一口气，从坟前站起来，准备离开。走到树林边，他不由停住了脚步。他看见了小白，孤单单趴在草木中；它的旁边，躺着僵硬的瞎子。

雨越下越大，满山草木湿淋淋的，风声雨声灌满耳朵。王顺安走过去，低头看着小白，看着泥水中的瞎子。瞎子闭着眼睛，一动不动。

小白用爪子扒拉瞎子，似乎想把它弄醒。

王顺安的心咯噔一下：瞎子死了。

九

又一个下午，几个老头在王学义家玩牌，喝苞谷老烧酒。王顺安借着酒兴，说起大军顶替他当护林员的事情。王学义敲着桌子说，如果大军回来，我这村主任也让他干。王顺安说，这怎么行？他不会。王学义笑笑，不会就学嘛，大军是块好料，磨上一磨，准比我强。王顺安说，不行，大军要当护林员。王学义说，这有什么？可以兼职嘛。

正聊得开心，有个叫杨老歪的老头问王顺安，大军的领导是不是来过？他昨晚看见一辆黑色轿车呢。王顺安说，怎么可能，人家那么忙。杨老歪强调，他从垭口经过，真的看见一辆黑色轿车。王顺安摇头，认为他肯定看走眼了。郭少文帮腔，说杨老歪，是不是整了几口马尿，分不清东南西北？王学义双手叉腰，打着官腔说，杨老歪，你知道轿车长啥样吗？杨老歪把胸脯拍得山响，粗声粗气吼道，老子这么大年纪，说话还没个谱？

听了杨老歪的话，大家议论纷纷。有人提出，那辆车如此古怪，会不会有问题？要不要给派出所打电话？王顺安的心有点乱，脑海里闪过一辆棺材似的轿车。他心不在焉，接连输了好几把牌。王学义说，老东西，会不会打牌？王顺安把牌扔到桌子上，骂道，妈的，老子不打了。郭少文说，顺安，再打几把啊。王顺安一言不发，起身就走。王学义骂道，龟儿子，脾气还不小。郭少文劝道，让他去吧，他好像有心事。

回到家，王顺安坐在屋檐下，全身软绵绵的。远处跑来一辆摩托，一晃眼来到面前。骑车的汉子摘下头盔，喊了声老王。王顺安睁眼看了看，赶紧说，孔站长啊，快请坐。孔站长跳下摩托，拉过一张椅子，弹一支烟给王顺安。王顺安赔笑说，好久没来了。孔站长说，太忙了，撒尿的时间也没有。王顺安笑笑，你坐，我去泡一壶绿宝石。

孔站长一边品茶，一边询问吴王山的情况。王顺安一一做了回答，并顺口提了大军的事情。孔站长说，太好了，欢迎大军成为护林员。孔站长话题一转，提起了另一件事。几天前，林业站接到电话，说半夜看见一辆黑色轿车，停在垭口上，怀疑是盗猎的。举报人提到了王顺安，说这段时间没见他上山巡逻，会不会故意放水？王顺安跺脚骂道，哪个龟孙乱嚼舌头？站长说，老王，放警醒点，如果有什么情况，及时跟我联系。

孔站长说完事，骑上摩托走了。看着他远去的背影，王顺安的心里荒草疯长。

大军踩着暮色回来了，身后却没有黄狗。王顺安问，狗呢？大军撇撇嘴，谁知道？还没到中午，它就下山了。王顺安感到奇怪，嘟囔说，狗日的，它会去哪儿呢？大军说，到处乱跑呗。王顺安不再说话，把饭菜端到桌上。大军问他怎么回事，脸色不好看。王顺安说没什么，只是脑壳有点痛。大军说，你去睡吧，不用管我。

王顺安穿过堂屋，走进工作室，打开了笔记本，翻到大军记的日志，看了起来——

六月十六，晴。中午，爬上中指峰，只剩下半条命。休息了一会儿，扒开草木，查看洞穴。草木太深，行走艰难，费了半天工夫，没看见一只穿山甲。

六月十七，小雨。上中指峰，查看穿山甲的洞穴。草木湿漉漉的，不一会儿工夫，衣服鞋子全湿透了。经过几小时的摸排，终于走完所有洞穴，并一一作了标记。

六月十八，阴。上中指峰，查看洞穴。这些懒惰的穿山甲，天天躲在洞里。从第一个洞穴走到最后一个洞穴，天色已经暗下来，没见到一只穿山甲。

大军的日志极短，书写随意，歪歪扭扭。奇怪的是，除了中指峰，他未提及其他地方。这是不是说，大军这几天上山，只去过中指峰？还有，为什么对黄狗只字未提？

王顺安关上灯，走进卧室，和衣躺在床上。不知怎的，翻来覆去睡不着。躺了一阵，索性披衣下床，提上砍刀，走出门去。没有月亮，星光模糊，风飕飕作响。他举起砍刀，朝风劈了几下，好像砍中了什么。风惨叫一声，怪叫着飞走了。

垭口空空如也。黄狗呢？黄狗哪儿去了？他关上电筒，缓缓往回走。对面走来一个黑影，他不吭声，闪到一棵树的后面。黑影走到面前，他打开电筒，照住黑影，喝问道，谁？

那人吓了一跳，叫道，爹，是我，你要干吗？

来人正是大军，手里提着黑色袋子。

这么晚了，你要去哪里？

我半夜醒来，发现你不在，出来看看。

黄狗呢？你看见黄狗了吗？

没，没看见。

十

王顺安虎着脸，蹲在门口磨刀，霍霍作响。

大军戴上草帽，穿上球鞋，背上药箱，挎上水壶，抱手候在旁边。过了好久，他看着磨刀石上反复抽动的砍刀，忍不住说，爹，把刀给我吧。

王顺安埋头干了一会儿，用手试了试刀刃，感到一种冰冷的快意。他霍然起身，把刀甩上肩膀。大军赶紧说，爹，把刀给我。王顺安冷哼一声，你在家，我上山。大军说，爹，还是我去吧。王顺安不看他，板着脸说，少啰唆，我去找黄狗。

大军喊了两声，王顺安充耳不闻，气冲冲地走了。

嘀嗒，手机进来一条短信。大军赶紧点开，是一条转账通知，显示银行卡已转入五万元。嘀嗒，又进来一条信息。是张松发来的，问收到钱没有。大军说，收到了。张松问，在干吗？大军说，在家。张松问，为什么不上山？大军说，我爹不让去。张松说，露馅了？大军赶紧回复，没有，黄狗没了。张松说，干得好，多搞点货，我过来取！

信息后加了三个感叹号，并配上一杯茶。大军抬起头，看见王顺安弯腰走在蜿蜒的山路上，像一个移动的黑点。他忽然跳起，撒腿朝山上跑去。

上山的路不止一条，大军选了最近的一条。最近的路最难走，直上直下，荆棘丛生。大军顾不得那么多，他想好了，必须将父亲甩在身后，提前赶到中指峰。赶到蚂蚁地时，他看见王顺安背对着他，跪在草丛中。大军暗喜，猫腰迅速跑过，朝中指峰跑去。

大军这次回来，当然不是为了看望王顺安，更不是为了当护林员，而是为了穿山甲。大军算过账，只要多卖上几只穿山甲，就能凑足一套房的首付。只要在县城买了房，就可以把那个叫小芳的性感姑娘搞到手，过上令人羡慕的小日子。

小芳是"迷你理发屋"的发廊妹，主要工作是给客人洗头。她有一个愿望，尽快学会手艺，开一家理发店。大军劝她，不如离开理发店，两人联手做点事。小芳不敢贸然辞职，害怕跟了大军，连肚子也混不饱。大军拍着胸脯保证，只要小芳跟了他，他肯定让她过上好日子。小芳叹了口气，问他有没有房子。大军说，房子不是问题。小芳说，有了房子，再来找我吧。大军举手发誓，你等着，我买了房子就来找你。

大军冷静下来，发现自己把牛吹大了。他在"天盛豪"酒楼当服务生，月工资不到三千。他看过楼盘，一套九十平的房子，要交近二十万的首付。就算不吃不喝，也得干多少年？大军感到绝望，决定不再想狗日的房子，混一天算一天。可是，晚上躺在床上，眼前不时浮现小芳撩人的模样。他受不了，一次次把手伸到身下，把手掌当作小芳……

大军急剧消瘦，眼角挂满眼屎。老板看不惯，说他人不人鬼不鬼，影响了生意。大军气不过，跟老板干了一架，卷起铺盖走人。那个被炒鱿鱼的晚上，大军冒着小雨，沿着一条巷子走了许久，最后走进一家临时搭建的烧烤帐篷。摊主站在摊边发呆，嘴里叼着一支烟，面目黧黑难

辨。帐篷里只有一个胖男人，守着 张桌子，摆着几盘烧烤，还有一扎
啤酒。男人点的东西不少，有烤鸡翅、鸡腿、洋芋、小瓜、麻雀、牛肉。

那个男人就是张松。他刚离了婚，一个人跑到烧烤摊喝闷酒。他
举起酒瓶，朝大军晃了晃，邀请说，兄弟，坐。大军坐下，提起一瓶啤
酒。他们几乎没有说话，只是在不断地举瓶子，不停地灌酒。空瓶子越
来越多，横七竖八地躺在地上。大军不知喝了多久，也不知道喝了多少
瓶，只知道身体装满了酒，稍微动一下，发出咣当咣当的响声。

认识之后，两人时不时小聚一下。找个烧烤摊，点上一堆东西，喝
喝酒聊聊天。张松是豪林山庄的厨师，月工资四五千。在大军看来，这
收入不错了。张松不这样看，说这点工资还不够他的前妻买一双鞋子
呢。据张松说，他这辈子最倒霉的事情，就是找了个要人命的媳妇。要
人命是张松形容老婆的专用语，意思是特别漂亮，可以让人去死。用他
的话说，老婆是中心，他必须围着老婆转，搞好服务工作。没想到，老
婆却嫌他穷，找了个有钱的老头。老头五十多岁，出手大方，买衣服买
首饰，眼睛从来不眨一下。张松对老婆说，我把工资卡都给你了，你为
什么还要这样？老婆撇撇嘴说，就你那工资，还不够买双鞋子！

时间长了，张松不再谈前妻，大军也不再提小芳。谈什么呢？谈
钱。这个世界上，还有什么比钱重要？没有钱，一切免谈。据张松说，
豪林山庄之所以生意火爆，是因为可以吃到各种野味。比如，白斩野
鸡、红烧野猪、清蒸果子狸、龙凤汤（一蛇一鸡）、炖斑鸠、炸麻雀、
烤老鼠等，价格几百几千上万元不等。最珍贵的当数穿山甲，一斤价值
上万元。如果是当场宰杀的穿山甲，价格可以高达两万元。食客认为，
穿山甲全身是宝，男人吃了壮阳，英勇无敌；女人吃了滋阴，面若桃
花，肤白貌美，人见人爱。

经过商议，他们在网上购买了一种捕捉穿山甲的神器。这种神器口

小肚子大，可以放在洞口，让穿山甲主动入瓮。神器上安装了感应器，逮住穿山甲后，能够向手机发出信号。巡山的时候，大军把神器安装在洞口。抓到穿山甲后，大军会第一时间通知张松，张松驱车赶到花嘎，连夜将穿山甲取走，再送到豪林山庄，换成一沓沓票子。

大军气喘吁吁爬上中指峰，一一撤去洞口的神器。他躲在树林里，看见父亲提着砍刀，弯着腰爬上来。父亲真是老了，气喘吁吁，失魂落魄。不得不说，没有那一身迷彩服，没有那顶草帽，没有药箱水壶，他就是一个糟老头。他以砍刀作为拐杖，一步三摇地走进草丛，喘息声响雷般滚过。他走走停停，停停走走，不时扒拉着什么。就这样，他看了五六个洞穴，终于停住脚步，抬头望了望天，长叹一声，掉头往山下走。经过一块岩石时，他身子一歪，一头栽倒在地。还好，茂盛的灌木挡住了他，否则后果不堪设想。

他从草丛中慢吞吞站起来，步履蹒跚地往山下走去。

大军赶紧爬出来，把神器又一一恢复原位。

十一

身边少了黄狗，感觉丢了魂魄。赶到蚂蚁地，看望爹娘和红草，求他们保佑大军，别让他瞎闹。我有种不好的预感，大军碰上了不干净的东西。

起风了，嗅到一股血腥味。迎风走去，血腥越来越浓，臭味越来越重。穿过灌木，只见黄狗直挺挺躺在草地上，脖子被砍了一刀，脑袋歪向一边，瞪眼望着苍天。血染红了狗毛，连成一片，已经干涸。草丛也被染红了，在日光下闪闪发亮。

我挖了口井，把黄狗埋了。我把它埋在父母和红草的旁边。这样，它就不会孤独了。

爬上中指峰，查看洞穴。第一个乱糟糟的，凑近洞口嗅了嗅，气息混浊刺鼻。第二个跟第一个差不多，洞口乱糟糟的，还有一些脚印。第三个没多大变化，凑近闻了闻，有青草味，还有花香。看来，这家的主人还在，或许正在睡觉。走访了六家，有四家遭到袭击，生死不明；另外两家目前安好，但显然已经被人盯上。

是哪个狗日的，干出这种伤天害理的事情？

王顺安强撑身子，写了日志，撂下笔，走进卧室。屋子昏黑，如同一副棺材。看看窗外，天地俱黑，没有星星没有月亮，恍若棺材将这世界全装了进去。他摸出火机，点燃蜡烛，端坐窗后，诵读经文。人影晃动，影影绰绰。砰然一声巨响，豁然开朗……

村子没有一幢水泥房，全是瓦房或茅草屋。有一幢老房子，站在高大的椿树下，木柱、青瓦盖、竹篱笆。一个魁梧的男人从屋里走出来，叼着烟杆，提着锄头，吼道，快一点啊，太阳照屁股了。一个男孩跳出来，大声说，爹，今天去哪里？男人吐出一口烟雾说，蚂蚁地。屋里走出一个娇小的女人，青色上衣，黑色裤子，头上包着头巾。男人扛上锄头，女人也背上背篓，男孩提上镰刀，沿小路向村外走去。王顺安看着他们，不由愣住了。他认出来了，男人是父亲，女人是母亲，男孩是他自己。

从垭口上去，有一块较为平坦的地方，就是所谓的蚂蚁地。灌木丛、树枝上、茅草间，随处可见乌黑的蚁巢。村里分地时，谁也不肯要这块地。这地方阴气重，不知从何时起，谁家的小孩子死了，就丢在树林里。尸体并不掩埋，而是挂在树上，任由鸟雀啄食。走到蚂蚁地，经常可见黑压压的乌鸦，围着某棵树起起落落，发出凄厉的啼叫。不过，父亲不怕，他甚至心怀喜悦，接纳了不祥的蚂蚁地。他有自己的算盘，蚂蚁地土地肥，地盘大，可以多收粮食。至于那些挂在树上的孩子，还有飞来飞去的乌鸦，有什么可怕的呢？

也许是蚂蚁多的缘故吧，这里生活着不少穿山甲。这些家伙胆小，白天躲在洞中，晚上才爬出洞穴，活动筋骨，寻找食物。玉米成熟的时节，父亲带着王顺安住进玉米地边的那个窝棚，防盗贼，防鸟兽，护玉米。有月亮的夜晚，站在窝棚门口，可以看见一只只披着铠甲的穿山甲，凸起高高的脊背，爬行在草木中。有时候，还可以看见穿山甲背着幼崽，在月光下嬉戏跳舞。穿山甲的听力不好，如同聋子；眼睛小，视力差，如同瞎子。不过，它们的鼻子很厉害，大老远就能闻到气息。一旦发现敌情，它们要么转身就跑，但跑得并不快；要么将身体蜷起来，形成一个球状。王顺安调皮，不止一次踢过那些球，铁块般坚硬。有时候，它们摇动尾巴，挖开蚁穴，把长舌头伸进洞穴，大快朵颐。凡是被它们看中的蚁穴，只需一会儿工夫，就能把洞掘开，将里面的蚂蚁一网打尽。

有一次，王顺安跟着母亲，去树林里捡干柴。忽听噼啪一声，一团东西从树上掉下来。走过去一看，原来是一只穿山甲。它翻过身子，弓起脊背，爬了几下，又停下来。它的背上有一处伤口，正在汩汩流血。母亲把它带回家，为它清洗伤口，敷上药面，缠上纱布。几天后，穿山甲恢复了健康。母亲带着王顺安，把它送回蚂蚁地。它抬起头，睁开小眼睛，一步三回头地朝草丛里爬去。母亲朝它挥手，低声说，去吧，去吧。

从那以后，王顺安走进树林，经常会遇上那只穿山甲。每次碰上王顺安，它大摇大摆，一点也不害怕。母亲说，这只穿山甲真可怜，分不清白天黑夜，就叫它瞎子吧。王顺安想，这家伙，不仅又聋又瞎，连鼻子也是坏的，怎么活啊？用老师的话说，它是个残疾人。母亲说，要多帮助残疾人。王顺安认定它是残疾人后，对它多了一份关心。

有一段时间，王顺安遇上瞎子，发现它胖了许多。母亲说，瞎子要当妈妈了。听母亲如此说，王顺安巴望早日看见瞎子的宝宝。瞎子有几个洞穴，几乎每隔一段时间，它要换一个洞穴。父亲说，穿山甲很聪明，它们不会总待在一个洞穴，打一枪换一个地方，以免被对手抓住。母亲还说，有个成语叫狡兔三窟，说的就是这个道理。

到达蚂蚁地后，父母提着锄头，钻进了半人多高的玉米林。王顺安挥动镰刀，扒开草丛，查看那些隐秘的洞穴，希望碰上一只披着盔甲的穿山甲。不过，他什么也没看见。这些鬼家伙，肯定还躲在洞中睡大觉。穿山甲爱干净，洞口干干净净的，没有一点粪便。父亲说，穿山甲像猫一样，每次拉了屎尿，总会用泥土盖住。

前面是一片灌木丛。王顺安记得，那里有瞎子的一个洞穴。扒开灌木丛，赫然看见瞎子趴在昏暗的树木下面。它低着头，弓起背脊，举着爪子，急匆匆地往前跑。说是跑，其实并不快，像个酒醉的小老头。它长长的尾巴上，竟然趴着一只小家伙。小家伙鳞片呈浅白色，稍微有点淡黑色，看上去可爱极了。

王顺安怦然心动，两个字立刻跳出来：小白。

对，小家伙就叫小白吧，谁叫它那么白呢？

十二

王顺安看见自己蹲在老屋前，一手提着穿山甲，一手握着匕首。那穿山甲没有鳞片，白森森的，瞪眼看着他。忽然，它口吐人言，叫了一声救命。

王顺安吓醒了。回想梦中那只穿山甲，觉得格外熟悉。尤其是它的眼神，让他终生难忘。他记起来了，它是小白，说话的小白，流泪的小白，哀嚎的小白，怀上孩子的小白，月光下跳舞的小白，拔光鳞片的小白，熬成药汤的小白……

多年前，他和郭少文把小白逮回来，熬成了一锅药汤。父亲喝了药汤，却没有好转，在一个深夜闭上了眼睛。父亲下葬不久，郭少文就出了事。他背着干粮，扛着锄头，满山找穿山甲。功夫不负有心人，他终于发现了一只穿山甲的行踪。他像灵敏的猎狗，咬着那只忽隐忽现的穿山甲，穷追不舍。那真是一只阴险的穿山甲，好几次感觉无限接近，又被它成功甩脱。它把郭少文引到白水河，转眼没了踪影。郭少文站在崖下，忽听哗啦一声，一个球从崖上飞来，恰好砸中了他的脸。他从沟坎上栽下去，摔断了一条腿。

耳边传来隐约的狗叫，忽有忽无。王顺安披上衣服，抓起电筒，拉开门走出去。沿着水泥路走了一段，王顺安猛地收住脚步。他赫然看见，垭口上卧着一具棺材。他蹑手蹑脚走过去，棺材越来越大，变成一辆黑色轿车。车窗后有一粒忽闪忽闪的火星，照出一张忽明忽暗的脸。他想看清车里的那个人，但月光昏暗，怎么也看不清楚。

一束电筒光从山上射来，他缩回脑袋，躲进草木之中。不一会儿，电筒光从山上飘到路上，朝垭口飘过来。越来越近，他看见光亮后的黑影。黑影越走越近，瘦削的身形，穿着花衬衣，扛着一个黑袋子。王顺安的心一阵狂跳，是大军，大军！

大军扛着袋子，大步走到车边。车里的那人扔掉烟头，从车里钻出来。电筒光虽然不够明亮，但王顺安一下子就认出了他，张松，不错，张松。

张松拍了大军一巴掌，说，怎么样？搞到几块金砖？

大军举起袋子说，三块，有一块超大，超重。

张松打开袋子，看了一眼，赶紧把袋口扎起来。他擂了大军一拳，兴奋地说，狗日的，真有你的。大军说，出手之后，把钱打给我。张松点头说，放心，老子还会坑你？对了，千万要注意，不要让你老爹抓住把柄。大军哼了一声，放心吧，他是个老糊涂。

张松打开后备厢，把袋子扔进去。正准备拉上车盖，忽然蹿出一条黑影，使劲推了他一下。他连退几步，站稳脚跟，这才看见一袭黑衣的王顺安。王顺安握着电筒，白光像柱子敲到他的头上。他反应过来，赶紧打招呼，老，老伯好。

爹，这是张哥，你不记得了？大军赶紧说。

少废话，你他妈闭嘴。王顺安破口大骂。

老伯，消消气。张松抓出一盒烟，说，抽支烟。

王顺安挡开他的手，指着袋子吼道，把它们放了，立刻，马上。

大军撇撇嘴，放了？你知道我花费了多少力气，才把它们弄到手吗？你知道一只穿山甲，可以换多少票子吗？告诉你吧，一只穿山甲就能换几万元，比你一年的工资还高。你不要坏事，让我干上几票，就能在城里买房子，娶媳妇，让你抱上孙子。

张松说，大伯，这事听大军的，你就别管了。

王顺安吐了一口唾沫，骂道，放你娘的狗屁。

爹，你跟穿山甲亲，还是跟我亲？

啪的一声，王顺安扬起手，抽了大军一耳光。大军捂着脸，冲王顺安大吼，你打啊，有本事打死我啊，你看看人家父母，给儿子买车买房，你给我买过什么？你不但不帮我，还处处跟我作对。不错，我是抓了几只穿山甲，那又怎样？有本事，你报警啊。

王顺安举起手，大军把脸迎上去，说，你打啊，朝这里打。

张松劝道，老伯，这是何苦呢？别忘了，你只有大军这个儿子。

王顺安放下手，转过身，弯腰抓起黑色的袋子。在他的眼中，那袋子也是一口棺材，他要把它打开，救出里面的生命。他一把扯开绳子，看见三只球状的东西。最大的那只探出头，睁着一双小眼睛，惊恐地对着他。他一震，它跟小白真像啊。不，它就是小白。

他抓紧袋子，准备离开这里。张松冲过来，使劲推了他一下。他猝不及防，接连退了几步，一屁股坐在地上。电筒砸中水泥路面，噼啪一声脆响，镜片分崩离析。

砰，张松关上后车盖，冲大军呵斥道，上车，走。

一声号叫，轿车喷出一股烟雾，飞奔而去。

十三

王顺安走进卧室，拿起那张彩色照片，大声诵读经文。

人影隐隐绰绰，陷入满屏聒噪的雪花。看电视的时候，如果信号不好，也是这种状况。他瞪大眼睛，透过满屏雪花，捕捉一闪而过的人影。

瞎子背着小白，匍匐在霜一样的月光中；

红草牵着蹒跚学步的大军，走过一片草地；

小小的大军骑在王顺安的肩膀上，咿呀学语；

大军牵着水牛走在小路上，黄狗跟在后面；

王顺安与父亲并排站在月光中，看着对着月亮起舞的穿山甲……

人像时而清晰，时而模糊，时而从雪中凸显，时而被雪花淹没。王顺安高声吟唱，要把雪花的聒噪压下去，但没用，雪花越来越多，噪声越来越大，砰的一声，屏幕爆炸，腾起黑色的蘑菇云。小白不见了，瞎子不见了，大军不见了，红草也不见了。

过了一会儿，他扶着墙站起来，丢下照片，做出了进城的决定。他提上一只黑袋子，匆匆走出家门，赶往乡里的客车站，坐中巴去云城。袋子里装着一条烟，还有一根尼龙绳。他想过了，到县城后，要把烟还给张松，再用尼龙绳子把大军绑起来。

下午四点，王顺安终于站在了云城的街头。县城就是不一样，人多车多房子多，到处闹哄哄的。他站在街头，拨打大军的号码，提示说已关机。他抱紧身体，机械地往前走，感到前所未有的茫然。怎么办？要不要给孔站长打电话？他犹犹豫豫地摁下一串号码，却久久没有拨出去。不行，如果把这事捅出去，警察会不会把大军抓起来？如果不报警，穿山甲怎么办？任由它们被人屠杀？剥掉鳞片？剖开肚子？剁成肉片？

走过十字路口，他看见一名环卫工人弯着腰，正在扫垃圾。他凑上去，叫了声大哥。汉子停下扫帚，问他有什么事。王顺安说，大哥，请问豪林酒店怎么走？汉子摇摇头说，没听说过。王顺安说，大哥，你再想想。汉子顿了一下，说，你是不是记错了？云城只有一家叫豪林山庄的餐馆。王顺安愣了愣，嘟囔说，豪林山庄？汉子说，对，豪林山庄。

王顺安忽然想到，张松大军会不会骗自己，故意把豪林山庄说成了豪林酒店？他点点头，问环卫工人，去山庄怎么走。汉子盯着他手里的袋子说，你是送货的？王顺安问，送货？什么货？汉子说，天上飞的，地上跑的，水里游的。王顺安耍了个滑头，说，不错，我手里有货。汉子来了兴趣，叫他打开袋子看看。王顺安摇了摇头，说是蛇，不能打开。汉子吓了一跳，赶紧往后跳。王顺安暗自好笑，丢了一包烟给汉子，说，兄弟，帮我指指路吧。汉子咂咂嘴，骂道，妈的，只要卖上一条蛇，就能抵老子一年工资了。

　　豪林山庄位于郊区，依山而建，青砖黄瓦，飞檐画壁，很有特色。楼房不高，但面积不小，占据了半个山坡。大门前卧着一块巨石，上面刻了几个苍劲的大字：豪林山庄。走进大门，有一块修剪整齐的碧绿草坪。草坪中央有一个旗台，竖着两面旗帜：一面五星红旗，一面山庄的旗帜。草坪的尽头，就是山庄建筑群，拉着几条长长的红色标语。其中有一条是，保护生态文明，共创绿色家园。还有一条是，保护动物，善待生命。

　　楼前站着几个穿制服的保安，挂着对讲机，提着电棍。王顺安弯腰捡起一块砖头，放进袋子里。试了试，沉甸甸的，很有分量。他整整衣冠，昂首挺胸走过去。一个小胡子保安拦着他，问他找谁，住店还是吃饭。王顺安说，我找儿子。小胡子问，你儿子是谁？王顺安报出大军的名字，小胡子想了想，朝其他保安招招手，问，山庄里有个叫大军的吗？保安们纷纷摇头。小胡子说，老头，找错地方了。王顺安说，那我找张松。小胡子说，谁是张松？王顺安说，他是山庄的老板。小胡子笑起来，说大叔，开什么玩笑，我们老板不姓张，姓朱。王顺安说，姓朱？叫朱松吗？小胡子说，老家伙，别闹了，走吧。

　　王顺安不走，杵在小胡子面前。小胡子挥挥电棍，叫他快走。王顺安掏出一盒烟，递给小胡子说，领导，帮个忙，我找张松有事。小胡子笑了，把烟揣进荷包，冲保安们问，喂喂，山庄有个叫张松的吗？一个刀疤脸举起手说，有这个人，是个厨师。

　　王顺安指了指黑色塑料袋，压低声音说，我，送货的。

　　小胡子伸出手说，什么货？打开看看。

　　王顺安低声说，是蛇，小心，它脾气不好。

　　小胡子吓了一跳，赶紧缩回了手。

十四

穿过一幢楼，有一条木头路朝山上伸去。路不宽，但很讲究，用圆木铺成。食客络绎不绝，勾肩搭背，吵吵闹闹。绕了好一阵，小胡子指着一幢三角状的房子说，看见没，那里就是厨房。王顺安点头哈腰，连连称谢。小胡子说，你自己过去吧。

房顶竖着一根巨大的烟囱，剑一样指向天空，喷出滚滚烟雾。门上挂着牌子：厨房重地，不得擅入。一些穿白衣的男女忙进忙出，谁也没有看他一眼。王顺安吸了口气，跟上一个肥胖的妇女。她一边走一边打电话，发出嘎嘎的笑声，根本没有发现身后的尾巴。

呈现在王顺安面前的，是一个热气腾腾的场面。一帮男女或蹲或站，择菜的择菜，杀鸡的杀鸡，宰鸭的宰鸭……闹哄哄，乱糟糟，雾腾腾。靠里面是一排锅台，几个厨师站在升腾的雾气中，挥动锅铲，噼噼啪啪炒菜。屋里充斥着浓重的怪味，酸不酸，甜不甜，苦不苦，辣不辣，夹杂着血腥……那是一种混沌的混合气味，谁也说不清楚。

眼睛适应了灯光后，王顺安看见角落里放着一排挂锁的铁笼子。他贴着墙壁，猫腰走过去，眼前的情景让他目瞪口呆。铁笼里关着鸡、鸭、鹅、狗、兔子、猫、岩羊、老鼠、斑鸠、老鹰、麻雀、野鸡、果子狸、青蛙……有一个铁笼里，盘着一条灰黑的大蟒蛇，吐出瘆人的蛇芯子，瞪着怨毒的眼睛。另一个笼子里，关着一只岩羊，它跪在笼子里，低垂脑袋，眼睛湿淋淋的。看得出，它还是只小羊，应该不会超过十斤。

顾不上那么多了，他抓紧时间往下找。终于，在靠后的铁笼子里，他看见了两只球状的穿山甲。在中指峰上，他不止一次见过它们。它们虽没有长大成年，但已经具备了小白的雏形，身体修长，背脊隆起，鳞片硕大、尖脑袋、小眼睛、小耳朵，迈着优雅的步子，行走在月光下。

可现在，它们缩成一团，一动不动，像两坨石头。

耳边响起某种奇怪的声音。霍然转身，只见白衣白裤的厨师站在灯光下，手里提着一只穿山甲。仔细一看，那厨师竟然是张松。狗日的身穿厨师服，手握利刃，寒光闪闪。穿山甲缩成一团，不管张松怎么弄，它就是不松开。那是一只体形硕大的穿山甲，大块的铠甲闪闪发光。虽然看不见它的头，它的眼睛，它的尾巴，但王顺安觉得，它就是小白。不错，它就是小白，身体修长的小白，背脊隆起的小白，尖脑袋的小白……

住手。王顺安大吼一声，朝张松冲去。

几条汉子冲上来，将王顺安团团围住。王顺安挥动袋子，砸向晃动的人影。有人被砸中了，发出痛苦的叫声。王顺安拼命挣脱那些缠住自己的手脚，挥舞着袋子，不要命地朝张松冲去。有人冲他扫了一棍子，他一头栽倒在地。

张松踩住他的肩膀，撇撇嘴说，老东西，何苦呢？

狗杂种，我操你祖宗。王顺安吐了一口唾沫。

张松微微一笑，举起刀，对准小白。

别杀它，求求你。王顺安以首磕地，咚咚作响。

灯光下，刀刃如冰，寒光逼人。恍惚中，小白缩成一团，铠甲闪闪发亮。直到这时，王顺安这才发现，小白裹成一团的身体中间，有一点白色的东西。仔细一看，原来是一只幼崽，就像小时候的小白。可惜，它不能趴在母亲的尾巴上，行走于吴王山的草木之间，沐浴着洁白的月光，对着月亮起舞了。它那么小，那样天真，却不得不面对锋利的刀子了。

张松冷哼一声，掰开小白的嘴巴，将鲜红的长舌头拉出来。

王顺安拼命挣扎，但被死死按住，一点办法也没有。

张松抓住小白的舌头，使劲往外拉，越拉越长，像一根被拉到极限的橡皮筋。他笑了一下，手起刀落，将舌头一下子割断。鲜血喷涌而出，滴答砸落碗中。小白抽搐了几下，将身体使劲收紧，死死裹住它的孩子。它睁大眼睛，瞪着王顺安，眼眶滚下一滴眼泪，慢慢地慢慢地松开了爪子。它怀里的幼崽抓了几下，啪的一声掉到地上。

王顺安陡然产生了一股神力，猛然挣脱那些人的控制，一跃而起。几个汉子试图扭住他的胳膊，却被他一一推开。那一刻，他如同猛虎，谁也挡不住。

他扑通跪下，捧起蠕动的幼崽。刹那静寂之中，张松丢下小白，捡起一根木棍，朝他的头部重重敲了一下。他只觉眼前一黑，一头栽倒在地，就什么也不知道了。

不知过了多久，王顺安苏醒过来。他睁开眼，发现自己躺在乱草之中。他坐起来，额头黏糊糊的，好像流血了。他有点恍惚，究竟发生了什么？天地昏黑，城市陷入黑暗。他怎么也想不到，他到云城的第一个夜晚，竟然会遇上停电。车子跑过，像奔跑的棺材……人影走过，像行走的棺材……高楼影影绰绰，像站立的棺材……天地混沌，是这个世界最大的棺材……现在，他就坐在棺材的最底部，如一粒尘埃。

王顺安站起来，仔细辨认方向。不远处有点点闪烁的烛光，他费了半天劲，终于认出那里就是豪林山庄。面目模糊的山庄，也是一口棺材。山庄后模糊的山坡，还是一具棺材。恍惚之间，他眼前划过一道闪电，浮现出血红的长舌头，喷涌而出的鲜血，滴答滚落的眼泪，临死也要护住孩子的穿山甲，从穿山甲身上滑落的天真无邪的幼崽……

他伸出僵硬的手，最后一次拨打大军的电话。关机。还是关机。

他叹了口气，摁下孔站长的电话。起风了，呜呜咽咽。

孔站长叫他原地等候，不要到处乱跑，他立刻从花嘎赶来。孔站长骂了句娘，铿锵有力地说，他会马上报警，最多几分钟，警察就能赶到豪林山庄。

王顺安挂了电话，筋疲力尽地靠在一棵树上。他垂下头，闭上眼，只想好好眯一会儿。他太累了，这真是漫长的一天，几乎用尽了一辈子的力气。

忽然，耳边响起了尖厉的警笛声。他抬起头，看见城市上空烟花绽放。

一朵一朵，像璀璨的星光。

刊发于《莽原》2024 年 2 期

为你种一棵树

一

　　陈铁军拄着拐杖，咯吱咯吱走在前面。马兰花弓腰驮着粮袋，一声不吭地跟在后面。以小路为界，左边是巍巍虎山，右边是大大小小的田地。放眼望去，虎山一片苍翠，郁郁葱葱。几只乌鸦尖叫着，从树梢飞起落下，像风中飘飞的叶子。每走几步，就会看见一块画着骷髅的警示牌立在半人多高的荒草间，刻着鲜红的大字：雷区，禁止入内。不错，虎山是有名的雷区，多少年来无人敢闯。用村里人的话说，山上住着死神，连鸟儿也飞不过去。

　　虎山巍峨陡峭，易守难攻，自古以来是兵家必争之地。在虎山发生的战斗，有记载的有没记载的，根本没办法搞清楚。土匪与土匪斗，土匪与官兵斗，官兵与官兵斗……总之，从古至今，虎山硝烟弥漫，很少有安宁的时候。每次发生争斗，总会有一些人长眠于虎山上，化为泥土、荒草或树木。直到如今，掘开虎山的泥土，还可以看见累累白骨，闻到浓烈的血腥味。很长一段时间，有两支军队在虎山对峙，你进我退，我进你退，反复拉锯，争斗不休。那些年，虎山草木皆兵，烽烟滚滚，炮声隆隆。多年后，虎山上的滚滚硝烟已经散去，冲锋陷阵的士兵早已杳无踪迹。不过，虎山上却留下了成千上万的地雷，潜伏在草木之间，泥土之下，看似死一般寂静，实则随时可能爆炸。

陈铁军不时回头，叫马兰花踩着他的脚迹走。马兰花说，知道了，我又不是傻子。陈铁军叫马兰花别大意，那些地雷还没有死，它们活得好好的。它们躲在暗处，憋着满腹怨气，盯着过往的行人。只要逮住适宜的机会，就会突然跳出来。更可怕的是，地雷非常狡猾，它们乱窜乱跑，说不定会撞上谁。这里没有地雷，不等于那里没有。地雷有嘴有眼有鼻子，有脚有手有牙齿，眼观六路耳听八方，埋伏在谁也无法知道的地方。这些年来，虎山雷声不断。每一声爆炸，都意味着一个人、一头牛、一头猪、一匹马、一条狗、一只鸟……成为地雷的牺牲品。陈铁军无数次告诫家里人，绝不走没人走过的地方，绝不去没人去过的地方，绝不踏进虎山半步。

太阳像燃烧的火球，一路滚动一路追赶。陈铁军站住说，歇一会儿吧。马兰花看了看白晃晃的太阳，喘口气说，走，赶紧走。陈铁军愣了一下，转过头，拄着拐杖，咯吱咯吱走起来。他的心里不太好受，这么多年以来，马兰花一直是家里的顶梁柱，操碎了心，做事最多，干活最重。就拿背粮来说吧，他五十斤，马兰花一百五十斤。唉，有什么办法呢？他的腿废了，什么重活也干不了。

爬坡，拐弯，下坡，拐弯，爬坡，下坡……太阳一路滚动，走到哪儿，跟到哪儿，烧到哪儿。人渐渐多起来了，牵马的，赶羊的，抱鸡的，提箩筐的，背背篓的，扛袋子的，拄着拐杖的……腾起一阵阵灰尘。

马兰花气喘吁吁地赶上来。陈铁军扶她一把，说，歇口气吧。马兰花说，走，赶紧走。陈铁军说，快到了，不急。马兰花说，赶紧走，还要卖粮呢。陈铁军不再坚持，让马兰花走在前面，他拄着拐杖，咯吱咯吱跟在后面。

集市上卖什么的都有，卖小百货的、卖牲口的、卖耗子药的、卖农具的、卖狗肉汤锅的……他们挑了处显眼的地方，放下粮食，等待买主。马兰花坐在石头上，举手擦拭汗水。陈铁军掏出烟杆，裹上一袋旱烟，吧嗒吧嗒抽起来。不时有人拄着拐杖，一蹦一跳地走过。有的装了假肢，虽然被裤子挡住了，但一眼就能看出来。大凡装了假肢的人，走路时都会发出咯吱咯吱的叫声，裆里仿佛藏着一窝耗子。还有一部分人，空着半截裤管，拄着拐杖，走路一跳一跳的。

卖了粮，他们从街头走到街尾，又从街尾走到街头，买了几本作业本、两支钢笔、两瓶墨水、两个书包、两件衣裳、两条裤子、两包盐巴、一袋味精、一瓶酱油、一瓶醋、一把菜刀。最后，他们提着大袋小袋的东西，走向了一个卖鞋的摊子。解放鞋倒是便宜，可小武说过，他想要一双白球鞋。这家伙今年才十岁，已经懂得臭美了。他们站在摊子面前，拿起解放鞋，看看，放下；拿起白球鞋，看看，又放下；又拿起解放鞋，看看，放下……

忽然，陈铁军感觉有人冲过来，一头撞在他的身上。扭头一看，原来是堂弟陈铁牛。

快，回去。小武出事了。陈铁牛拄着拐杖，满头汗水，上气不接下气。

什么？你说什么？陈铁军猛地抓住他的衣领。

快，小武被地雷炸了。

二

陈铁军赶到虎山下，只见小强站在界碑边，像风中抖索的小草。小强瞪着惊恐的眼睛，一句话也说不出来。陈铁军抱住小强，摸了摸他的脑袋，命令他站在界碑外，不准再往前走一步。小强指着树林说，爹，哥，哥哥。

陈铁军拖着假肢，一步步走进林子。头顶传来悠扬的鸟鸣，他抬头望了一眼，只见一只黑色大鸟站在树枝上，一眨不眨地看着他。

陈铁军走了几步，猛然收住脚步，差点一头栽倒。小武躺在草丛中，身上落满了红色的泥土。陈铁军只看了一眼，赶紧闭上了眼睛。仿佛过了漫长的一个世纪，他睁开眼，跪下身子，爬到小武的身边，把他抱起来，轻轻擦拭他脸上的血迹。

陈铁牛和马兰花也赶到了。看见陈铁军怀里的小武，马兰花尖叫一声，一头栽倒在地。陈铁军没有回头，仍然跪在荒草中，抱着小小的小武。陈铁牛把马兰花扶起来，使劲掐她的人中穴。马兰花叹了口气，慢悠悠醒过来。陈铁牛说，嫂子，节哀啊。马兰花直着眼，盯着小武的脸说，我的儿，我的儿。陈铁牛说，嫂子，不要这样。陈铁军惨笑了一下，把小武轻轻放在树叶上。他伏下身子，一点一点地摸索，捡起沾血的野草、树叶、石子，装进一个袋子里。

村里人陆续赶来，站在界碑外，黑压压一片。他们不敢越过界碑，害怕踩上地雷。大部分人不是缺手，就是断脚。乌河村子不过两百多村民，却有一百多人被地雷炸伤，一条腿的残疾不罕见，两条腿健全的人才少有。他们看着跪在荒草中抱着小武的陈铁军，谁也不说话，好像全成了哑巴。

事情的经过其实很简单。水牛在乌河岸吃草，碰上了一个马蜂窝。嗡嗡乱叫的马蜂像一架架战斗机，朝水牛发起攻击。水牛摆动脑袋，撅起四蹄，发出瘆人的惨叫，仓皇而逃。小武担心水牛糟蹋庄稼，更担心水牛踩上地雷，跟在后面紧追不舍。水牛逃得快，跳过小溪，冲进玉米地，冲向虎山。小武追得也快，边跑边喊，叫水牛赶紧停下。不一会儿工夫，水牛跑到虎山脚，不管不顾地冲进树林。小武没有迟疑，飞过骷髅警示牌，像一颗子弹。

月亮升起来，照着虎山下新挖的墓穴。大家都说，应该把小武带回家，找个风水先生念经、开路。陈铁军摇摇头，低声说，算了，我不想再看见他。人们劝不了陈铁军，就劝马兰花，说先把小武带回家，另择时间下葬。马兰花点头，摇头，点头，摇头。陈铁军跪在地上，弯腰挖坑，把泥土一点点刨出来，放在月光之下。陈铁牛拉住他说，铁军哥，别这样。陈铁军甩开他，将脑袋埋进土坑，撅着屁股继续刨土。陈铁牛没法，只得说，依他吧，大家过来帮忙。

埋了小武，已是月上中天。月亮特别大，特别圆，清亮如镜。人们提着锄头，拿着畚箕，扛着钢钎，踩着月光往回走。王清河走到陈铁军面前，低声说，时间不早了，回去吧。陈铁军埋着头，一动不动。陈铁牛说，人死不能复生，回去吧。陈铁军指了指跪在地上哭泣的马兰花说，你们带她回去，我再待一会儿。

其他人走光了，坟前只剩下陈铁军、王清河和陈铁牛。王清河说，兄弟，想开点，这是命，不服不行啊。陈铁军摇了摇头，看着坟包说，这是小武？不是，不是小武。陈铁牛抓住他的胳膊，使劲摇了摇，铁军，你醒醒，小武走了。陈铁军一屁股坐在地上，直眼看着月亮说，为什么不是我？为什么不是我？留下我这个废人干什么？王清河卷起裤脚，指着自己的假肢说，铁军，你是废人？难道我比你好？陈铁牛用拐杖敲了敲地面，哆嗦着嘴唇说，你看看我，不只断了一条腿，还落了满脸铁砂子，人不像人，鬼不像鬼。

陈铁军摇摇头，望着坟包说，小武，对不起，爹没用，没用。

陈铁牛和王清河劝不动陈铁军，只得挂着拐杖，踩进如霜如盐的月光。陈铁军仍弯着身子，站在新鲜的坟包前，像一个问号。

虎山之下，只剩下陈铁军，站在低矮的坟堆前。他咬咬牙，目光越过连绵起伏的山头，一直爬上虎山的主峰。月光下的虎山格外宁静，一声鸟鸣也听不见。有谁知道，这山上潜伏着多少地雷？它们瞪着眼，暗中注视着一条条鲜活的生命，伺机出手，一击而中。时间过得真快，还有多少人记得发生在虎山上的一场场战斗？已经过去了多少年，他再也没有上过虎山？

恍惚中，耳边又响起隆隆的枪炮声，从天边滚滚而来。

三

陈铁军所在的七连接防三个高地，分别为：522、653、698。

敌方占领虎山主峰之后，在主峰及周围的高地构筑了堑壕、掩体和火力点，设置了铁丝网、弧形防步兵壕及混合雷场。各阵地配备轻重机枪、高射机枪、火箭筒、榴弹发射器等火器，组成了上中下交叉的严密火力网。要知道，高地有公开的，比如虎山主峰；也有秘密的，比如522、698。换防的时候，连长张大彪告诫大家，行动务必小心，尽量不要让敌人发现。陈铁军懂连长的意思，这些秘密高地藏在对方的眼皮底下，可以观察动向，收集情报。一旦采取什么军事行动，这些高地就会凸显出不可估量的重要价值。

张大彪强调，山上藏着数不清的地雷，务必十分小心。张大彪是山东人，满脸络腮胡，说话像打雷，人称张老虎。他站在虎山脚下，用枪指着虎山说，不要乱碰草木，不要大声说话，不要走别人没走过的地方。

一个月光昏暗的晚上，队员们在排长安元庆的带领下，神不知鬼不觉地摸上虎山，接防了698高地。698位于虎山中部，呈弯刀状。山上有一条堑壕，丁字形，长十几米。堑壕的最北段，是一个断崖，下面有一个溶洞，深三米，宽八九米。洞里比较潮湿，时有水滴答滴答掉落。二三十人挤在洞里，你挨着我，我挨着你，谁放个屁打个呼噜，都会影响其他人。但有什么办法呢？能够有个遮风避雨的点，该知足了。有的高地条件更差，比如522，只有一个猫耳洞，仅能够容纳七八个人。驻守522的弟兄们找不到睡觉的地方，只好裹着被子，穿着雨衣，或靠着树，或靠着岩石，或躺在草丛里。蚊虫的叮咬算不了什么，最可怕的是遇上蛇。据说有个战士睡着了，隐约感觉有什么重物压在身上。他使劲挣扎推操，从梦中醒过来，看见清冷的月光中，一条大蛇正从他身上缓缓爬过。

长期住在洞里，士兵们患上了关节炎和皮肤病。在陈铁军后来的日子里，他的关节炎和皮肤病从未治愈过。每当遇上雨天，身体里仿佛爬满了蚂蚁、虫子。他们白天躲在洞里，晚上才能爬出洞口，活动活动筋骨。多少个夜晚，陈铁军看着脚下的村庄，总会想起长眠于乌河畔的母亲，想起死活不愿离开村子的父亲，想起饱受炮火蹂躏的乡亲们。

雨季到来之际，上面传达了收复虎山的作战计划。据指示，七连担任尖兵连，负责开辟通往主峰的道路。那个湿淋淋的早晨，张大彪带领一百多位弟兄，踏上了艰难的征战旅程。他们要越过五条大青沟，爬过八座山背，方能抵达主峰。一路上，到处是茂密的灌木、竹林、荆棘、茅草，不时会碰上懒洋洋的老蛇、嗜血如命的蚊子、叫不出名的虫子。他们用尖刀砍开一条路，艰难地往前走。胶鞋底被尖石头、竹根签、尖刺扎穿，衣服被荆棘撕破，但没有人吭一声。战士们沉默无声，拼尽全力，用最快的速度，撕开浓重的大雾，朝主峰冲去。

经过几个小时的急行军，接近敌军前沿阵地时，赫然出现了一道三四米高的防步兵峭壁。怎么办呢？时间就是生命，必须赶在大部队发起总攻之前，扫清进攻的道路。张大彪没有任何停顿，跑到峭壁之下，贴壁而立，对士兵们说，快，从我身上爬过去。在张大彪的示范下，不少士兵纷纷跑到峭壁下，搭起了一座座人梯。爬上峭壁的战士，又转过身子，把下面的人拉了上去。就这样，他们成功翻越峭壁，冲向敌军的前沿阵地。

敌军在阵地前沿布设了纵深密集的混合雷区。几个战士刚踏进雷区，立刻引起一阵爆炸声，死的死，伤的伤。张大彪命令二班长韩晓明，赶快率领部下，发射导爆索，引爆地雷。韩晓明指挥战士，连发了几次导爆索，但因为树木高大茂盛，茅草密不透风，导爆索几乎全被草木挡住，悬空爆炸。张大彪急红了眼，总攻的时间就要到了，如不能及时扫平道路，将会导致更大的伤亡。已经没有时间了，怎么办呢？张大彪站在嗖嗖的弹雨中，头发根根竖起，瞪着燃烧的眼睛，吼了一声。他当即决定，采取人体踏雷的方式，穿过这片死亡之地。张大彪厉声吼道，老子带头，不怕死的站出来！士兵们一声怒吼，齐刷刷站到他身后。张大彪叫了一声好，把士兵分成多个小组，每组一个组长，他担任第一组组长。战士们不干，理由是张大彪要指挥战斗，不能参加踏雷。张大彪说，少废话，都什么时候了！

张大彪带着第一组，率先踏进雷区。他们用竹竿排、用刀砍、用脚踩、用木棍戳。走不远，张大彪率先踩响了地雷，被强大的气浪掀翻，摔进一片荆棘之中。头部中了几块弹片，脸部嵌入了不少铁砂子。几个战士要为他包扎，却被他死劲推开。另外几个战士也踩响了地雷，死的死，伤的伤。张大彪回头看了一眼，冲大家笑了笑，忽然奋力向前滚去。刹那间，响起了此起彼伏的爆炸声。张大彪被炸翻了，脸上落满了红色的灰土。几个战士跑过去，为他包扎伤口。不一会儿，张大彪醒过来，问身边的战士说，我们，攻上主峰了？战士们摇了摇头。张大彪吼道，那还待着干什么？前进，前进。说完，抓起泥土捂住伤口，继续向前方爬去。随着一声声爆炸，张大彪的躯体在火光中飞起来，像一只扑火的飞蛾。

张大彪趴在发烫的泥土上，手臂直直地指向前方。战士们谁也没有哭，他们沿着连长用躯体开辟的道路，一个接一个走上去。没有人说一句话，没有人后退一步，冒着飞溅的尘土，走向弥漫的硝烟。此起彼伏的爆炸声中，一个倒下了，另一个跟上；又一个倒下了，另一个再跟上……

陈铁军跟着战友们，大步走进了雷区。前面不远处，就是虎山顶峰。隔着短短的距离，依稀可见敌军跑来跑去的身影，听见呜里哇啦的叫喊。陈铁军吸了一口气，抬头看了看斑斓的天空，一步步踏向雷区深处。

"砰"的一声，他感觉自己飞了起来。

四

天麻麻亮，陈铁军提着蛇皮袋，走出了家门。

露水浓重，冰冷透骨。老毛病又犯了：体内苔藓疯长，蚂蚁乱跑，虫子啃啮；铁钉子、石子、冰碴子沿血管流动；老朽的骨头发霉、生锈、破碎、剥落……他咬咬牙，试图将疼痛压下去，就像拧上水龙头。他提起拐杖，拍打缀满露水的草丛，咯吱咯吱往前走。他最讨厌假肢咯吱咯吱的声响，但有什么办法呢？自从装了假肢，这声音就一直跟着他，挥之不去。

当兵的时候，陈铁军虽不是工兵，但对地雷也略有研究。排雷是一件玩命的事情，就算训练有素的工兵，也难免有失手的时候。陈铁军当然不会傻到与地雷硬干，如果猛冲猛打，就算有十个陈铁军、百个陈铁军，也会被炸成碎片。他想过了，排雷前须了解地雷的种类，掌握拆卸地雷的方法。不具备这点能力，就算把地雷摆在面前，也绝不能动一下。地雷这东西鬼得很，只要稍微触碰不该碰的地方，一秒钟就能把人送上西天。有句话说得好，知己知彼，方能百战不殆。陈铁军要做的第一步，就是收集废雷，搞清楚地雷的类型，掌握各类地雷的拆卸方法。只有做到这一点，他才有底气与地雷打一场硬仗并笑到最后。

陈铁军要去的地方，是村子西面一块荒野，人称蚂蚁地。草丛间树木上挂着一个个球形蚁巢。几只乌鸦站在树上。多年前，乌河村来过一支扫雷队，他们穿着防护服，拿着小铁锹、金属探测仪，一点点进行排查。排雷队在蚂蚁地挖了几个大坑，把揪出来的地雷倒进坑中，再用炸药引爆。几年过去了，大坑已被泥土填平，上面荒草萋萋。很少有人去那里，觉得不吉利。陈铁军倒无所谓，那些地雷已经死掉了，没什么可怕的。他曾去蚂蚁地挖过草药，看见一些废雷躺在荒草之间。

陈铁军提着一蛇皮袋地雷，离开了荒凉萧瑟的蚂蚁地。他本想把地雷带回家，关上房门，仔细研究这些阴险的家伙。不过，他担心吓着马兰花和小强，就改变了主意。他改变方向，拄着拐杖，提着地雷，朝虎山走去。

天空被树枝切割成无数块，像一条条不规则的玻璃。阳光透过树叶的缝隙，星星点点漏下来。小武的坟头已长出稀疏的野草，蔫头耷脑地耷拉在紫黑色的泥土上。陈铁军放下蛇皮袋，把地雷一枚枚掏出来，摆在坟前的枯叶上。

几只白色的大鸟落在枝头，瞪着眼打量坟前的汉子。他老多了，额头皱纹粗大，形成纵横的沟壑。稀疏的头发在风中抖动，仿佛落了一场雪。

　　陈铁军低下头,手扶墓碑。"爱子小武之墓",六个大字历历在目,入木三分。陈铁军弯下腰,缓缓坐下,睁大眼睛,盯着面前的地雷。这些地雷早已死去,再也不会爆炸,不会咬人,不会发疯。陈铁军看着它们,就像看一个个标本。此时此刻,他只想进入这些标本的内部,找到地雷的命门。有句话说得好,人活一口气。地雷呢,应该跟人差不多,也是一口气的事情。人无气,不过是一具躯体,跟石头、木块差不多。地雷无气,不过是一堆铁疙瘩,没啥用。

　　陈铁军盯着地雷,脸色凝重,形如雕像。风声远去,树木停止了摇晃。天地间寂静,整个世界变得越来越小,最后只剩下几枚沉默的地雷。渐渐地,他闭上双眼,如老僧入定。地雷的形象渐次走进心中,面目越发清晰起来。

　　第一枚,小月饼,绿色外壳,个头很小。这叫防步兵雷,一般埋在地下,盖上一层薄土,只要有人踩中,立即就会爆炸。这种地雷相当凶残,只要被它咬住,腿部大多被炸成扫把。陈铁军对这种地雷恨之入骨,当年攻打虎山的时候,他就是踩中了这种地雷,从此成了残疾。可以说,被这种地雷炸伤的人比比皆是,比如陈铁牛、王清河等。陈铁军一直没有忘记,多年前他拄着拐杖走进乌河村的时候,赫然看见拄着拐杖站在桥头的陈铁牛和王清河。见面后,他们谁也没有提地雷的话题。过了一段时间,他才陆续听说了他们的事情。在一次巡逻中,王清河踩上了地雷,丢了右腿。几个月后,陈铁牛遭遇了同样的厄运。

　　第二枚,壳面呈菱形,俗称菠萝雷。菠萝雷两头穿上铁丝,可以布置在草丛中、灌木林里。丝线极细,隐藏于草木之间,恍若蛛丝。人走过的时候,只要稍微碰上丝线,地雷马上爆炸。菠萝雷威力极大,撞上后几乎没有生还的可能。攻打虎山主峰的时候,班里有个叫刘忠平的战士,就是撞上了这种地雷。刘忠平是贵州人,小伙子长得挺精神的,人称小贵州。很多年后，陈铁军经常在梦中看见刘忠平，他举着一张照片，上面是一个笑容灿烂的女孩。听说，那女孩是刘忠平的女朋友。可怜的小伙子，还没来得及结婚，就被地雷炸死了。

第三枚是吊雷，个头不大，往往挂在树上。怎么说呢？像吊在枝上的果实。人从下面走过，只要头部碰上树枝，吊雷即刻爆炸。攻打虎山的时候，陈铁军曾目睹高个子李学武撞上吊雷，随着一声巨响，他的脑袋从烟雾中飞起。很多年后，陈铁军还会想起他扑通倒地的身躯。

第四枚是防步兵定向雷，只要碰上了，就会被无数钢珠击中，以最快的速度升上天空。

第五枚是跳雷，个头不大，能量却不小，以善跳闻名，如果被人碰上，能够迅速弹起一人多高……

不知过了多久，只听轰隆的一声，夜色从空中砸落。

一只鸟扑打着翅膀，呜哇呜哇叫起来。

五

陈铁军回到家，看见陈铁牛和王清河坐在屋檐下，吧嗒吧嗒抽叶子烟。马兰花正在炒菜，香味扑鼻而来。小强举着木枪，冲枝头的麻雀指指点点。

饭菜很丰盛，有炒腊肉、干煸洋芋丝、豆花汤，还有一大钵炖鸡肉。陈铁军感到奇怪，今天是什么日子，搞得这样隆重？马兰花笑着招呼大家上桌。陈铁牛从兜里掏出一瓶酒，"砰"地放在桌子上，说，今晚喝个痛快。王清河也掏出一瓶酒，放在桌子上说，今晚不醉不归。陈铁军说，你们这是干啥？马兰花说，几兄弟好久没聚了，好好聊一聊吧。陈铁军说，聊什么？你们吃错药了？

陈铁牛拧开盖子，倒了三碗酒，说，聊地雷。

王清河说，聊一聊你的事。

陈铁军说，我有什么事情？

陈铁牛嚷起来，别装了，听说你要排雷？

陈铁军灌了一口酒，放下碗，点了点头。

陈铁牛说，你疯了，那么多地雷，排得完吗？王清河说，是啊，铁军，排雷可不是人干的。陈铁军说，喝酒喝酒，这事不要再提了。陈铁牛灌了一口酒，把碗重重放在桌上说，你想过小强吗？考虑过嫂子吗？

马兰花低下头，小口小口吃菜。

小强抬起头，大声说，爹，我和你一起排。

马兰花呵斥道，胡说什么，赶快吃饭，还要做作业呢。

几杯酒下肚后，陈铁牛铁青色的脸浮现出丝丝缕缕的血痕，头发稀疏的脑门冒出晶亮的汗珠。他瞪着陈铁军，大着舌头说，哥，收手吧。

王清河说，对，铁军，排雷的事，你就别管了。

哥，不要去招惹地雷，轰隆一声，小命就没了。

铁牛说得对，惹不起躲得起，别折腾了。

对，不要把老命砸进去，连个水泡都不响。

陈铁军一口干了碗中酒，抹抹嘴说，躲，往哪里躲？让，让得开吗？这些年来，我们一直在让，一直在忍，一直在躲，可地雷放过我们了吗？从山上跑到路上，追到田间地头，追到房前屋后，我们怎么躲？怎么让？铁牛，你忘记了，你的父亲上山砍树，丢了一只脚。清河，你也忘记了？你的兄弟王清明，去蚂蚁地捡废铁，结果呢？自己被地雷带走了，只留下一家老小。你们还记得吧？十多年前，三十岁不到的邹大明去山上寻找丢失的水牛，结果被地雷炸死，直到今天，邹大明的尸骨还留在山上……你们说，怎么让？怎么躲？怎么忍？躲得过吗？让得过吗?

陈铁军说完,所有人都沉默了。他们的耳边,仿佛又传来此起彼伏的爆炸声。多少年来,这种爆炸声从来没有停过,不时回响在村子上空。

陈铁军回村不久,就和马兰花结了婚。那时候,战争还没有结束,经常能听见枪炮声。驻守虎山的战士不时被地雷炸伤,从山上抬下来。每次碰上那些伤兵,陈铁军都拄着拐杖赶紧离开,不敢多看一眼。

几年来,炮弹把虎山削矮了许多。敌我双方在争夺的过程中,为了阻挡对手,埋下了不计其数的地雷。草丛、树根、石缝、沟壑、枝头……横的、竖的、歪的、正的、吊着的、拉线的、斜放的……姿势各异,防不胜防。风吹草动,鸟儿拍翅,天降冰雹,野兽奔跑,都会引爆地雷。最可怕的是,地雷满山乱跑,让人防不胜防。尤其是下大雨的时候,成千上万的地雷随着洪水乱窜,路上、村子里、田地里,都可能成为其栖息之所。于是,村民们遇上了大麻烦,砍柴、割草、挖地、种庄稼、打猪菜、放牛……随时随处可能碰上地雷。地雷平时闷声不透气的,其实清醒着呢,哪怕一丝风吹过,一只鸟儿经过,也会把它们唤醒。村民们听见爆炸声,往往咂咂嘴说,地雷轰轰响,只当放炮仗。

日子一天一天往下挨,战争终于结束了。天上乱飞的炮弹没了,但不计其数的地雷却潜伏下来。乌河村并没有得到真正的安宁,成千上万的地雷盘根错节,根深蒂固。几乎每过一段时间,就会有人或牲畜被炸伤或炸死。陶大爷、小兰花、王秀梅、刘老头、邹大明、陈铁牛的父亲……随便列举一下,就能开出一个长长的名单。为了躲开地雷,有门路有本事的纷纷逃离村庄,去新的地方谋生活。没门路没本事的,只能继续留在原地与地雷为伴,提心吊胆熬日子。

小武、小强会走路后,陈铁军的心时刻提到嗓子眼上。两个小家伙对这个世界充满了好奇,什么东西都敢碰,什么地方都敢闯。自从小武、小强稍微懂事，陈铁军就不厌其烦地告诉他们，一定不要乱跑，一定不要乱碰东西，一定要走别人走过的地方，一定不要去别人没去过的地方，一定不要踏入虎山半步。没想到，小心翼翼地躲了十年，该来的还是来了。当小武牵着牛从小路上走过的时候，他哪里会想得到，老奸巨猾的地雷已经磨快了牙齿，饥肠辘辘地守在前面。天打雷轰的地雷，不招它，不惹它，不碰它，忍气吞声，一让再让，它还是来了。随着轰隆一声巨响，小武短短的一生飞起来，定格在了虎山下。

陈铁军丢下碗筷，沉声说，忍？谁能忍？怎么忍？

陈铁牛和王清河看着他，缓缓垂下脑袋。

马兰花起身说，铁牛，清河，算了，算了。

陈铁军端起碗，跟陈铁牛碰了碰，又跟王清河碰了碰，大声说，两位弟兄，如果兰花忙不过来的时候，请你们多多帮忙。

陈铁牛点点头，王清河也点点头。

马兰花说，这不要你操心。

六

经过反复琢磨，陈铁军终于摸清了地雷的特性，决定对地雷动手了。大半年来，他坐在小武的坟前，盯着一堆土疙瘩似的地雷。不得不承认，这些毫不起眼的地雷，是最阴险狡诈的对手，是最狠毒最冷血的杀手。他得十二分小心，否则，怎么死的都不知道。

陈铁军做了一桌菜，祭奠死去的战友。他跪在神龛前，上香，烧纸，奠酒。耳边传来遥远的枪声，他又想起多年前那个湿淋淋的早上，他和战友们踏过露水深重的草木，迎着嗖嗖乱飞的炮弹，提着枪冲上了虎山。他要告诉他们，多年后的同一天，他要再次对虎山发起进攻，跟地雷决一死战。这是一次实力悬殊的战斗，他希望他们支持他，给予他力量。这注定是一场漫长的战争，只要开了头，就得打下去。

第二天，陈铁军起得特别早。他打开柜子，把压箱底的军服翻出来。军服很旧了，已经有点褪色。多年前，他脱下军服，装进柜子，挂上铁锁。没想到，这一锁竟锁了几千个日夜。他捧起军装，拍去灰尘，把头埋进去，深深地吸了一口。他嗅到了一股复杂的味道，夹杂着血腥味、火药味、泥土味、青草味、烟火味、汗臭味……刹那间，他的记忆骤然复苏，看见了多年前那个英姿飒爽的年轻人。不，是一群年轻人，像一棵棵白杨，站在炮火硝烟之中。

东方欲晓，谁家的公鸡喔喔打鸣。陈铁军穿上军装，提上工具袋，抬腿走出家门。他虽然拄着拐杖，但与往日不太一样，身形挺拔如松，步子迈得格外高远。多年来，人们眼中的陈铁军有点窝囊，永远佝偻着背脊，咯吱咯吱地走来走去。而这个早晨，陈铁军获得了某种魔力，成了豪情万丈的青年。

天还没有大亮，四下一片模糊。陈铁军伫立在小武的坟前，一动不动，像一棵树。他看着矮矮的墓碑，又想起小武欢蹦乱跳的样子。他咬咬牙，下定决心，绝不能再等了。不管怎么样，今天必须拿第一枚地雷祭刀。

天已大亮，天边一片殷红。陈铁军走到一块大石头下，弯下腰，掏出一枚地雷。石头下面有个坑道，那是陈铁军囚禁地雷的地方。为了防止地雷乱跑，他把它们囚在那里。陈铁军拿出来的是一枚月饼形的防步兵雷，小个头，墨绿色。也许是感觉到了陈铁军的杀气，小地雷微微颤抖。陈铁军捧着它，瞪大眼睛，盯住这个丑陋的家伙，以防它耍花招。他走到离坟不远的空地上，轻轻放下地雷。那里是他事先选好的刑场，他要当着小武的面，把地雷大卸八块。

他坐在石头上，盯着土块似的地雷。当然，地雷也瞪着他，只不过他看不见它的眼睛。它的眼睛躲在树上、石头缝里、草丛间、泥土下，不动声色，暗含杀机。他吸了口气，闭上眼睛，想象肢解地雷的步骤及细节。林子里格外安静，一丝风也没有。他一动不动，仿佛成了一截树桩、一块石雕。

太阳一竿子高了。陈铁军睁开眼睛，缓缓地伸出手，把地雷捉住。地雷动起来，像垂死的青蛙，发出惨烈的号叫。陈铁军的手指坚硬如铁，如镣铐锁住地雷，让它无处遁形。他冷酷地盯住它，看着它垂死挣扎，渐渐停止抖动，变成一块破铁。这时，陈铁军出手了。他轻轻转动，借助一根 8 号铁丝和一截小号钢筋，拆开了爆炸装置。这一步的力度需要恰到好处，必须特别轻。另外，还要注意动作的精准，绝对不能压到正面，因为只要稍微碰一碰，弹簧就会跳起，爆炸声就会立刻响起。什么叫命悬一丝？这就叫命悬一丝。不错，拆地雷就是走钢丝，只要稍有闪失，就会掉下万丈深渊，尸骨无存。陈铁军屏气凝神，目光如炬，如同绣花，一针一线，稳稳当当。终于，他逮住了那个雷管，将它轻轻取了出来。

就这样，陈铁军拔掉了地雷的毒牙，让它成为一块废铁。

有了第一次，就有第二次，第三次……处决掉第一枚地雷后，陈铁军一发不可收拾。只要不下雨，他就穿上军装，走到虎山脚下，挥刀斩杀地雷。他就像一个剑客，勤学苦练，只为练就高超的武功。或者说，他是一个枪手，天天练习枪法，只为练就百发百中的神技。没办法，他的对手太狠，他必须比它们狠一百倍。他的对手太多了，只有练就一身绝技，才有可能对虎山发起进攻。这是一场持久战，绝不能冒冒失失，鲁莽贪大，只能一步一个脚印，细致入微，一点点向前推进。他不知道要打多久，他只能看着脚下的钢丝，一点点向前走。

离坟不远的地方，有一棵高大的松树。陈铁军在树下铸了一个水泥坑，专门用来摆放被处决的地雷。他想过了，他要看着它们，暴尸荒野，被雨淋，被日晒，一天天腐烂，生锈生虫，成为一堆烂泥。

七

正式排雷之前，陈铁军去了一趟易门，买了几样东西。第一是喷雾器，用来给草木打农药。第二是除草剂，可以用来杀死杂草。除此之外，他还买了一种能够杀死树木的农药。

陈铁军划定了一片荒坡，开始实施排雷行动。按事先设想，他要围绕荒坡，开垦出一条小路。陈铁军蹲在地上，用镰刀一点点清理杂草，再用锄头一寸寸翻土。力度不能大，一点点风吹草动，就有可能引爆躲在暗处的地雷。也不能贪快，凡是排查过的地方，绝不能有漏网之鱼，否则功亏一篑。陈铁军拿出绣花般的耐心，一点点刨开泥土，一点点筛选，一点点推进。埋伏在地下或草丛中的地雷逐一冒头，横的、竖的、正的、反的、斜的、深的、浅的、大的、小的、单个的、一窝一窝的、包裹在树根中的，被草根缠着的，姿势各异，形态不一。陈铁军见一个拆一个，拔掉它们的毒牙爪子，把它们统统变成破铜烂铁，变成石头土疙瘩。开掘的速度很慢，一天只能推进两三米。地雷的密集程度让他震惊，一段几米长的路程，往往能够排出几十枚甚至上百枚地雷。有时候扒开一个地方，里面竟然躺着十几枚地雷，像一窝饥荒乱跳的老鼠。就这样，陈铁军拿出九牛二虎之力，终于开掘出一条四百多米长的小道。陈铁军站在小路上，冷酷的目光看着包围圈中的草木，仿佛听见地雷惊恐的叫喊声。

接下来，就到了第二步。陈铁军背上喷雾器，沿着小路转圈，朝圈中的草木喷洒农药。荒烟蔓草，草木茂密，地雷藏于其间，就像鱼儿藏于大海，根本难以发现。只有把草木弄死，才能发现地雷的踪迹。打药也是有讲究的，得尽量挑晴朗的日子，才能让药效真正发挥出来。雨天最好不打药，药水洒到草木上，往往会被雨水冲走。刮大风的天气也不要打药，风会把药水吹走，连草木的皮毛也伤不了。草木的生命力极强，打一次药作用不大，得反复打，重复打。一次不行，两次；两次不行，三次；三次不行，四次……直到它们枯萎，死亡，腐烂。这时，站在小路上，就能看见地雷横七竖八，躺在裸露的土地上。当然，那只是其中一部分，还有更多的地雷藏在泥土中、树根下、草根间、石缝里。

除了下雨天，陈铁军每天天不亮就出门。他提着蛇皮袋、镰刀、锄头，踏过露水饱满的草丛，直奔虎山脚下。他从小路附近开始，将裸露的地雷一一捉住，一一肢解，丢进蛇皮口袋。随后，他蹲下身子，小心翼翼地用镰刀清理残枝树根，再用锄头一点点往下刮。刨土也是一门技术活，只能轻轻翻，一点一点地刨，否则，会有可能把地雷连根拔起，后果不堪设想。刮开泥土之后，地下的地雷一一冒头。他毫不客气，娴熟地把它们抓过来，一一大卸八块。

陈铁军并不着急，而是以足够的耐心，一寸一寸向前推进。要知道，地雷这东西非常狡猾，它们可能会藏在一些让人难以想到的地方。有一次，他卸掉一枚地雷，正准备往前刨，忽然飞来一只巨大的白鸟，焦躁地拍打翅膀，发出急促的叫声。陈铁军抬起头，看了看那只鸟，觉得鸟的眼睛似曾相识。像谁呢？他心头一凛，记起来了，这不是小贵州刘忠平吗？对，不错，刘忠平也有一双圆眼睛，闪烁着稚气的光芒。他停下动作，望着那只白鸟，轻轻叫了一声：忠平，是你吗？鸟点点头，拍拍翅膀，又大声叫起来。陈铁军站了几分钟，长长地吐出一口气，压了压胸口，这才蹲下身子，继续往深处刨。没想到，当他刨开一层薄薄的土层时,赫然露出几枚大号的地雷。陈铁军吓了一跳,差点玩儿完了。这种地雷威力极大,别说人,就算是牛,也可以炸得稀巴烂。陈铁军停下动作,用手压住怦怦乱跳的胸脯。过了几分钟,他终于平静下来,小心地扒开泥土,将地雷刨了出来。白鸟点点头,一声长啸,展翅飞起,转眼不见了踪影。

还有一次,陈铁军在一棵树下刨开一窝地雷,有七八枚。他处决掉地雷后,又刨了一层土,什么也没发现。他放下心来,正准备走过去,忽听呼啦一声,赫然看见一条银白的长蛇从树上掉下来。他吓了一跳,往后退了几步。长蛇抬头看着他,不停地摇来摇去。那一刻,他想起了高个子战友李学武,长脖子、长手、长腿、小脑袋。他有一个绰号,长龙。陈铁军一激灵,轻声叫道,长龙,长龙,真是你吗?那蛇看着他,吐了吐蛇芯子。陈铁军弯下腰,仔细扒开密集的草根,赫然看见几枚被草根纠缠的地雷,不动声色地躺在泥土里。陈铁军吓出一身冷汗,太悬了。他处决掉地雷,抬头去看长蛇,可蛇已不知所终。

土地开垦出来后,该种点什么呢?玉米、洋芋、麦子,还是高粱?陈铁军想了好久,还是决定种树。他灭掉了虎山上的草木,还得种上新的树木。虎山上没了树,那还叫虎山吗?以前的草木是地雷的帮凶,活该被斩草除根。新种的树才是朋友,是知心爱人,可以托付终身。等到有一天,他把地雷全部排完,山头全部种上树,那该是一种怎样的情景啊。那时候,站在虎山峰顶,看山花烂漫,碧海无边,硕果累累,听涛声阵阵,鸟语花香,山歌悠扬,该多过瘾啊。

说干就干,在一个细雨飘飞的日子,陈铁军顾不上身体疼痛,开始打坑种树。陈铁军已经做好盘算,第一批种苹果树。以后开垦出来的土地,依次种上梨树、杉树、桃树、香蕉、黄花梨木、松树、白杨等。虎山不应该只有一种树,应该有各种各样的树,各种各样的颜色,各种各样的味道。

第一棵树，陈铁军挂上一块牌子，牌子上刻着小武的名字。

他想，从今天开始，这树就是小武了。

八

开垦了第一块地，陈铁军依葫芦画瓢，再划出一块荒坡，开垦小路、打药水、排雷、种树。完成一块，再圈定一块，步步为营，一口一口往前啃。每往前推进一步，总会遇上盘根错节的地雷，如同漫山遍野的红苕洋芋。

尽管小心谨慎，陈铁军还是差点栽在地雷的手里。一个早晨，陈铁军像往常那样蹲在地上，用镰刀清理杂草树根。空气湿润，地皮松软，轻轻扒开泥土，地雷一枚枚露出来。陈铁军见一枚拆一枚，做得特别顺手。不一会儿工夫，蛇皮袋已吃进几十枚地雷。陈铁军索性脱掉外衣，抖擞精神，挥动镰刀，刨开一层层泥土，追杀乱窜乱跑的地雷。地雷一枚一枚露出来，陈铁军毫不客气，见一枚杀一枚。陈铁军杀得兴起，不知不觉中，竟有点得意忘形。他丧失了平日的冷静，镰刀越挥越快，收割一颗颗头颅。他甚至冒出一个念头，照这样干下去，不出三五年，就能攻下虎山。他没有意识到，狡猾的地雷已设下陷阱，只等他钻进去。他举起镰刀，准备扒拉枯死的茅草时，眼前倏然闪过一只白鸟，耳边劈过一声凄厉的叫声。他心胆俱裂，赶紧丢掉镰刀，抱住头往坡下滚。只听轰隆一声，一股风灌进耳朵，泥土雨点般洒落。过了一会儿，他清醒过来，艰难地翻过身子，只见太阳挂在天上，洒下刺眼的光芒。他躺了一会儿，慢慢爬起来，把摔在一边的假肢捡过来，套在腿上。他歪歪倒倒地走过去，看见一只死鸟躺在灰土中，瞪着圆溜溜的眼睛，白色的羽毛已被血染红。

陈铁军看着被撕裂的白鸟，心想它不知有多痛。他站了一会儿，擦干混浊的老泪，为白鸟垒了一座小坟堆，并立下一块小小的墓碑。此时，忽听天空一阵巨响，陈铁军惊异地抬起头，看见无数白色大鸟从天而降，恍若大雪飘零。白鸟不停地拍打翅膀，发出凄婉的叫声，一眨眼工夫，林子里霜雪覆盖。

看着那些悲伤啼叫的白鸟，陈铁军顿觉凄凉寒骨，忍不住老泪纵横。上山排雷之前，他只知道人的痛苦。上山之后，他终于明白，这山上的泥土、石头、树木、野草、飞鸟、走兽、虫子，无不痛彻心扉。尤其这虎山，经受多少炮火？历经多少杀伐？饱受多少蹂躏？有多少刀伤枪眼？有多少弹片？有多少地雷？要说痛，谁能有虎山痛？陈铁军深知体内藏着弹片的痛苦。这些年来，每逢阴晴变化，他的体内爬满蚂蚁、虫子，挤满铁钉、石子、冰碴儿、玻璃片，那是一种无法言说的痛，真的比死还要难受。相比之下，虎山的痛至少要深刻百倍千倍。那么多伤口，那么多地雷，换作是人，早死过一百回了。历经百年战火，虎山依然巍然挺立，实在让人为之叹服。要想让虎山彻底摆脱痛苦，就必须将山体里的地雷弹片彻底清除，将肆虐不死的细菌病毒彻底杀死。

随着排雷的推进，一些掩藏在草木中的秘密暴露出来。干枯的白骨，破烂的军帽，肮脏的罐头瓶，长满铁锈的断刀，零碎的弹壳……陈铁军知道，每一样物品，都有一段不为人知的故事。可惜，那些故事已经消亡，谁也没办法知道了。有一次，他碰上一只白森森的头盖骨。他捡起头骨，翻过来翻过去地看，却没看出所以然。他不知道头骨是谁的。自己人的，还是敌人的？这有什么关系呢，无论是敌是友，都应该捡起来，不再任其漂泊，遭受日晒雨淋之苦。可怜的头盖骨，它的主人是谁呢？是高是矮，是胖是瘦？多少年来，他躺在这深山老林里，该是多么孤独多么苦楚。他擦净头骨，装进一只小木盒，将他埋在树下，并在坟头挂上白纸，坟前立上一块木牌。后来，凡是遇上白骨，他都要捡起来，擦净，入殓，掩埋。不管是谁，哪怕是敌人的遗骨，也应该有个归宿。

还有一次，陈铁军碰见了一堆零散的骨架，像一个人躺在树下。听说这件事后，村里人想起了多年前被地雷炸死的邹大明。邹大明出事后，村民们一度打算上山，把他捡回来。谁料，去的途中踩上地雷，炸残了两个人。从那以后，再没有人敢踏入雷区半步，邹大明的尸体一直留在山上。邹大明的儿子邹小峰听说这件事后，急匆匆赶了过来。看见那堆白骨后，他倒头就拜，泣不成声。情绪平静后，邹小峰给陈铁军磕了三个响头，感谢陈铁军找到了他的父亲。邹小峰提出一个请求，希望在邹大明死去的地方种一株树，挂上刻有父亲名字的牌子。陈铁军答应了邹小峰，并与他一起动手，挖坑，种树，砍木头，做牌子，刻名字。最后，邹小峰把牌子挂在树上，跪在树下，叫了一声爹。

从邹小峰的身上，陈铁军得到一个启示。每种下一棵树，就挂上一个人的牌子。树让死去的人复活，死去的人借树而生。一棵树就是一条命，高高地站在山岗上，蔚然成风，成为风景。经过反复思考，陈铁军决定刻三类人的名字：一是死去的战友；二是被地雷炸死的人；三是村里活着的人。可叹的是，死去的战士实在太多了，他无法一一记起他们的名字。怎么办呢？走一步看一步吧。

第一块，刻的是张大彪。连长，山东人，三十岁。绰号张老虎，满脸络腮胡子，说话像打雷。陈铁军一笔一画地刻写，耳边又响起此起彼伏的爆炸声。他看见张大彪跑到峭壁下，贴壁而立，让战士们踩着他的肩膀爬上去。他看见张大彪瞪着眼睛，头发根根竖起，站在嗖嗖吹过的风中，第一个踏进了雷区。他看见张大彪回头笑了笑，奋力向前滚去。

他看见张大彪躺在荒草丛中，仍然保持着前进的姿势，手臂直直地指向前方，形同一支路标。

第二块，刻的是安元庆。排长，贵州水城籍，二十五岁，未婚。个子不高，眼睛特别大，像电灯泡。陈铁军抬头看看远远近近的山头，仿佛又看见安元庆冲锋的背影。炮弹雨点般飞过来，安元庆被气浪掀翻，头盔滚落一边，肩膀被弹片打入。他看见安元庆爬起来，飞身跃入了第一道堑壕。他看见安元庆来不及擦一下脸上的血，又冲向第二道堑壕。轰隆一声，他飞起来，砸到地上……他看见安元庆拖着断腿，挣扎着站起来，靠在树上，举枪指着前方，厉声吼道，同志们，冲啊，冲啊。

第三块，刻的是王开树。乌河村人，五十五岁，虎山小学老校长。他戴着厚厚的眼镜，永远笑眯眯的，教语文、数学，会唱歌、画画、讲故事。敌军的炮火响起来，他死活不离开学校，站在校门口，怒发冲冠，指着虎山大骂，结果被炮弹击中。他死后，怒目圆睁，瞪着虎山的方向。

第四块，刻的是刘忠平，二十岁，未婚。他站在荒草中，举着一张照片，上面是一个笑容灿烂的女孩……

九

半山腰插着一面红旗，猎猎飞舞。

白鸟起起落落，发出悠扬婉转的啼叫。

陈铁军鹰一般蹲在地上，裸着古铜色膀子，举起斧头，正在砍削什么。

铁军，铁军。王清河走到警示牌边，大声喊起来。

哥，哥。陈铁牛也跟着喊。

陈铁军丢下斧子，大声说，你们怎么来了？

王清河说，铁军，过来说话，我们找你有事。

你们过来啊，这块地的地雷已经排干净了。

陈铁牛率先拄着拐杖，咯吱咯吱走到陈铁军的面前。王清河愣了一会儿，也拄着拐杖走过去。陈铁军掏出烟盒，一人发了一支烟。陈铁牛吐了一口烟雾，看着地上的木块说，哥，你这是干什么？陈铁军说，做牌子，刻名字。停了一下，吸了一口烟，指着满山的树说，你们看，一棵树一块牌子。

陈铁军带着他们，向那些树走去。烈日之下，一棵棵树精神抖擞，英气勃勃。陈铁军说，有了这些树，虎山再也看不见伤痕，算是真正痊愈了。三个老头不由得抖擞精神，从一棵树走向另一棵树，每走到一棵树的旁边，都略做停顿，驻足。陈铁军指着牌子，念出上面的名字，并作简短的介绍——

张大彪，我们的连长，绰号张老虎，善用大刀。

安元庆，我们的排长，善用双枪，百发百中。

老校长王开树，我还记得他讲的故事呢，你们记得吗？

这是刘忠平，我们称他小贵州，他有个漂亮的女朋友。

这是李学武，手长脚长，像根竹竿，人称长龙……

最后，陈铁军把他们带到一棵树边，拿起上面的牌子说，这是小武。

王清河点点头，陈铁牛也点点头。

走了一圈，最后来到水泥坑边。王清河和陈铁牛赫然看见，坑里堆满了小山一样的地雷。地雷的种类真不少，什么松发雷、子母雷、铁壳雷、木壳雷、胶壳雷、暗雷、吊雷、跳雷……稀奇古怪，应有尽有。

哥，你太牛了，排出了这么多地雷。

铁军，你真是地雷的克星啊！

哥，你的脑子是什么做的，咋这么好用？

是啊，不愧是当过兵的，就是不一样。

陈铁军低头看着破破烂烂的地雷，陷入了沉思之中。他真不敢相信，这些地雷全是他亲手毙掉的。多年来，他经常做一个梦，梦见密密麻麻的地雷追赶着自己，有鼻子有眼睛，会跑会跳会叫，张牙舞爪，龇牙咧嘴，嘴里吐血，眼里冒火，发出惊天动地的爆炸声。记不清有多少次了，他看见地雷从土里齐刷刷冒出来，争先恐后冲上虎山。他看见小武一次次牵着水牛站在虎山顶上，陡然一声巨响，巨大的太阳砸落山顶，迸溅成一条巨大的血河，从山顶滚滚而下……

陈铁牛指着地雷说，哥，我们这次来，要跟你一起排雷。

是啊，铁军，王清河说，我们想过了，跟你一起干。

陈铁军愣了一下，排雷？开什么玩笑？

你能排，我们为什么不能？

是啊，我和铁牛已经决定了。

不行，排雷太危险了。

王清河丢了一支烟给陈铁军，咳了几声，说，铁军，这事你一定要答应，就算你不答应，我们也会自己排。我们来找你，是因为你懂排雷，希望你带上我们。不错，排雷很危险，但你能干，我们为什么不能干呢？

陈铁牛说，老子忍得太久了。

陈铁军想了想，说，那好，但你们必须听我的。

就这样，陈铁牛王清河留了下来。按陈铁军的要求，他们主要负责种树，做牌子，刻名字。同时，可以渐渐熟悉地雷的种类、构造、特性。只有把手练熟了，才能参与排雷拆雷。陈铁牛和王清河做事非常认真，他们一丝不苟地挖坑、种树、锄草、施肥、捉虫。在他们的照料下，树苗茂盛苗壮，郁郁葱葱，长势喜人。每种下一棵树，他们都会按照陈铁军的指示，砍削一块木牌，刻上名字，挂在树上。时间一天天过去，树越种越多，刻写的名字也越来越多。一棵树一块牌子，一块牌子一个名字，一个名字代表一个人。虎山不再冷清，每一阵风吹过，树枝摇曳，涛声阵阵，如欢歌，如笑语，如高亢的呐喊，如铿锵的号角。

陈铁军绞尽脑汁，回忆那些死去的战友，把他们的名字一一抄写下来，再让陈铁牛和王清河刻写。不过，由于时间久远，很多人的名字已经记不清了。除了他所在的连队，其他连队的人员名单，他也几乎不知道，这不能不说是一个遗憾。可是，除了尽其所能，把知道的写下来，还有什么办法呢？

陈铁军没有想到，困扰他多日的问题，竟被王清河一句话解决了。王清河笑笑说，这有什么，去一趟烈士陵园，把名字抄下来不就行了？

陈铁军拍了一下大腿，起身说，是啊，我怎么没想到？

几天后，陈铁军走进了烈士陵园。他拄着拐杖，走过一块块矮矮的墓碑。在每一块墓碑前，他短暂驻足，鞠躬，凝视墓碑上的名字，记在一个笔记本上。在这里，他又一次与他的战友们相遇。五大三粗的连长，长脚长手的李学武，乳臭未干的刘忠平……一个个向他走来。多年不见，他们还是那样年轻，就像昨天刚刚见过一样。在这里，他还遇上了老校长王开树。他站在墓碑上，戴着厚厚的黑色眼镜，笑眯眯地看着他。不过，他没有见到安元庆。他走过一块块墓碑，上面都不是安元庆的名字。这么多年，他一直在找他，却没有半句关于他的消息。他还活着吗？他究竟去了什么地方呢？有生之年，他还能见到他吗？

陈铁军的怪异行为引起了陵园管理人员的注意。一个穿制服的工作人员走到陈铁军身边，问他在干什么。陈铁军指了指笔记本，说明来意。工作人员说，哎呀，老同志，我们有烈士名册啊，直接给你一份不就得了。

陈铁军高兴极了，没想到撞上了大运。拿到名册后，他赶紧打开，从第一页开始查看，一直翻到最后一页。工作人员说，老同志，你找谁？陈铁军说，同志，我找安元庆，我们的排长。工作人员说，老同志，名册上没有这个人。陈铁军说，可是，他到哪儿去了？工作人员说，老同志，这个，我们也不知道。

陈铁军望着满山墓碑，心想，排长哪里去了？他还活着吗？他会知道吗，虎山之上，有一棵开花的树，挂着他的名字？

也许，他这辈子无法再见到他了。

十

又一年清明，小强打算回一趟乌河村。目的有两个：一是带上女朋友小曼回去见父母，二是他的毕业论文与地雷有关，回去找一些材料。

这些年来，马兰花坚决不让小强做其他事，要求他一心一意读书。有时候，小强想帮忙干点活，却被马兰花粗暴地拒绝了。马兰花说，不要管我，你只要把书读好，我死后也能闭眼了。小强的生活变得无比单调，天天两点一线，从家到学校，从学校到家。那些枯燥灰暗的日子，他特别怀念死去的小武。要是哥哥还在，他的生活肯定不会如此无聊。无数次，他看着小武长满荒草的坟头，不禁流下了悲伤的泪水。也许是害怕辜负母亲的苦心，也许是怕看见父亲硬如铁板的脸，也许是把对哥哥的怀念化作了源源不断的动力吧，总之，小强的成绩越来越好。老师们觉得奇怪，这个以前毫不起眼的孩子，是不是服了灵丹妙药？突然间变成了另一个人。渐渐地，小强考到了全班的前面。渐渐地，小强把第二名落下一大截。小学毕业，小强考进了全县最好的中学。高考时，他考了全县最高分，进入了国防科技大学。

清明节那天，小强带着小曼，风尘仆仆地走进了乌河村。远远地，他看见一个头发花白的老妇坐在日光之中。越走越近，可以看见她不停地晃动筛子，把豆子里的沙粒拣出来。看着看着，小强不由得鼻头发酸，喉头发痒。

他没想到，几年不见，母亲已经老成这个样子。

他忍住泪水，走到马兰花的面前，叫了一声妈。

马兰花抬起头，看着面前这个英姿飒爽的小伙子，一时有点恍惚。小强又叫了一声妈。马兰花丢掉筛子，全身哆嗦，如打摆子。她一下子站起来，抓住小强说，小强，真是你吗？真是你吗？你回来了，回来了。

小强说，妈，别哭别哭，别让小曼笑话。

这时，马兰花才看见，小强的身后站着一个女孩。她有点不好意思，赶紧用衣袖擦了擦眼睛。小曼看着她，大大方方叫了声阿姨。

马兰花又开始打摆子，她拉住小曼，眼睛钉子般钉在她的脸上。小曼有点不好意思，笑了笑，轻轻低下头。小强说，妈，行了行了，不要吓着小曼。马兰花放开小曼，笑着说，这姑娘真俊啊，像画上的仙女。

马兰花叫小强和小曼先歇着，她给他们做饭。小强放下行李，看了一眼屋里，问，我爹呢？马兰花说，他除了挖地雷，还能干什么？小强说，妈，我们过去看看。马兰花说，好吧，小心点。

不大一会儿，小强带着小曼来到了虎山下。小曼看着警示牌说，没想到啊，这儿真有雷区。小强没说话，踢了警示牌一脚，往树林里走了几步。小曼说，怎么了？小强说，你知道吗？就是这个地方，我的哥哥踩上了地雷，被炸没了。小曼吓了一跳，赶紧往后退。小强拉住她的手，轻声说，不用怕，这里的地雷已经排完了。小曼挽住他的胳膊，扬起脸说，排完了？谁排的？小强笑了笑，除了我爹，还能有谁？你看看，那些树全是他种的。小曼看着树上的牌子说，你看看，树上还有牌子呢。小强笑笑，那牌子也是我爹挂的。

小曼看着满山的树，歪着头问，为什么要种这么多树呢？

小强说，我爹说过，很多人只知道人会痛，却不知道山也会痛。虎山是这个世界上最苦最痛的山，不知受过多少刀伤多少枪伤，不知藏着多少弹片多少地雷。要治好虎山，必须将地雷、弹片彻底清除，还要种上成千上万的树。

小曼点点头，挽着小强的胳膊，走到第一棵树旁。那是一棵苹果树，上面挂着一块木牌，写着两个字：小武。小强仰头看树，枝丫缀满了嫩绿的叶子。小强扶着树干，低声说，哥，你还好吗？风骤然吹起，发出沙沙的声音。小强说，哥，你知道我来了？指了指小曼说，哥，这是小曼，我们来看你了。

小强拉着小曼，从一棵树走向另一棵树。每走到一棵树旁，他们都停下来，查看牌子，拍照。张大彪、安元庆、李学武……小强告诉小曼，这些都是战斗中牺牲的烈士。小强模仿着陈铁军的口吻，讲起了每一个烈士的故事。小曼很震惊，她没有想到，每一个名字的后面，竟都藏着如此悲壮的往事。

一路走下去，他们还看见了许多村里人的名字。陈老忠，王开树，陈铁牛，王清河，邹大明……每遇上一个名字，小强都要给小曼作介绍。接下来，小强看见了母亲的名字马兰花。那是一棵梨树，枝繁叶茂，像一把大伞。往下走，小强还看见了自己的大名陈小强。那是一棵杉树，高大挺拔，像一把剑，直直地指向天空。小曼说，你爹真了不起，太有创意了。小强说，他排了近二十年的雷，种了数不清的树。小曼说，我也要种一棵树，跟你一起站在这座山上。小强说，没问题，一会儿见到我爹，我让他为你种一棵树，刻上你的名字。

他们挽着手，继续往上攀登。他们爬上一个山头，并肩站在山顶，回望身后的风景。但见满山树木郁郁葱葱，花朵绽放枝头，蜂鸣蝶舞，鸟儿翻飞。有风吹过，但闻涛声阵阵，花香扑鼻，歌声悠扬，令人心旷神怡。小曼张开双臂，做了一个飞翔的姿势，大声喊道，我要飞了，我要飞了。

过了一个山头，还有更高的山。他们爬过几个山头，听见头顶传来说话的声音，抬头仰望，只见高耸的山顶上，插着一面鲜艳的旗帜，在风中猎猎飞舞。旗帜下面，几个人影背脊如弓，匍匐在赤裸的土地上。

爹，爹，爹。小强扯开嗓子喊起来。

爹，爹，爹，爹……群山万壑，跟着小强一起喊。

几个老头缓缓站起来，拄着拐杖，白发飘飘，朝天大笑。

此时，苍山如海，残阳如血。

每一个老头，都是插在山上的一面旗帜。

刊发于《福建文学》2023 年 5 期

入　戏

一

　　陈文扛着背包，穿过纷纷扬扬的雪花，走到家门口的时候，看见了那辆棕红色摩托。他揉揉眼，不错，正是龙云江的豪爵，像一匹趾高气扬的马，站在屋檐下面。他心里不由得咯噔一下，天已经快黑了，龙云江来家里干什么？

　　龙云江是高坡的狠角色，人们当面称他龙老板，背地里叫疤鬼。之所以称疤鬼，是因为他额头上有一块鸡蛋大小的疤痕，那是多年前打架留下的纪念。他在村东外的马鞍山开了一座采石场，几台打沙机日夜鬼哭狼嚎，扬起黑云似的漫天灰土。人们说，打沙场是龙云江的摇钱树，有多少沙子，就有多少票子。那辆红色豪爵，是他的汗血宝马。凭他的经济实力，完全可以把两轮换成四轮，但村里的公路比较窄，四轮反而碍事，远不及两轮轻便灵活。龙云江骑着豪爵跑东窜西，神气十足，很是拉风。时间长了，只要听到摩托车的轰鸣，人们就说，龙老板来了。摩托成了龙云江的标配，摩托跑到哪里，他就跟到哪里。现在，摩托停在陈文的家门口，像一朵灼热的火焰，闪耀着逼人的光芒。

与摩托对视一会儿，陈文收回了目光。漫天汹涌的云如同乌鸦，黑压压堆满头顶。冷风扯着树冠摇来摇去，窸窣作响。天真冷，树枝上已经结了冰，不时有破碎的冰块噼噼啪啪砸下来。积雪东一坨西一堆，混杂着肮脏的泥土，黑黑白白，白白黑黑。陈文茫然地站了一会儿，慢慢弯下身子，退回墙根，扔下背包，抱住膝盖，蹲在墙体的阴影里。他哆嗦着，从兜里掏出皱巴巴的烟盒，抽出一支，叼到嘴上。透过升腾的烟雾，他看见摩托扭曲起来，仿佛长出了手，长出了头，长出了青面，长出了獠牙，长出了鼻子，长出了眼睛。他咬咬牙，真想冲过去，踢它几脚，打它几拳，或者将它砸碎。想归想，手脚却被无形的绳索捆住，根本无法动弹一下。天色渐暗，透过飘落的雪花，龙云江的脸从烟雾中浮现出来，浓密的胡子，紧锁的川字眉，闪着凶光的三角眼，似笑非笑地看着他。陈文感到某种巨大的压迫感，赶紧收回目光，低头看脚下肮脏的雪。

陈文为自己的怯懦感到羞耻。堂堂七尺男儿，大老远赶回来，竟然不敢踏进家门，这还算男人吗？用老家人的话说，不如扯根毛吊死算了。只需推开那扇薄薄的门板，就能把吴丽云搂进怀里，想干啥就干啥。在深圳做架子工的日子，他常常躺在工棚的木板床上，想象她的脸，她的眼睛，她的鼻子，她的嘴巴，她的头发，她的一切。熬了那么久，能不想吗？他提前跑回来，不就是因为她吗？可悲的是，咫尺之间，他却不敢敲开那扇木门。更可悲的是，明知门后藏着一个男人，他却不敢把他揪出来，拧下他的脑袋当尿壶。他紧咬牙关，攥着拳头，几次从旮旯儿里站起来，又蹲回原地。头顶仿佛有一双无形的巨手，一次次将他摁下去，摁进雪里，摁进土里。风呜呜跑过，一次次抡起巴掌，一次次抽到脸上。他抱紧身体，缩成一团，恨不得缩进砖墙里，成为一块无知无觉的砖头。

心里揪扯了许多回，还是没有勇气上前。打开门不难，难的是开门后，该怎么对付？如果是其他人，他早将他揪出来，几拳头捶个半死。长年干架子工，他的胳膊全是结实的肌肉疙瘩，一坨挨着一坨，像炸弹。别说人，就是一头水牛，也挡不住他的拳头。可拳头大有什么用？要知道，那可是龙云江啊。龙云江是谁？是高坡村第一狠人。比如说吧，为了办沙场，他押上身家性命，从信用社贷了五十万元。离马鞍山不远，原本还有一座采石场，不知他用什么手段，硬是让对方老板乖乖缴械投降，灰溜溜走人。杨木匠打工回来，撞上龙云江正在纠缠他的老婆，忍不住扇了他一耳光，结果呢，龙云江打电话报警，说杨木匠殴打良民。有几次，他当着众人的面，指着村主任陈树林的脑袋，就像训斥一个小孩子。不仅如此，他还掌控着全村人吃水的闸门。高坡村地势高，水比油还金贵，饮水是大问题。二十世纪九十年代，由水利局出资、村民投工投劳，开山辟路，终于将水引进了村里。龙云江家地处村子制高点，蓄水池恰好建在他家屋后。从那以后，龙云江靠水吃水，谁家要多用点水，都得找他商量，甚至送烟送酒。有一次，左瘸子顶撞了他几句，他二话不说，掐断了通往左家的分水管。左瘸子无奈，只得提着两只大公鸡，厚着脸皮登门道歉，说了许多矮子话。

风安静下来。几朵雪飞到嘴边，陈文伸出舌头舔了舔，像刀子。

嘎吱一声，门板开了一道缝，龙云江魁梧的身躯从屋里挤出来。他一边回头说话，一边扒拉皮带。吴丽云没有跟出来，但陈文听见了她的声音。她柔声说，龙老板慢走哈。声音很软，棉花糖似的。陈文的心仿佛被针刺了一下。

嘎吱一声，龙云江身后的木门关上了。陈文埋下头，抱住肩膀，使劲往墙旮旯儿里缩。龙云江腆着肚子，朝他这边走来，拉开拉链，掏出那根黑不溜秋的东西，对着墙体撒尿。陈文无处可躲，只得从旮旯儿里站起来，叫了声龙老板。

龙云江往后退了几步，骂道，妈的，吓老子一跳。

陈文搓着手，嘿嘿傻笑。

龙云江说，笑，就知道笑，傻子还是疯子？

陈文掏出烟，抽一支递给龙云江。龙云江接过烟，放在鼻子下嗅了嗅，说，好烟啊，龟儿子，发财了？

陈文说，发什么财，混口饭吃罢了。

龙云江叼上烟，抽了一口，问，刚进腊月，怎么回来了？

陈文说，没有活干，不回来咋办？

龙云江将烟屁股扔到地上，转身跨上摩托，丢下陈文，一溜烟跑了。

暮色猛然砸下来，天地陷入了无边无际的黑暗。

二

吴丽云斜靠在床头上，捧着手机玩微信。

最近，她加入了一个叫"老相好"的群，成员全是成年男女。群里有许多荤段子，吴丽云看得脸红心跳。除此之外，还可以在群里唱唱山歌。吴丽云文化不高，却有一副好嗓子，应群友的要求，经常捏着嗓子哼上几句。渐渐地，竟积攒了一些人气，常有老男人点赞、送花、发红包，开一些不素不荤的玩笑。不得不说，微信这东西真好，让她的日子好混多了。陈文外出打工，年初出门，年尾才能见到人影。女儿陈月亮在城里读高三，总有看不完的书，做不完的试卷。这不，眼看要放寒假了，月亮却打来电话，说学校要加强复习，估计腊月二十八才放假。几乎一年到头，她一个人守着空屋子，要多冷清就有多冷清。

嘎吱一声，陈文推门而入。吴丽云啊了一声，从床上跳下来，笑着说，怎么回来了？咋不说一声？

陈文瞟她一眼，将背包扔到墙角，说，回来还要请示？

你说什么话？我的意思是，你提前打个电话，我好准备准备？

准备什么？有啥准备的？你怕什么？

吴丽云捅开炉子，笑着说，大爷，给你准备吃的喝的啊，还能准备什么？

陈文一屁股坐在凳子上，沉声说，别忙活了，吃不下。

吴丽云看了看陈文，觉得他不太对劲。他坐在灯光里，脸庞乌黑铁青，像冷冰冰的铁板。头发胡乱耷拉着，油腻腻的。草绿色的迷彩服落满雪花，鞋子沾满了黄色的泥土。吴丽云有点心虚，低下头说，你休息哈，我给你做饭。

陈文说，吃不下，别做了。

怎么能不吃饭？要不，下一碗鸡蛋面吧。

我说吃不下，你没有耳朵？

吴丽云愣了愣，低头说，你说话别伤人，我不想跟你吵。

陈文脱掉外衣，扔到沙发上，掏出一支烟，自顾自抽起来。灯光里的吴丽云穿着紧身T恤，胸脯巍峨耸立。一年不见，她的面相老了些，额头多了不少细长的鱼尾纹。头发乱糟糟的，如同顶着一个鸟窝。在陈文的记忆中，吴丽云很宝贵那一头黑发，打理得齐齐整整。可现在，她就像一只羽毛凌乱的鸡婆。

吴丽云拢起头发，烧水，擀面，煎鸡蛋。陈文不爱大鱼大肉，就爱这一口。好多次，他狼吞虎咽地吃完她做的鸡蛋面，舔着碗口说，爽，真爽啊，爽进骨头里去了。他正月出门，腊月归家，这么长的时间，肯定无数次想起她的鸡蛋面。现在，她要拿出十八般武艺，为他做一碗香喷喷的鸡蛋面。

没多久,鸡蛋面就做好了。薄而韧的拉面,红彤彤的辣椒汤,黄灿灿的煎鸡蛋,散发着浓烈的香味。吴丽云把面端到陈文的面前,叫他趁热吃。陈文皱着眉头,用筷子挑起一团面,放进嘴里,缓缓嚼了几下。吴丽云看着他,轻声问,怎么?不好吃?陈文将碗一放,撇撇嘴说,妈的,比屎还难吃。

陈文,你什么意思?吴丽云涨红了脸。

呸的一声,陈文张开嘴巴,将面喷到地上。

陈文,你吃错药了。

叫什么叫,你做的恶心事,老子懒得说。

吴丽云一把抓住陈文,说,陈文,你把话说清楚。

陈文甩开她,沉声说,睡觉,老子困了。

吴丽云愣了愣,叹口气说,睡就睡,不吃拉倒。

陈文脱掉衣裤,钻进绵软厚实的被窝。吴丽云发了会儿呆,端起那碗面条,倒进猪食桶,发出咚的一声。屋里变得安静,似乎稍微动一动,就会引发十二级大地震。陈文直挺挺地躺在床上,闭着眼睛,好像已经进入梦乡。吴丽云放下碗,走到床边,脱下外衣,褪下外裤,上床,拉灯,揭开被子,轻轻地钻进去。他们并排躺在被子下面,刻意保持着一定的距离,谁也不敢轻易动弹。

他们安静地躺着,听风摇动树林的唰唰声。天气真冷,虽然盖着被子,他们却瑟瑟发抖。若是以前,他们早就抱成一团,共同抵御寒冷。可这个晚上,他们却形同刺猬,独自蜷缩身子,彼此不敢靠近。

不知过了多久,吴丽云发出一声叹息,朝陈文这边挪了挪身子,伸手从后面抱住他的腰。好不容易见上一面,她可不想把这个夜晚浪费了。嫁给他十多年了,她还不了解他?脚底有个疤,屁股上有颗痣,她都一清二楚，装什么装？他每次打工回来，就像多年没吃肉的狼，恨不得将她生吞活剥。几乎每一次，他都像一台性能良好的发动机，带着她高速运转，一次次飞向空中。

吴丽云抱住陈文，陈文却一动不动。吴丽云决定放大招，把手伸到他身下。可是，她忙活了半天，陈文一点动静也没有。

你怎么回事？说句话啊。

没事，睡吧，我累了。

陈文，你别吓我。

别发疯，睡觉！

吴丽云哭着说，陈文，你怎么了？

陈文的心软了一下，低声说，没事的，睡吧。

三

吃过早饭，陈文往兜里揣了一包烟，打算出去转转。

吴丽云说，有什么好转的，几十年了，还看不够？

陈文说，少啰唆，老子的事不要你管。

吴丽云张了张嘴，却什么也没说。她越来越搞不懂陈文，这么冷的天，偏要跑出去找罪受。以前的陈文不是这样的，他哪里也懒得去。那些刮风下雪的日子，他们关上门，守着炉火，烤上几个土豆，拉拉家常，打打瞌睡。兴致来的时候，他把她抱上床，折腾得昏天黑地。这次回来，他像变了一个人，脸色阴沉沉的，似乎能拧出水。难得开口说话，偶尔说一句，几乎能噎死人。就连床上那点事情，他好像也不热心了。难不成这次出去，成了被阉的公鸡？

陈文拉紧大衣，冒着飕飕寒风走出家门。白雾笼罩山头，无声无息地弥漫扩散，仿佛柔软却霸道的河流，将遇到的东西全部淹没。看样子，这又是一个阴冷潮湿的腊月。高坡村多雾多雨，只要到了冬天，村庄常被大雾笼罩，难得见一见太阳。路边的树光秃秃的，随风摇来晃去，唰唰作响。地里的刺梨看上去长高了不少，几乎掉完了叶子，密密麻麻，遒劲干瘦。要是在春天，满地满山刺梨绽放花朵，蜜蜂嗡嗡乱叫，花香扑面而来，倒也是一番好景致。特别是刺梨成熟的季节，到处挂满了黄色的刺梨，随风摇曳，如一只只小灯笼。几年前，县里搞产业结构调整，高坡在村主任陈树林的带领下，把旱地荒坡全种上了刺梨。应该说，刺梨长势不错，自从挂果以后，几乎年年丰收。可惜，价格太低了，一斤才一块钱。为了改变这种状况，陈树林经过努力，申请了"天刺梨"商标，动员村里人投资办厂，搞刺梨饮料。不过，很多人对此持怀疑态度，响应者寥寥。

吴丽云说得对，确实没什么好看的。天还是那样的天，山还是那些山，树还是那些树，路还是那条路，刺梨还是那些刺梨。当然，变化还是有的，如某棵树枯死了，只剩下一截树桩；公路铺了沙子，比原来平坦了许多；某幢木房没了，取而代之的是一幢小洋楼……可这些有什么意思呢？万物都在变，交互更替，人也不例外。就拿陈文来说吧，也在悄悄发生变化。在别人的眼中，陈文还是陈文。但陈文知道，他早变成了另一个人，白发增多，眼力变差，胳膊变小，听力越来越糟，胡子越来越多。总有一天，他会变成干巴老头。他不敢想象变老的样子，人老了多可怕啊。到那时候，他再也去不了大城市，只能跟高坡的老头老太一样，窝在这山旮旯儿里，像一根朽木头，日照雨淋风吹，直至轰然倒下，成为泥土。唉，人怎么会变老？只一眨眼工夫，泥巴已埋到脖子根了。

一路走下去，偶尔遇上几个七老八十的老头老太，若干穿红着绿的妇女，一些挂着鼻涕的小孩子。除此之外，还遇上一两只拖着尾巴的狗。这年头，村里难见上青壮年汉子。除了龙云江陈树林那样的能人，谁还愿意窝在村里呢？走在路上，明显感到村庄缺乏一种阳刚之气，到处阴风惨惨，白雾飘动。用老人们的话说，男人走光了，压不住地下的鬼，它们趁机爬出来，到处游荡捣乱。

陈文想了想，决定去找左瘸子。左瘸子大名左德方，是个赌鬼，但他不赌钱，而是赌酒。十七八岁的时候，他们喝过鸡血，拜过把子。左德方排行老三，属蛇，大陈文两岁，陈文称他三哥。村人都知道，陈文与左瘸子是穿一条裤子长大的，除了媳妇，什么都可以共用。几年前，左德方和陈文一心想挣大钱，相约去深圳干架子工。他们戴着安全帽，穿着工作服，背着工具袋，像蜘蛛侠一样，在几十层的架子上爬上爬下。那时候的左德方，长手长脚，能跳能跑，爱唱爱闹，被工友称为猴子。谁也没有想到，猴子也有失手的时候。一个烈日如火的下午，猴子踩翻了一根板子，从架子上掉下来。还好，楼层不高，只跌断了一条腿。手术后，腿保住了，却瘸了。从此，左德方走路一歪一拐的，成了铁拐李。

左瘸子正在门口劈柴。他弓着腰，举起斧子，使劲劈着一根青冈木头。斧子带着风声，一下又一下劈到木头上。木头很硬，就像劈在石头上，溅起点点火星。陈文喊了声三哥，左瘸子抬起头，丢下斧子说，兄弟啊，哪天回来的？

昨天回来的。陈文掏出烟，扔一支给他。

刚进腊月呢，忙回来干吗？想媳妇了吧？

活已经干完，还赖在城里干啥？喝西北风？

左瘸子点上烟，眯着眼说，月亮回来了吗？

陈文吸了一口烟，说，没回来，听说要补课。

左瘸子说，唉，书难读，屎难吃，这年头的娃娃，真是可怜。

正说着，左瘸子的女人颜白凤从屋里探出头，让陈文回家烤火。颜白凤的脸上搽了胭脂，嘴巴涂着口红，显得格外妖艳。陈文心想，这年头，村里的老娘们也跟城里女人一样，一个个变成了妖精，嘴巴像猴子屁股。

颜白凤炒了碟花生米，一盘瘦肉，一盘豆腐。左瘸子拿出两瓶老白干，撬开盖子，倒满两杯酒，招呼陈文吃喝起来。炉火真旺，虽是寒冬腊月，陈文的额头却渗出细密的汗珠。三哥三嫂，发财了吧？陈文脱掉外衣，笑着说，火烧得这么旺，不心疼？左瘸子喝了口酒，抹着嘴巴说，发什么财啊，我说兄弟，不发财就不烤火吗？火要肯燃，人要好玩。颜白凤插嘴说，对啊，这鬼天气，没有火怎么过？陈文想起自己家的炉火，远没有左瘸子家这般热烈旺盛。出门的时候，他瞥了一眼煤火炉，一丁点火星也没有。凑近一看，原来已经灭了。

干完两瓶酒，陈文和左瘸子有了七八分醉意。他们拍着肩膀，大着舌头说话，声音越来越高，震得屋子嗡嗡乱响。陈文摇晃着站起来，大声说，三,三哥，我要方便，方便。左瘸子高声说，兄弟，走，走，陪你方便。他们将手搭在对方的肩膀上，一起看着颜白凤笑。颜白凤笑着说，去吧，去吧。陈文说，三嫂，你也去，一起方便。左瘸子笑着说，对，三嫂，一起，方便。

颜白凤笑得喘不过气来，说，滚，烦不烦。

陈文和左瘸子勾肩搭背走到屋后，拉开拉链，对着树干撒尿。冷风吹过，接连打了几个哆嗦。耳边传来摩托车的突突声，尖厉的喇叭声，以及轮胎轧过路面的沙沙声。左瘸子抖了抖蔫头耷脑的家私，说，是龙云江。陈文问，咋知道？左瘸子说，不信？打个赌吧。陈文问，怎样赌？左瘸子伸出一根手指说，一瓶好酒。陈文拉上拉链，拍拍他说，赌就赌，谁怕谁？

大概五六分钟，龙云江骑着摩托跑过来。见到他们，停下车说，两个龟儿子，躲树下干啥？陈文看了他一眼，没好气地说，撒尿，一起撒。

左瘸子搓着手说，对啊，一起，一起撒。

龙云江说，你们喝了多少马尿？话都说不利索。

陈文说，龙老板，喝，喝一杯。

不喝了，老子要去杨木匠家。

去干啥？杨木匠好像不在家吧？左瘸子问。

龙云江打着哈哈，谁说不在家？你去过吗？

说完，轰了轰油门，按了一下喇叭，一溜烟跑了。

陈文抖了抖那缩成一团的东西，大声说，慢，慢走啊。

左瘸子吐了口唾沫，低声骂道，杂种，又要干坏事了。

陈文问，干坏事？他能干什么坏事？

左瘸子撇嘴笑了笑，你又不是小孩子，这还用说。

陈文说，不会吧，这怎么可能？

你若不信，我们再打个赌，一瓶好酒。

好啊，赌就赌，谁怕谁。

四

左瘸子和陈文一前一后，沿着摩托车辙走去。不知从哪里跑出一条灰黄色的土狗，瞪着混浊的眼睛，直勾勾地看着他们。陈文捡起一块石头，朝狗掷去，正中狗头。黄狗哀嚎一声，拖着尾巴，仓皇跑进大雾之中。

走到一个岔路口，一条向左，指向村外的马鞍山；一条向右，指向杨木匠家。车辙在岔路口转了个弯，箭头拐向了右面。左瘸子看了一眼，说，向右走，肯定能看见龙云江的摩托。陈文不吭声，感觉心里有蚂蚁在爬，一只，两只，三只……越来越多，成千上万。左瘸子推了他一下，说，走吧。陈文一动不动，眼睛盯住车辙，说，去哪里？左瘸子说，去杨木匠家。

这时，身后又传来一阵突突声。左瘸子没有回头，笑笑说，是陈树林。陈文说，你咋知道？左瘸子说，这些年，村里的爷们全出去了，高坡村成了陈树林和龙云江的天下，成天骑着摩托上蹿下跳，时间长了，也就听出其中的区别。陈文好奇地看着他，等着他往下说。左瘸子说，很简单，你听，突突，突突，有点嘶哑，像患了重感冒，这是陈树林；突突突，突突突，大嗓门，时不时来一下高音喇叭，那是龙云江。陈文说，真这么准？左瘸子说，你掉头看看。

陈文转过身，看着来时的路。拐弯处闪出一辆摩托，像一匹黑马，驮着两个人，一颠一颠地跑过来。开车的正是陈树林，穿着迷彩服，头发凌乱，看上去黑了一些，瘦了一些，但精神很好，嘴巴紧紧抿着，眼睛发亮。他的身后，是一个穿红色羽绒服的汉子，戴着眼镜，胳肢窝下夹着黑色公文包。左瘸子告诉他，汉子是县里派下来的驻村干部，名叫曹勇，人称曹主任。

说话间，摩托已来到面前。陈树林刹住车，挂下两条长腿，撑在摩托的两面，大声说，三哥，你干吗？左瘸子嘿嘿笑道，没事，瞎逛。陈树林看了看陈文，问道，文哥，哪天回来的？也不吱一声。陈文掏出烟盒，发了一圈烟，说，你那么忙，怎么好意思打扰？陈树林点燃烟，吸了一口，看着左瘸子说，那件事考虑得怎样了？三嫂同意了吗？左瘸子打哈哈，什么事？陈树林瞪了他一眼，沉声说，饮料厂的事。左瘸子呼出一口烟，慢吞吞地说，这事嘛，哪天再说吧。陈树林说，这事不能再拖了，大家齐心协力，把天刺梨饮料厂搞起来。顿了顿，又说，文哥，丽云姐跟你说过这事没？你们考虑得怎样了？陈文愣了一下，问，这事靠谱吗？能赚钱吗？陈树林说，当然能，我们辛辛苦苦种出来的刺梨，一斤才卖一元钱，太亏了。我和曹主任做过市场调查，如果搞成刺梨饮料，价格至少翻五倍。不错，是这样，曹主任插嘴说，这事有百益而无一害，赶紧定下来吧。

陈文咳了一声，能有什么好处？曹主任说，好处很多，我只说一条，把厂子办起来后，在家门口就能挣工资。陈树林接口说，对，我们就不用丢下老婆孩子，去深圳广州北京那些地方讨饭吃。左瘸子说，知道知道，你们说过一百次了。陈文低下头说，这样吧，我想想。曹主任说，在家门口挣票子，多好的事情啊，好好考虑考虑。陈文说，好的，我们考虑一下。陈树林说，走了，改天再聊。左瘸子问，你们去哪里？陈树林说，马鞍山。说完，轰了一把油门，将两条长腿搭上摩托，拐上往左的路，屁股一颠一颠地跑了。

陈文看着他们的背影，低声说，天刺梨？靠谱吗？

靠谱？怎么可能？你想想，天上会掉馅儿饼吗？左瘸子撇撇嘴说，兄弟，你在外面，有些事不知道。我告诉你吧，在整个高坡，我最烦两个人，龙云江和陈树林。两个龟儿子，成天屁股下夹着一根摩托，东戳西戳，唯恐天下不乱。

陈文说，人家没惹你没逗你，你烦什么？

你不知道，你真的不知道。左瘸子使劲摇头，叹息说，我告诉你，龙云江仗着有个采石场，腰杆挺得比谁都直。这些年，村里男人差不多走光了，采石场需要工人，怎么办？他打上了妇女们的主意，让她们去石场做零工，工钱从优，现钱结算。一般情况，那些年轻的顺眼的听话的，他会安排比较轻巧的活路，比如，做饭、记账、监工等。对于长相寒碜的，就安排繁重的活路，比如上沙、搬石头等。不只如此，发钱的时候，他也区别对待。凡是看不上的，直接进行结算，当场付清工钱。凡是看上眼的，现场不给钱，而是送钱上门。

陈文的嘴巴嚅动了几下，却什么也没有说。他低下头，盯着摩托车留下的新鲜车辙，想起了那辆棕红的豪爵，火焰般灼烧他的心。

左瘸子说，兄弟，给一支烟。

陈文把烟盒抓出来，塞给他说，全给你吧。

我告诉你，陈树林也不是好人。左瘸子点燃一支烟，接着说，比起龙云江，陈树林做得更过分。他天天夹着一沓资料，今天跑东家，明天跑西家，一家不放过，满口国家政策，说什么绿水青山才是金山银山，要带大家办饮料厂，打造天刺梨。依我看，他不过是以此为借口，广泛接触村里的女人，干些见不得人的勾当。不得不承认，陈树林胆大心细，有魄力、脑子活、点子多、人缘好。乡里多次表扬他，说他的工作做得好，做得扎实。可是，人家男人不在家，你天天跑人家家里做工作，你说这是不是个事吗？他背着人做了什么，谁知道呢？

陈文说，树林我多少了解，他不会这样。

不会，谁说不会？左瘸子嘿嘿冷笑，前不久，陈树林有事没事往我家跑。我觉得不对劲，于是假装出门，又偷偷折回来。结果呢，你猜我看见了什么？我看见那辆黑色摩托，站在我家的屋檐下。我踢开门，只见陈树林坐在你嫂子的面前，拿着一份红头文件，叽叽咕咕说着什么。我很生气，本想给他两耳光，他却让我看文件，说什么贫困户可以享受不少优惠政策，如读书免费、发助学金等。我不想听他嚼舌根，他却拉着我，叽叽歪歪说了半天。

陈文说，树林也是为了工作，你真的想多了。

左瘸子说，兄弟，你这人什么都好，就是太老实。你想想，这些年来，汉子们全跑光了，村里的娘们几乎全成了寡妇，个个苦大仇深，憋了一肚子火，哪个是省油的灯？你再想想，除了龙云江和陈树林，留在村里的男人还有什么人？除了几根老骨头，就是几个有身体缺陷的。对于女人们来说，龙云江陈树林就是香饽饽啊，她们眼巴巴地看着，恨不得吃上几口。

陈文没有说话，那辆红色的摩托车在脑海里跑来跑去。

左瘸子丢掉烟屁股，说，兄弟，咋不说话？

陈文说，听你说呢。

风从远方吹来，混杂着隐约的锣鼓声。左瘸子竖起耳朵，听了一会儿说，傩镇人又在唱傩戏了。陈文说，傩戏？左瘸子侧耳听了一阵，叹息说，好久没看傩戏了，真想过把瘾。陈文撇撇嘴说，有什么好看的，不过是几个干巴老头子戴着古怪的面具，乱唱一气吗？左瘸子回头看了陈文一眼，摇头说，你错了，有的掌坛师很有本事。顿了顿，又说，傩镇最有名的掌坛师叫安如柏，演戏好，唱腔好，还能表演上刀山、下油锅、溜铧口等绝活，那才叫真功夫。陈文说，我不信，怎么会有这种人？左瘸子说，不信就去看看，赌两瓶好酒，怎么样？

不知不觉中，他们走到了杨木匠家门口。陈文抬起头，看见了那辆棕红色的豪爵，像一匹威武的枣红马，趾高气扬地站在屋檐下。

返回的路上，左瘸子说，兄弟，愿赌服输，一瓶好酒。

陈文不说话，把手揣进裤兜，大步往前走。

去看傩戏吗？我们再赌一次。左瘸子笑嘻嘻地说。

陈文笑笑说，再说吧。

说完，丢下左瘸子，拉紧大衣，大步向前走去。

他的耳边，又传来敲锣打鼓的声音。

五

接下来的日子，陈文天天往外跑。天气依然没有好转，不时洒落或大或小或稀或密的雪花。吴丽云越来越搞不懂陈文，这样的鬼天气，不好好待在家里，偏要往外面跑。她不只一次把碗筷摔得噼啪响，但陈文却毫不理会。

陈文将手插进兜里，竖起大衣领子，戴着墨镜，沿公路晃荡。他的耳朵变得格外敏感，就像两个扩音器，能把从远处传来的摩托声放大百倍千倍。他很快掌握了左瘸子所说的方法，可以根据摩托的声音，判断是龙云江还是陈树林。突突，突突，有点沙哑，像患了重感冒，准是陈树林。突突突，突突突，大嗓门，时不时来一声喇叭，准是龙云江。不管是谁，他都不会放过。循声而去，沿着车辙一路追踪，查看摩托究竟停在哪家屋檐下，并在一个笔记本上作下记录。几乎每一天，他都能看见龙云江或陈树林戴上头盔，骑上摩托，沿着枝蔓横生的公路，忽上忽下，忽左忽右，窜来窜去。只要沿着新鲜的车辙往前走，一定会看到或红或黑的摩托，得意扬扬地站在某家屋檐下，闪烁着刺眼的光芒。

几天下来，陈文记录了满满几页纸。经统计，龙云江去过七户人家，分别为：杨木匠家，三次，总时长 6 小时；龙小六家，两次，总时长 4 小时；刘刚家，两次，总时长 5 小时；陆云飞家，两次，总时长 3 小时……龙云江进入这些人家，究竟干了什么，陈文却不得而知。他不敢跟得太紧，担心被龙云江发现，把事情搞得不可收拾。一般情况，龙云江进屋之后，他只能站在雪地上，远远地眺望紧闭的大门。天真冷，雪断断续续落下来，地上黑黑白白、白白黑黑。他裹紧大衣，不停地搓手跺脚，以防被冻成冰柱子。就这样，一直等到屋门打开，看见龙云江钻出来，爬上等候在屋檐下的棕红色摩托，这才缩着脖子离开。

相比之下，陈树林去的人家更多，比如：与五保户陈大爷摆龙门阵，大概一小时；看望残疾老人龙婶子，送菜油一桶，聊天约一小时；与王大妈聊天，大概两小时；给孤寡老人秦二奶送药，唠嗑，两小时；与龙小六的媳妇谈话，两小时；与张八哥的老婆谈话，大概一小时；与刘刚的媳妇聊天，大概一小时……

一个星期不到，跑了近二十户人家。与龙云江不同的是，陈树林不挑人家，不分老少，不管美丑，按片按区，逐一上门。他挎着一个皮包，装着厚厚的资料，不管走进哪一家，总要先给主人家发一份资料。透过敞开的大门，陈文能够看见陈树林坐在凳子上，捧着一本资料，眉飞色舞地说着什么。他口才不错，不管男女老少，他都能哇哇哇说上半天。他会跟他们说什么呢？陈文假装串门，走了几户人家，随便问了问，很快就把事情搞清楚了。陈树林主要说一件事：产业调整，投资办厂，推出属于高坡村的拳头产品——天刺梨。有一次，陈文在路上碰上陈树林，陈树林停下摩托，甩给陈文一支烟，又递给一本资料，叫他回去看看。陈文翻了翻，原来是关于投资创办天刺梨的宣传资料，以及动员村民参与办天刺梨饮料厂的倡议书。后来的一个下午，陈文沿着车辙走下去，竟然发现陈树林的摩托就停在自家的屋檐下。他拉紧大衣，躲在一株大树后面，远远地眺望。陈树林坐在吴丽云的旁边，手舞足蹈地说着什么。差不多聊了一个小时，陈树林终于走了。天已擦黑儿，陈文回到家中，只见吴丽云坐在电灯下，拿着一本资料，眼睛凑得很近，一行一行地看上面的字。

除此之外，龙云江还去过两次采石场，陈树林则去过五次。龙云江作为老板，去采石场很正常。陈树林一个外人，为什么总往采石场跑？一个下午，陈文又听见摩托声响，循声走到岔路口，只见车辙拐向左面。他心里一动，沿车辙继续追踪。不过十几分钟，半青半黄的马鞍山撞进了他的眼里。好久没来了，没想到马鞍山已被切掉一半，裸露着灰黄的岩石截面。巨大的石头伞檐高悬空中，龇牙咧嘴张牙舞爪，随时可能坍塌。截面的附近，草木已经被砍伐一空，露出灰黄的底色。山顶及另一面，则爬满了茂密的松树，虽是冬天，依然郁郁葱葱。采石场卧着几台碎石机，冒出黑烟，咣咣轰响，震耳欲聋，尘土弥漫。一台大车停在小山一样的沙堆旁，几个裹着头巾的妇女正在往车上装沙。石头伞檐下，一些工人挥动锤子，将石头敲碎，发出刺耳的响声。陈树林站在尘土中，朝干活的人们大声吆喝。不过，他们似乎并不买账，该干吗干吗，连头也不抬一下。

陈树林虎着脸，走到大车边，拦住正在装沙的妇女，叫她们歇一会儿，他有话要说。妇女们嘻嘻哈哈，说正在忙干活，忙挣钱，没工夫跟主任耍，叫他到一边凉快去。陈树林指着凹槽上面的伞檐说，你们看看，睁大眼睛看看，命重要还是钱重要？为了几个钱，把老命贴进去，值得吗？一个黑瘦的妇女打断他的话，陈主任，别吓唬老百姓，这么长时间了，也不见有什么事。其他妇女齐声附和，是啊，是啊。陈树林说，不怕一万，就怕万一。一个面容姣好的小媳妇拿着记工本走过来，大声说，陈主任，别说这些没用的，我们需要钱，需要钱啊，你不让大家干，你能给大家发钱吗？妇女们喊起来：发钱，发钱，发钱。

陈树林叹口气，仰起铁黑的脸，对着凹槽纵横的断崖。他面前的马鞍山如此残破不堪，面目全非，不忍直视。碎石机仍在肆无忌惮地轰鸣，喷出一阵阵灰黑的烟雾，把马鞍山淹没其中。脚下的土地似乎在颤抖，在沉沦，在呻吟。他咬咬牙，挥动手臂，大声说，乡亲们，我们一起努力，把天刺梨办起来。

陈树林喊了半天，根本没人鸟他。他闭上嘴巴，掏出手机，绕着采石场转悠，不停地拍照。轰鸣的碎石机，漫天弥漫的灰尘，上沙子的女人，触目惊心的凹槽，摇摇欲坠的伞檐，挥动锤子敲打石头的工人，落满灰土的草木，裸露的灰黄的岩层，浓黑的飘向天空的烟雾，一一被他摄入镜头。拍了一会儿，他蹲在土石堆上，掏出一个笔记本和一支铅笔，对着采石场涂涂画画，就像一个画家。

陈文看了一阵，耳边又传来突突突的声响。他丢下陈树林，转身走回岔路口，只见一道车辙转向右面。他犹豫了一下，沿车辙走下去。果然不出所料，他又看见了那辆红色豪爵，雄赳赳、气昂昂地站在杨木匠家的屋檐下。他咬咬牙，缩脖弯腰，踮着脚尖，屏住呼吸，摸到墙根之下，撅起屁股，将头探到窗子边。轰的一声，只觉血涌上脑袋。透过一条缝隙，他看见龙云江伏在杨木匠的老婆身上，身子扭来扭去；杨木匠的老婆高举双脚，发出呜呜咽咽的声音。

返回的路上，陈文脚步飘忽，脑袋里装了一包糨糊。不知不觉中，他踩着飘落的雪花，走到了龙云江的屋檐下。这时，她看到了龙云江的媳妇——黄菊人。她坐在火炉边，抱着一个婴儿，低着脑袋，一副若有所思的样子。过了一会儿，她拉开衣服，将肥大的乳头拉出来，塞进孩子的嘴里。孩子咬住奶子，像一头小猪，发出吧唧吧唧的响声。陈文吸了吸鼻子，嗅到了乳汁的香味，甜丝丝的。

陈文哥，回家坐啊。一个声音陡然响起。

啊，哦，不了。陈文吓了一跳，结结巴巴地说。

陈文哥，你有事？是不是找云江？

是啊，云江，云江……陈文一时语塞，不知怎么说。

哇的一声，孩子伸伸腿，忽然哭起来。黄菊人手忙脚乱，赶紧侧过身子，将肥硕的乳头塞进孩子的嘴里。陈文低下头，他忽然发现，他没办法把喉咙里的话吐出来。他转过身，穿过屋檐，跌跌撞撞地歪进大雪之中。

点燃一支烟，缓缓走过白黑相间的公路，耳边又传来敲锣打鼓的声音。

陈文心里一动，与其待在家中，不如去傩镇看看戏。

六

提上挎包，装上两包烟，准备出门。吴丽云噼噼啪啪收拾碗筷，语气很冲地说，你出去干啥？你他妈把这个家当旅店？陈文瞟了她一眼说，老子的事情，你少管。吴丽云把碗摔在桌子上，大声说，有本事，去了就别回来。

陈文摔门而出，踩着迷茫的大雾，飘向左瘸子家。左瘸子蹲在门口漱牙，陈文走上去，甩了一支烟给他，说，走，去傩镇。左瘸子抬起脸，满嘴白沫，一脸迷惑地说，去傩镇？干啥？陈文说，看戏啊，你不是要赌一把吗？左瘸子说，不去，天太冷了。两瓶好酒，怎样？陈文举起两个手指说。左瘸子犹豫了一下，说，好，去就去。陈文说，你不是有辆摩托吗？骑你的车去吧。左瘸子说，行，但你负责油钱。陈文二话不说，掏出一张百元大票，拍到左瘸子的手里。

大雾散去，天空露出清亮的颜色，天气却越发寒冷。风不大，嗖嗖有声，犹如飞刀。左瘸子看看天，闷声说，要下雪了。话音刚落，天空飘起了鹅毛大雪。陈文说，三哥，你真是乌鸦嘴，把雪招来了。

从高坡村到傩镇，路程并不远，但大山耸立，沟壑纵横。雪落地即化，路面湿漉漉的。左瘸子一边开车，一边说些与傩戏有关的事情。在陈文的记忆中，傩戏已经是很遥远的事情了。十几岁的时候，他曾和左瘸子去过傩镇。如今回想起来，那些情景已经模糊，只记得几个戴傩面的艺人跳来跳去，咿咿呀呀地唱。至于唱什么，却一句也记不起来。

傩镇因为傩戏而得名。新中国成立初期，傩镇有傩堂戏班二十几坛，掌坛师十多人，土老师上百人。二十世纪七十年代，傩戏成了"四旧"，被砸得稀巴烂。幸好有少数视戏为命的艺人，拼命把这门技艺保存下来。如今，大多数傩戏坛已死去，撑下来的不过两三家。近年来，县里发展旅游业，在傩镇修建了风情街，傩戏作为本县最富有代表性的文化符号，得到了政府的大力扶持。在一个宣传片中，傩师安如柏表演了上刀山、下油锅、溜铧口、口含红铁、开红山等绝活，抓住了许多人的眼球。不少人拥入傩镇，只为看一看傩戏，目睹一下安如柏的绝活。风情街设有舞台，傩师们可以到此表演，并获得一定的报酬。旅游起来后，风情街开设了农家乐、特产店、羊肉火锅、烙锅店、傩面店。傩面种类繁多：有正神，如傩公傩母、和合二仙；有凶神，如开山、钟馗、魁星等；有世俗人物，如唐僧、关公、赵云等；还有动物，如狮、虎、豹、龙、犬等。大凡到此一游的人，大多会捎上一两个傩面。不过，真正懂行的看不起店里的傩面。那能算傩面吗？顶多算脸壳子。按傩师们的说法，制作傩面之前要祭神，祈求神灵赋予面具神性。傩师要在神龛前摆上供桌，敬上供品，磕头作揖，请求菩萨保佑，口中念叨"菩萨保佑，鲁班显灵"之类的祷告语。面具完工后，还得将面具请上神龛，举行开光供奉仪式。只有开了光的面具，才具有神性灵性，才算真正的傩面。

时间还早，风情街上的游客稀稀拉拉，一律缩着脖子，慢吞吞地走着。戏台上空空荡荡，一个人也没有。广告牌上张贴着大幅海报，上面有一群人，围着一个身着花衣服花裙子的傩师。傩师手持一团棉火球，正在往嘴里塞，嘴边腾起一团艳丽的火焰。左瘸子告诉陈文，那位傩师就是安家帮的安如柏，他正在表演口吐火焰。海报上方有一行大字，内容为：千年傩戏韵悠悠，穿越古今忆乡愁。大字下面是表演团队，白马村安家傩戏团。再往下是表演时间，下午三点。

陈文带着左瘸子，走进一家黑山羊火锅店。穿着少数民族服装的老板娘笑盈盈迎上来，招呼他们上座。陈文点了一斤半羊肉，两瓶老白干，一壶浓茶。左瘸子咧嘴笑道，没想到啊，还有这等口福。陈文举杯说，三哥，吃好喝好，再去看戏。左瘸子举杯跟陈文碰了一下，大声说，好，兄弟，走一个。

下午两点过，他们晃悠悠走出火锅店。天空亮了些，雪竟然停了。沿着青石板铺成的街道，勾肩搭背走向戏台。台下已经聚集了一堆人，或坐或站，吵吵闹闹。他们走过去，好不容易找到一个空位。周围的人瞪着他们，用手捂着鼻子。左瘸子朝他们挥挥手，大着舌头说，火锅羊肉，好吃，过瘾，老白干，劲大，爽口。陈文拍了拍他的肩膀，三哥，少说两句，好好看戏。

不一会儿，几个身着花衣花裙的傩师出场了。伴随咚咚的锣鼓声，他们跳起了傩舞。唱腔古怪，咿咿呀呀，让人听不分明。左瘸子拍打着节拍，摇头晃脑地跟着唱。陈文看了一阵，不耐烦地说，真没劲，没意思。左瘸子说，再等等，安如柏还没上场。陈文又撑着看了一会儿，垂下脑袋，竟然睡了过去。

不知过了多久，陈文忽然被左瘸子推醒。左瘸子说，快，安如柏上场了。陈文睁开眼睛，看见舞台上多了一个高个子傩师。那傩师与众不同，身穿五彩法衣，胸围战叉腰带，手提青龙偃月刀，像一尊威风凛凛的天神。傩面也很有特点，绛红色，眼睛暴突，眉如烈焰，唇若涂脂，髯长二尺，显得格外威猛。左瘸子告诉陈文，这是赫赫有名的关云长，人称关爷。关爷的身后，跟着黑面周仓，身穿战裙法衣，背插锦鸡毛，手执锋芒闪烁的宝剑。关爷的对面，站着另一个傩师，戴着蔡阳面具，提着大刀，身后跟着几个面目狰狞的部下。

关爷开口唱道，关爷我站在城墙上，过五关斩六将，击鼓三通斩蔡阳，二字下来二条龙，二神老爷显神通，手执金叉银弹子，万丈深塘锁蛟龙……

左瘸子说，他就是安如柏，演关爷。

陈文立刻被关爷吸引住了。他盯着他，生怕漏掉一个动作，一句唱词。不愧是关爷，唱腔铿锵有力，直冲云霄，传遍千山万壑。他唱一句，远远近近的山峰传来回响，一次次重复他的唱词。

蔡阳怒吼，甲子乙丑海中金，傩堂来的是何人？

关爷答，丙寅丁卯炉中火，高山顶上门不开，门外来的是谁人？

蔡阳唱，我是半天云间一把伞。

关爷唱，原是蔡阳老将到此。

蔡阳唱，今天你打我处过，赢我大刀才放行。

关爷答，兵对兵来将对将，奉劝老将莫阻挡……

两将挥舞大刀，开始激烈拼杀。一个似蛟龙，一个如猛虎，声响如雷，地动山摇，鬼哭狼嚎，日月无光。观众置身于烽火硝烟之中，不由惊惧变色。陈文死死盯着关爷，被他的风采迷住了。他的动作夸张有力，阳刚威猛，潇洒流畅；青龙偃月刀闪闪发亮，虎虎生威，舞得密不透风。蔡阳也不示弱，大刀左遮右挡，忽上忽下，忽左忽右。对打了九十九个回合，关羽略施小计，奋起神力，一声巨喝，将蔡阳斩落马下。台下沉寂片刻，陡然发出暴风骤雨般的喝彩声。

接下来，安如柏表演"踩红犁"。几个艺人将六块烧红的钢犁夹上来，摆成一个圆圈。安如柏挥挥手，让观众派出代表查看钢犁。几个人跑上去，陈文也跟着跑上去。他要亲自验证，安如柏有没有造假。刚走到犁头边，立刻感到一股灼热的气息扑面而来。安如柏脱掉鞋子，口中念念有词，赤脚走上钢犁，立刻腾起一阵烟雾。几个助手不间断地往犁头喷酒、煤油或桐油，烟雾缭绕，蓝光闪耀，热浪汹涌，吱吱乱叫。安如柏吟唱不绝，踩着犁头转圈，像一只灵巧的燕子。观众大惊失色，面面相觑，安如柏却面色自若，谈笑风生。

最后，安如柏表演拿手绝活"开红山"。只见他一只手举起尖刀，对准额头；另一只手举起锤子，敲击刀柄。众人屏住呼吸，大气不敢出。所有锣鼓声全停下来，全场只有锤子敲击刀柄的叮当声，清脆响亮。伴着叮叮当当的敲击声，刀锋慢慢钉入额头。安如柏面不改色，头顶寒光闪闪的刀子，要来一壶酒，走下戏台，依次给客人敬"红山酒"。一圈下来，他迈着稳健的步子，重新回到戏台。锣鼓忽然大作，安如柏丢掉酒壶，边跳边唱，载歌载舞。连跳了三段之后，跪在戏台中央，请一个领导模样的嘉宾上台，将额头的刀子拔出。嘉宾举起刀子，朝台下亮了亮，一点血迹也没有。台下死一般寂静，陡然发出惊天动地的吼叫。

安如柏表演完毕，回到了后台。左瘸子拍了陈文一巴掌，说，怎么样，我没骗你吧。陈文从惊愕中醒过来，搓着手说，想不到啊，世上真有这种神人。

左瘸子的手机叫起来，是颜白凤打来的，说家里有事，叫他赶紧回去。

陈文撇撇嘴，能有什么事？好不容易来一趟，多玩两天吧。

不行不行，我得先走，你三嫂那脾气，我惹不起。

你等等吧，你喝了酒，最好别骑车。

左瘸子呵呵笑道，你担心我摔倒啊？放心吧，老子闭着眼也能跑回去。我们再赌一把吧，三瓶好酒。如果我摔倒，算我输；如果我平安无事，算你输。

陈文说，赌就赌，谁怕谁。

七

散场后，陈文去戏班子找安如柏。傩师们说说笑笑，正在换装。脱下演出服后，他们跟普通人没什么两样。或者说，还不及普通人。他们大多是五六十岁的汉子，面色黝黑，额头皱纹纵横，头发已经花白，比一般的庄稼汉还像庄稼汉。陈文有点瞧不起他们，心想，什么玩意儿？比起安如柏，算什么傩师？

陈文转了好半天，没找到安如柏。略一思索，走到一个裹旱烟袋的傩师身边，发了支烟，问他是否看见安如柏。傩师接过烟，指着东边说，他刚走了。

陈文说，我找他有事，怎样才能找到他？

傩师说，这样吧，你跟我走，我们住同一个村子。

大概走了半小时，眼前出现一个村子。村子有个奇怪的名字，白马村。傩师告诉陈文，民国年间，老辈人为躲避兵灾，逃到这个山旮旯儿里。他们在一个有月亮的晚上走进这里，远远地看见几匹白马，闪着银子般的光芒，云朵般飘忽。老辈人认为，那些白马是银子变的。于是，他们在这里住下来，并取名为白马村。多少年已经过去，他们费尽九牛二虎之力，也没有找到银子。不过，这里却盛产傩师。也许，那些飘忽的白马，已赋予村民们某种神秘的宿命。

一钩弯月升起来，冷冷地挂在青色的天空。站在村庄后面的山上，村子尽收眼底。这是一个贵州山区常见的小村庄，也就几十户人家吧。有平房，有瓦房，稀稀疏疏地分散在树林中。

傩师指着一棵大椿树说，树下那幢瓦房，就是安如柏家。

陈文的手机突兀地叫起来，是吴丽云打来的。陈文看了看，直接挂掉。傩师问，怎么不接？陈文说，骚扰电话。正说着，手机又叫起来，陈文觉得心烦，直接关掉。

陈文跟着傩师，踩着干冷干冷的月光，走到大椿树下。月光下的瓦房默然而立，显得有点破败。屋里没开灯。屋檐下坐着个黑影，吧唧吧唧吸水烟筒，火光忽闪忽闪，映出一张古铜色的脸。傩师走上去，说，老安，有人找你。

那人没说话，继续吸水烟筒。

傩师又说，老安，客人带到了，你招呼招呼吧。

那人放下水烟筒，扭头对陈文说，你找我？有什么事情？

月光被屋檐挡住，看不清那人的脸。他坐在阴影里，蜷缩着脊背，像一把弯弓；嗓音含混不清，喉咙里仿佛堵着浓痰。凭感觉，这是个老家伙。陈文把嘴巴凑近傩师的耳朵，悄声问，他是安如柏？是不是搞错了？

傩师似乎没有听见，大声说，我有事，先走了，你们聊。

傩师转身走进朦胧的月光。阴影里的那张弓站起来，招呼陈文进屋。打开灯，整个屋子亮堂起来。陈文没有猜错，他果然是个六七十岁的糟老头。瘦，驼背，个子特别高，像只长颈鹿。面孔黧黑，如煤。头发全白了，在灯下格外扎眼。眼眶凹陷，眉毛稀疏，塌鼻子，阔嘴巴，长长的白胡子。

小兄弟，随便坐。老头说。

陈文说，老人家，我找安如柏。

老头笑了笑，缓缓说，安如柏？安如柏就是我。

什么？陈文站起来，看着老头说，老人家，你真会开玩笑。

老头抬眼看看他，说，我一把年纪了，骗你干啥？

陈文说，你就是今天表演的那个安如柏？

对啊，在整个傩镇，叫安如柏的傩师就我一个。

可是，可是，这怎么可能？

老人笑笑，打开一个木箱，里面摆满了各种傩面。老人取出一张傩面，朝陈文晃了晃，说，你看看。老头说着，举起傩面，缓缓戴到脸上。刹那间，如同变戏法似的，老头获得了重生：绛红色的脸，眼睛暴突，眉如烈焰，唇若涂脂，两尺长的胡子。站在陈文面前的，哪里还是老态龙钟的糟老头，而是威风凛凛的关爷。陈文目瞪口呆，看着近在咫尺的关爷，一句话也说不出来。关爷伸手抓过靠在墙上的青龙偃月刀（表演道具，不是真刀），挺胸抬头，怒喝一声，唱道——

关爷我站在城墙上，过五关斩六将，击鼓三通斩蔡阳，二字下来二条龙，二神老爷显神通，手执金叉银弹子，万丈深塘锁蛟龙……

唱腔铿锵有力，动作阳刚威猛，青龙偃月刀闪闪发光，跟戏台上的安如柏没什么两样。刀光晃动，密不透风，寒意扑面而来。陈文退到墙壁边，哆嗦着嘴唇，浑身颤抖，一句话也说不出来。

一曲终了，关爷放下大刀，揭下面具，转眼又变成枯瘦的干巴老头。

陈文鞠了一个躬，说，安老前辈，真的是你啊。

安如柏笑笑。

陈文喘了口气，说，安老前辈，你演得真好啊。

安如柏说，兄弟，你这话说错了，不是我演得好，而是神灵法力无边，神通广大。你看看我，一把老骨头，如果没有神灵附体，我能演什么？

陈文说，我不太懂你的意思。

摘下面具是人，戴上面具是神，就这么简单。安如柏指着箱子里的傩面说，这些傩面，都是有神性的。简单点说，戴上傩公的傩面，就能成为傩公；戴上关爷的傩面，就能成为关爷；戴上钟馗的傩面，就能成为钟馗。所以说，不是我厉害，是这些傩神厉害。没有他们显灵保佑，我什么也演不了。

安如柏拿出一张面具，说，你看看，这是开山猛将。

说着，举起面具，戴到脸上。转眼间，安如柏消失了，站在陈文面前的，是一位凶猛异常的将军。他的样子很吓人，头上双角，嘴吐獠牙，眼睛暴突。随着一声怒喝，只见他抓起金爪月斧（表演道具），边舞边唱：

> 一打天开，二打地平，三打人长寿，四打鬼消除。一砍东方甲乙木，木上根生说不清，木精木怪砍出去，金青地戏子出坛门……

唱完一段，摘下面具，转眼又变成干巴巴的糟老头。

陈文喘着气说，安老前辈，你真厉害。

安如柏摆摆手，严肃地说，我说过，是傩神厉害。

陈文想了想，说，安老前辈，我有个请求。

你说啊。

我想买关爷的傩面。

这好办啊，去风情街的傩面店，想买多少买多少。

陈文说，我出一千元，就买你手里的关爷。

安如柏摸了摸胡须，说，甭说一千元，一万元也不卖。

陈文见他的脸色不好看，就说，好吧，这件事就当我没提过。

陈文从包里拿出一条烟、两瓶酒，放在桌子上。

你这是干什么？安如柏问。

陈文说，安老前辈，我还有一个不情之请，教我唱一段关公戏吧。

安如柏叹息说，唉，你这又是何苦呢？学这东西有什么用？这年头，谁还把傩戏当回事？就说我的那两个儿子吧，我一心一意要把傩戏传给他们，结果怎么样？拍拍屁股跑了，说要去城里挣大钱。我求他们，叫他们回来唱傩戏，他们却说我是古董，跟不上时代。你看看，现在演傩戏的，还有什么人？都是些半截身子埋进泥巴的老头子。等我们这些老家伙走后，傩戏也就死了。

安如柏望着窗外的月光，眼神显得格外沧桑凄凉。

陈文说，别那样说，我就很喜欢。

安如柏说，这样吧，既然你有这个心，就教你哼几句吧。

安如柏摆开架势，开始传授傩戏。他表情丰富，唱腔多变，时悲时喜时忧时愁，时而豪放时而凄婉，时而洒脱时而多情。不知不觉中，陈文陷入到一个古老神秘的世界中。他模仿安如柏的样子，小声哼唱起来。

不知过了多久，安如柏靠着椅子睡着了。

陈文拿起关爷的傩面，装进皮包，丢下一千块钱，蹑手蹑脚溜出了安家。

弯月已经偏西，谁家的鸡忽然叫起来。

八

天麻麻亮，陈文提着袋子，踩着霜白的月光，走到了风情街。

街道灰蒙蒙的，两边店面紧闭，一个人影也没有。很意外，当他从街这头走到街那头时，竟然看见一家店面开了道缝。他走上去敲门，探出一颗蓬头垢面的脑袋，气呼呼地说，还没开门呢。陈文掏出一张五十元的票子，说，大姐，两包方便面，零钱就不找了。女人一把抢过钱，扔给陈文两包康师傅。陈文本想要点开水，但她已经露出嫌弃的神色，砰的一下关上了门。

陈文嚼着方便面，丢下冷冷清清的风情街，往高坡村的方向走去。方便面真不对他的胃口，干巴巴的，有股令人作呕的味道。但有什么办法呢，只能将就将就了。要走几个小时的山路，不往肚子填点东西，怎么支撑得住？他皱着眉头，使劲吞咽着方便面，迎着嗖嗖冷风，大步向山上走去。

山路时上时下，时左时右，长蛇般绕来绕去。陈文嚼了两袋方便面，抖擞抖擞精神，走向萧索苍黄的大山。看看四周，除了光秃秃的树木，就是黑褐色的石头。虽是早晨，天色却没有变亮，反而越来越暗。头顶的天空堆满乌云，像无数只张开翅膀的乌鸦。北风呼啸，卷下一场大雪，恍若破碎的棉絮。

陈文拉紧大衣，迎着大雪往前走去。道路上一个人也没有，只听见脚底发出咔嚓咔嚓的响声，还有风雪飞过的窸窣声。天地间白茫茫一片，笼罩于一片迷茫之中。除了簌簌飞过的雪花，这个世界好像再没有活物。平日飞来窜去的鸟儿，一夜之间销声匿迹，仿佛已被大雪埋葬，如同僵硬的石头。

陈文望望四周，停下脚步，打开皮包，取出关爷的傩面，捧在手里，目不转睛地望着它。傩面呈绛红色，眼睛暴突，眉如烈焰，唇若涂脂，髯长二尺。不错，这就是关爷的傩面，只要戴上它，他就能摇身一变，成为无所不能的关爷。只要成了关爷，他就能挥舞青龙偃月刀，斩杀妖魔鬼怪，佛挡杀佛，人挡杀人。

陈文又看看四周，一个人影也没有。他颤抖着，鞠了三个躬，慢慢举起傩面，戴到脸上。刹那间，身体深处涌起一种奇异的力量，他感觉自己正在膨胀：手脚变长，拳头变粗，腰杆变直，个子变高。他一时恍惚起来，觉得自己变成顶天立地的天神，居高临下俯视千山万壑。此时此刻，他不再是陈文，而是关爷，挺立于天地之间。他抓起一根木棍，大吼一声，朝天挥舞起来，唱道——

> 关爷我站在城墙上，过五关斩六将，击鼓三通斩蔡阳，二字下来二条龙，二神老爷显神通，手执金叉银弹子，万丈深塘锁蛟龙……

陈文手舞足蹈，唱腔高亢如云，千山万壑回声不绝。他挥舞青龙偃月刀，冲进纷纷扬扬的大雪。蔡阳骑着战马，正在前方奔跑，卷起一阵阵风雪。他盯着他的背影，死死咬住不放，誓要将他斩于马下。忽然，蔡阳回过头来，变成了龙云江。胯下的马也不是马，而是红色摩托。狗日的，披了身盔甲，就冒充将军啊。管他是谁，今天都逃不过，神刀已举起，怎能无功而返？

关爷举起青龙偃月刀，圆睁巨眼，吼声如雷，满山冰雪惊慌飘落。前方一片迷茫，龙云江的背影忽隐忽现；红色摩托忽明忽暗，像一团风中火焰。关爷发出一声怒吼，催动胯下战马，如苍鹰展翅，猛虎下山。刹那间，青龙偃月刀挟着风声，以雷霆之力，劈向龙云江的脑袋。龙云江回头望了一眼，啊地叫一声，从摩托上扑通掉落，倒在雪地上。脑袋飞起，冲破层层大雪，在空中回旋飞翔，发出悲惨的怪叫。关爷睁着巨眼，盯着脑袋上那双蓝幽幽的眼睛，直至它渐渐熄灭。过了许久，那颗脑袋发出一声长叹，闭上眼睛，砸到雪地上。

大雪骤然停止，天地间变得格外安静。风停了，云散了，世界一片白茫茫。就连那些灰不溜秋的石头，也变成白色元宝。天空无比清亮，仿佛一块玻璃。陈文摘下面具，顿觉天地广阔酣畅淋漓，多日的郁闷烦愁一扫而光。

脚印渐渐多起来，重重叠叠，印在雪地上，格外扎眼。陈文拉紧大衣，哆嗦着走进村子，却感到了某种不同寻常的气氛。人影晃动，传来杂乱的说话声，还有哭喊声。就连平时蔫头耷脑的狗，也变得格外兴奋，仰头朝天空狂吠。

陈文懒得过问，继续往村中走去。有人冲他指指点点，嘀嘀咕咕，他也懒得理睬。陈文并不知道，在人们的眼中，他胡子拉碴，眼睛血红，面色黧黑，全身沾满污泥，跟一只鬼差不多。这个诡异的早晨，他们看着陈文提着黑色包裹，鬼鬼祟祟地走进村子。奇怪，他的脚掌落到雪地上，竟然没有一点声响。有人说，他撞邪了，如同幽灵。也有人说，他成了叫花子。还有人说，他身上有股鬼气。总之，那个早上的陈文让人们不安，就像一只不祥的乌鸦。

陈文走到家门口，正碰上吴丽云出门，很匆忙的样子。

吴丽云看见陈文，如见了鬼，一下愣住了。

陈文说，干啥？不认识我？

吴丽云忽然叫起来，你死哪里去了？你知道吗，左瘸子死了！

陈文惊愕地看着她。

左瘸子死了，我过去帮忙！

吴丽云说完，丢下陈文，一溜烟走了。

九

左瘸子是摔死的，死得真叫一个惨。

离开风情街后，左瘸子骑着摩托，哼着小曲赶回高坡。他小瞧了那条路，把摩托开得飞快。记不清有多少次了，他载着颜白凤，风驰电掣地从路上跑过，屁事也没有。他熟悉那条路，就像熟悉自己的手掌。他说过，就算闭上眼，也能骑上摩托跑回高坡。谁能想到呢？那条不哼不哈的路暗中使绊子，将他摔下悬崖。他的运气很不好，恰好砸在一块巨石上，身体被摔散了，当场一命呜呼。左瘸子飞落悬崖的一幕，恰好被一个开大车的司机看见。他当即报了警。

陈文拿了两刀纸，几把香，去左瘸子家。左家已来了不少人，闹哄哄的。平时死气沉沉的村庄，竟一下子冒钻出这么多人。就连一些在外打工的，也不知从什么地方钻出来了。陈树林挥舞手臂，大声吆喝着，指挥众人劈柴、烧水、推磨、烧火、搭帐篷。陈文低着头，避开忙碌的男女，去找他的好兄弟。堂屋正中卧着一口黑漆漆的棺材，棺材前放着一口铁锅、一尊香炉，烟雾缭绕。灵位上摆着左瘸子的黑白照，没心没肺地看着他笑。陈文愣了一下，丢下纸和香，喊了一声三哥，扑通跪下去，以头咚咚叩地。颜白凤哭喊着冲过来，抓住陈文的衣领，死命将他往外拖。陈文央求说，嫂子，让我给三哥上一炷香吧。颜白凤说，你走，他没那种福气。陈文流着泪说，嫂子，对不起。颜白凤说，你害死了他，还好意思见他？陈文说，我，我没有。颜白凤说，如果不去傩镇，他会摔下悬崖？明知道他喝了酒，咋让他一个人回来？给你打电话，为啥关机？老左躺在悬崖下的时候，你在哪里？好端端一个人，被硬生生摔散了，你知道有多痛吗？

陈树林闻声赶来，拦住颜白凤，对陈文说，哥，你回去吧。

颜白凤号啕大哭，指着陈文说，走，赶紧走，我不想看见你。

陈树林抱住陈文的肩膀，低声说，听我的，先回去吧。

陈文鞠了三躬，与他的三哥对视了一会儿，缓缓转过身子。人们自动闪开，形成一条狭长的通道。陈文盯着地面，穿过众人的眼光，垂着脑袋走向公路。这时，龙云江从对面走来，穿着西装打着领结，手里拿着一个笔记本。他的身后，跟着一串后生，或扛桌子，或提条凳，或端着碗筷，或拎着小锅大锅。按惯例，谁家有红白喜事，由主家委托管事，一一登门拜访，借用各种用具。谁家借了什么，须由管事一一作好登记，等主人家办完事后，再由管事领着人把用具一一送还，并表示感谢。管事不是谁都可以担任的，须是有头有脸或德高望重的人。在高坡村，一般由龙云江和陈树林共同担任管事，一个主管，一个副管。谁主谁副，由主人家根据情况确定。看这形势，左家的主管应该是龙云江，副管是陈树林。

龙云江走到陈文的面前，大声说，陈文，你把三哥害惨了。

陈文好像被马蜂叮了一口，抬起头瞪着龙云江。

你说你，看什么傩戏嘛，把三哥的命贴进去了。

陈文冷笑，放屁，害死三哥的不是我，是你。

是我？笑话，你脑子进水了吧。

就是你，是你害死了三哥。

龙云江提高声音说，大家评评理，到底是谁害死了三哥。

人们围上来，对陈文指指点点，有的说他不讲理，有的说他不仗义，有的说他不该让左瘸子喝酒，有的说他该为左瘸子的死负责任……陈文抬起头，满眼是一张张喷着唾沫的嘴巴，一根根指向他的手指。他捂住耳朵，对龙云江大声吼道，害死三哥的不是我，是他！

龙云江说，陈文，你是不是喝醉了。

陈文扒开龙云江的手，说，你他妈才喝醉了。

龙云江挥挥手，大声说，来几个人，送他回去休息。

几条汉子应声而出，将陈文摁倒在地。陈树林跑过来，喝令众人散开，把陈文从地上扶起来，拍了拍他身上的泥土。吴丽云从人群中钻出来，抓住陈文的胳膊说，回去吧，不要闹了。陈文甩开她的手，大声吼道，少啰唆，不要你管。吴丽云拽住他，咬牙切齿地说，回去，别在这里丢人现眼。陈文举起巴掌，吴丽云把脸迎上去，说，有本事，往这里打。

陈树林沉声说，先回去，有什么事以后再说，今天是三哥的大事。

可是，我没想害死三哥，真的没有。陈文低声说。

我知道，三嫂在气头上，不要介意，先回去吧。

陈文仰起灰黑的脸，看了看一张张兴奋的脸，一双双灯笼似的眼睛，摇了摇头，惨然一笑，好吧，我走。一边说，一边掉过头，迈开步子，撞进大雾，刹那间只剩下一团灰色。吴丽云冲众人鞠了一躬，撒腿朝陈文追去。

回到家，陈文关上门，坐在火炉边发呆。吴丽云说，不要多想，三嫂在气头上，过几天就好了。陈文不说话，起身找来剪刀纸张，低头忙活起来。吴丽云说，你要干什么？陈文一声不吭，埋头干活，不一会儿工夫，剪成一个纸人，像左瘸子一样干瘦单薄。他放下剪刀，把纸人放到神龛上，点上长明灯，上三炷香，鞠三个躬，把香插在神龛面前。随后，他找来一口破锅，跪在纸人面前，开始烧纸。吴丽云说，陈文，你要干什么？陈文说，你没看见，我在给三哥烧纸。

你脑壳被驴踢坏了？哪有在自家屋里供奉别人的？

少啰唆，我的事不要你管。

陈文烧完纸，打开黑色提包，把傩面取出来。吴丽云吓了一跳，说，什么鬼东西？陈文不回答，把傩面戴到脸上。陈文消失了，吴丽云的面前，站着一条凶神恶煞的红脸大汉。吴丽云颤声说，陈文，你要干什么？

陈文一声不吭，捡起墙脚的斧子，找来一块木头，略微思索一会儿，开始动手干活。多年以前，陈文干过几天木匠，虽然改行了，但用斧的功夫还没有丢。他挥动斧头，忽高忽低，忽深忽浅，忽快忽慢，像一场舞蹈。砍斫声富有节奏，忽长忽短，忽轻忽重，忽急忽缓，起转承合抑扬顿挫恰到好处。听着咚咚咚的声响，吴丽云不禁有点恍惚，她想起了多年前那个让她一次次失眠的年轻木匠。

渐渐地，木头变了样子，呈现出一把刀的形状。他的动作慢下来，眉头时而舒展，时而紧皱，下刀格外小心，砍砍停停，精雕细刻。最后，他丢下斧头，双眼发光，脸上露出神秘的笑容。吴丽云惊异地看着他，问，你这是要唱哪一出？陈文把木头举起来，朗声说，这是青龙偃月刀。吴丽云扑哧笑了，说，刀？一块破木头罢了。陈文没有笑，沉声说，不是木头，是青龙偃月刀。

陈文鞠了一躬，说，三哥，你死得冤啊。

吴丽云说，过去的事情，别提了。

要不是龙云江，三哥也不会死。

别说胡话，行吗？三哥的死，与龙云江无关。

你给我闭嘴，如果不是龙云江，我们会去傩镇吗？

吴丽云看着他，觉得无比陌生，实在无法理解。

陈文挺胸，抬头，踢腿，伸手，举刀，怒喝一声，唱道——

关爷我站在城墙上，过五关斩六将，击鼓三通斩蔡阳，二字下来二条龙，二神老爷显神通，手执金叉银弹子，万丈深塘锁蛟龙……

看着手舞足蹈的陈文，吴丽云感到前所未有的恐惧。她看着他绛红的脸庞，暴突的眼睛，烈焰般的浓眉，茂密异常的胡子，觉得这根本不是陈文，而是一只恶鬼。她产生一种冲动，跑出这扇门，逃出这间屋。

可是，她不敢动，害怕激怒了他，会被劈成两半。她哆嗦起来，颤声说，陈文，你疯了？

陈文唱完一段，拿下面具，又变成了她熟悉的陈文。

十

丧事期间，陈文成天把自己关在家中，拜纸人，焚香，烧纸，戴面具，舞木刀，唱戏。这事传开后，村里人都说陈文疯了。

为了把陈文拉回来，吴丽云用尽了各种办法。她给他做辣子鸡蛋面，可他最多吃上几口，就丢到一边。她试着和他聊天，他却无动于衷，冷硬如石。她要陪他到处走走，他却不愿出门，宁愿戴着面具，对着纸人又唱又跳。她把微信上看到的笑话讲给他听，他却面无表情，铁板一块。她给他唱山歌，他却提着木刀乱叫乱吼，根本听不进去。晚上躺在床上，她温柔地贴着他，揉捏他下身的物件，试图让那个凶猛如虎的陈文醒过来。可她揉来揉去，那东西仍是条死老蛇。吴丽云的心中涌起无边的恐惧，一个念头在脑海盘桓，陈文难道成了废人？

白天，陈文跪在纸人面前，摆上供品，焚香烧纸，戴上傩面，挥舞木刀，又跳又唱。他真是个当傩师的料，那些拗口的唱词，他张口就来，若有神助。夜深人静，他坐在纸人面前，摆上一壶酒，低声嘟囔着什么。吴丽云叫他睡觉，他说他要和三哥聊聊天，好好喝上两口。吴丽云不放心，想要陪他一起坐，他却死活不同意，说什么男人吹牛喝酒，女人家坐在旁边算什么事。吴丽云没办法，索性随他折腾，自己上床睡觉。她裹在被窝里，听见说话声隐隐约约地从堂屋里传过来，不时夹杂着笑声。她不由头皮发麻，恍惚觉得堂屋里除了陈文，还有另外一个人。想起左瘸子血肉模糊的样子，不由得浑身发抖，蜷成一团。

　　头七的晚上，滴水成冰，冷入骨髓。吴丽云已经入睡，陈文仍坐在灵位前，不停地跟纸人说话。夜深了，万籁俱寂，偶有积雪从树枝上跌落，发出噼啪一声响。陈文端着一碗酒，坐在纸人面前，絮絮叨叨地说着什么。忽然来一阵风，大门嘎吱开了。陈文转过身，看见左瘸子一歪一拐地走进来。他老多了，满头白发飘飘，脸上伤痕累累，胡子野草般茂盛。一阵风吹过，大门缓缓关上，竟没有一点声音。左瘸子步履蹒跚，拖着沉重的步子，一步步走到牌位前，端起一个酒碗，跟陈文碰了碰，一饮而尽。陈文赶紧拉了一张椅子，塞到他的屁股下面。左瘸子坐在陈文的面前，看着纸人说，这是我吗？陈文说，是的。左瘸子说，你的意思，我已经死了？陈文端起酒杯，与左瘸子碰了一下，说，三哥，你怎么来了？左瘸子叹了口气，唉，那边太孤单太冷清，实在受不了，过来找你喝酒。陈文看了看左瘸子，问，三哥，你从没输过，这一次怎么搞的，从那么高的悬崖上掉下去。左瘸子说，唉，别提了，多喝了几口酒。陈文说，伤口还疼吗？是不是好点了？左瘸子说，疼得厉害，这辈子估计好不了。一边说，一边挽起裤脚，让陈文看。腿上的肉已经溃烂，稍微动一动，腐肉哗啦啦掉落。左瘸子放下裤脚，又拉开衣服，露出一排雪白的胸腔骨，腹里的心肝肠胃肺裸露无遗，晃来晃去。陈文想说几句安慰的话，但有一只巨手捏住喉咙，一个字也挤不出来。左瘸子拉上衣服，朝陈文笑了笑，伸手捋了捋头发，只见满头白发哗啦掉落，露出一颗支离破碎的脑袋，能够看见豆腐脑一样的脑髓。陈文目瞪口呆，整个人完全傻掉了。左瘸子捡起头发，戴在头顶，拉了拉脸皮，又成了正常人。

　　他们坐在灯下，一边喝酒，一边聊天。不知不觉中，两瓶老白干见了底。陈文起身拿酒，左瘸子拉住他，说差不多了，他要走了。陈文说继续喝，一直喝到天亮。左瘸子长叹一声，面露悲戚之色。他告诉陈文，从今以后，他将彻底属于那边，再也不可能过来。他这次来，一是跟陈文聊天，道个别；二是托陈文帮忙照看颜白凤，不许任何人欺负她。陈文说，三哥，放心吧，三嫂的事，就是我的事；谁跟三嫂过不去，就是跟我过不去。左瘸子说，那就好，我放心了。陈文说，我去拿酒，继续喝。左瘸子说，不行，鸡要叫了，我得走了。

　　陈文拦住左瘸子，一把抓住他的手。他骇然看见，左瘸子手上的肉一块块剥落，眨眼间只剩下五根枯白的骨头。一阵风吹过，左瘸子的头发似大雪飘落，露出支离破碎的头骨。他咧开嘴，努力笑了一下。那是左瘸子留给陈文的最后一个笑容，只一眨眼的工夫，他的面部冒起青烟，嘴巴耳朵眉毛鼻子无声剥落，脸孔化为灰烬。陈文来不及叫一声，他已分崩离析，消失在空气中。

　　左瘸子下葬后，陈文仍没有撤去神龛上的灵位。吴丽云劝她，死者入土为安，也该消停消停了。他听不进去，瞪着血红的眼睛，举起那根破木头，叫她闭嘴。吴丽云搞不懂，好端端的一个人，怎么变成这样。

　　渐渐地，傩面就像长在陈文的脸上，成了陈文的一张脸。他天天戴着它，时刻戴着它，就连洗脸睡觉的时候，他也不肯摘下来。天天面对傩面，吴丽云产生一种异样的感觉，她面对的不再是陈文，而是一尊凶神恶煞的神。她一次次苦劝陈文，叫他把面具取下来，但陈文听不进去，动不动就瞪眼，举刀，唱戏。晚上躺在床上，吴丽云看着那张绛红色的怪脸，怎么也睡不着。有一次，她趁陈文睡着的时候，想把面具偷偷取下来，谁料那面具纹丝不动，仿佛已经长进陈文的血肉里。就这样，关公的面具成了陈文的脸，而陈文从这个世界消失了。

　　一个有雾的早晨，吴丽云有事外出。陈文找来一个提篮，装上几捆草纸，一把香，两瓶酒，几个水果，走出了家门。高坡村笼罩在大雾之中，几步之外看不清人。大雾饱含水分，缓缓地移动着。风并不大，却冷如刀子，满世界乱飞。偶尔遇上几个灰色的人，瞪着灰黑的眼睛，惊愕地看着他。陈文懒得理睬，踩着潮湿的路面，从容不迫地向前走。

穿过烟雾缭绕的灌木，看见一个光秃秃的土堆，孤零零地卧在草丛里。真没想到，左瘸子那么大个人，竟窝在如此低矮的土堆里，该有多憋屈啊。陈文叫了声三哥，扑通跪了下去。摆上酒，摆上水果，上香烧纸。雾蒙蒙的树林中，立刻腾起了耀眼的火焰。他拿起一瓶酒，拧开瓶盖，放在坟前说，三哥，这是你的。拿起另一瓶酒，拧开瓶盖，说，这是我的。顿了顿，取下面具说，三哥，我陪你好好喝上几杯。坟堆沉默，野草抖动。陈文说，三哥，来，走一个。

返回的路上，陈文又看见了摩托新鲜的车辙。追到车辙的尽头，他又看见龙云江的豪爵，站在左家的屋檐下，闪烁着刺眼的光芒。陈文犹豫了一下，竖起耳朵，猫腰走到窗下。屋里传来了龙云江的说话声，还有颜白凤的嬉笑。他屏住气息，迅速离开了左家，撞开大雾的纠缠，撒腿往家跑去。十几分钟后，他踹开门，冲进屋子。一眨眼的工夫，他提上木刀，转身跑了出来。

赶到左家的时候，摩托已不见踪影。陈文骂了声狗娘养的，挥舞木刀，转身奔龙云江家而去。一条狗从雾中钻出来，跟着他一路小跑。陈文说，狗东西，滚开。那狗不听，死皮赖脸地跟着他。陈文怒吼一声，木刀带着风声，劈向狗的脑袋。那狗哀嚎一声，夹着尾巴跑了。陈文举起木刀，大吼一声，唱道——

关爷我站在城墙上，过五关斩六将，击鼓三通斩蔡阳，二字下来二条龙，二神老爷显神通，手执金叉银弹子，万丈深塘锁蛟龙……

陈文边舞边唱，赶到龙云江家的门口，绕房转了一圈，却没见到摩托。走上前打门，半天没有动静。陈文很生气，一脚把门踢开，屋里传来一声尖叫。他闯进去，只见黄菊人蜷缩在床上，双手蒙脸，瑟瑟发抖。她的身边躺着一个婴儿，嘟着小嘴，举着两只小拳头，呼吸均匀，睡得很香。

陈文弯下腰，抬起黄菊人的脸，问，龙云江呢？

黄菊人啊了一声，瞳孔骤然放大，一句话也说不出来。

陈文抓住她的肩膀，大声问，龙云江呢？

黄菊人机械地摇了摇头，一声不吭。

陈文推了推黄菊人，不小心碰着她结实饱满的胸部，热血轰然涌上头顶。刹那间，眼前又闪出那辆红色的摩托，站在他家的屋檐下，像一匹趾高气扬的枣红马。他骂了声娘，用力将黄菊人摁住，一下扯开了她胸前的衣服。黄菊人吓坏了，双手捂住胸部，满脸惊恐地看着他。婴儿忽然睁开清澈的大眼睛，看了看戴着傩面的陈文，哇的一声哭起来。

陈文如遭雷击，怔怔地看着黄菊人。

黄菊人如梦初醒，赶紧拉上衣服，抱起了孩子。

陈文忽然扬起手，狠狠抽了自己一耳光。

黄菊人把乳头塞进孩子的嘴里，低头说，你走吧。

对不起。陈文弯下腰，鞠了个躬。

这时，龙云江带着几条汉子，气势汹汹地冲进来。

十一

面对民警的审问，陈文东拉西扯，颠三倒四，乱七八糟，文不对题，乱叫乱唱。有时候，他抬头望着上方，脸上浮现出古怪的笑容，仿佛陷入了另一个世界。有时候，他忽然站起来，摆动双臂，唱起稀奇古怪的戏文。更过分的是，民警拍桌子，他也拍桌子；民警吼叫，他也吼叫。民警们气坏了，忍不住给他开了次"小灶"，结果还是老样子。所长对手下说，再去问问，这小子八成是个疯子。

龙云江不这样认为。在他看来，陈文不过是装疯卖傻。那个大雾弥漫的早晨，陈文趁他外出，手持大刀，闯入他家，将黄菊人摁在床上，试图实施性侵。要不是他及时赶到，后果不堪设想。陈文精心选择时间，足见头脑清醒，心思缜密，谋划已久，怎么可能是疯子呢？虽然强奸未遂，但这事给黄菊人造成了巨大的心理伤害，也让他们的孩子受到惊吓，还给他造成了心理创伤，必须让陈文为所作所为付出应有的代价，比如关个三年五年，赔偿精神损失费等。

吴丽云一把鼻涕一把泪，向民警讲述陈文种种怪异的表现。村民们也证实，陈文这次回来，整个人很不对劲。比如，在家里供奉纸人，戴着面具乱跑，唱稀奇古怪的调子，成天举着一根破木头，偏说是青龙偃月刀。种种迹象表明，陈文可能受到了什么刺激，大脑出现了问题。还有，陈文平时见到龙云江就像耗子见到猫，走路都要绕着走。可这次，他竟敢对黄菊人下手，这不是有病吗？

关键时刻，陈树林去了一趟派出所，跟所长谈了一番话。陈树林说，作为村主任，他以人格担保，陈文绝对是一个好人。这么多年来，陈文老实本分，胆小怕事，从未跟人红过脸。陈文懦弱到什么地步呢？就算走在路上，也害怕树叶子砸伤脑袋，担心踩死蚂蚁。这样一个人，如果处于正常状态，怎么敢与龙云江叫板？这只能说明一个问题，他有点不正常。这次事件，陈文确实做得不对，但也没有造成什么实质性的后果，能不能网开一面，给他一个机会？

离开的时候，陈树林拿出一沓资料图片，还有一个笔记本，郑重其事地交给了民警。民警翻开资料，原来是关于马鞍山采石场的举报材料。

让人匪夷所思的是，面对民警的询问，黄菊人表示放弃对陈文的追究。黄菊人告诉民警，她曾反对龙云江报警，但龙云江听不进去。她强调，陈文真的是一个好人，他只不过是陷入了戏里。也就是说，陈文沉迷于傩戏，一时鬼迷心窍，这才做出如此不合常理的事情。不过，他后来清醒了，不但跟她道歉，还扇了自己一耳光。她请求民警，释放陈文，不予追究。对此，龙云江大为光火。他指着黄菊人骂道，你他妈脑袋被驴踢了？陈文不是疯子，你他妈才是疯子。

在拘留所关了几天，陈文被放了出来。吴丽云穿戴一新，亲自去接陈文。她把他领到理发店，让理发师为他修剪乱糟糟的头发，剃掉脏兮兮的胡子。又陪着他去澡堂，要了个独立房间，把陈文脱得一丝不挂，亲自给他擦洗身体。彻底打理干净后，换上新衣、新裤、新鞋。陈文从拘留所穿出来的那套服装，被她揉成一团，扔进了垃圾桶。自始至终，陈文任由她摆布，显得格外腼腆。

吴丽云打量着焕然一新的陈文，笑着说，不错不错，像个新郎官。

陈文羞涩地笑了一下，说，回家吧，月亮要回来了。

好吧，我们回家，等月亮回来，好好过个大年。

腊月二十八，寒风卷落一场大雪。吴丽云挽着戴着傩面的陈文，沿着铺满积雪的公路，昂首挺胸走回高坡。三三两两的乌鸦站在光秃秃的树枝上，一动不动地看着路上移动的两个黑点。经过马鞍山时，他们停住了脚步。山头落满了雪，像一个披着白衣的男子，挺立在天地之间。昔日喧嚣的采石场变得安静肃穆，没有飘浮的灰尘，没有上沙子的女人，没有挥锤的工人，没有浓黑烟雾，就连日夜轰响的碎石机，也忽然成了哑巴。除了深刻纵横的凹槽，除了龇牙咧嘴的岩檐，整个世界仿佛无懈可击，看不见一点伤口。

吴丽云忽然说，你知道吗？采石场被关了。

关了？陈文看着吴丽云，不太明白她的意思。

是啊，关了，两天前的事。听说采石场没有证件，对山体造成严重破坏，而且存在重大安全隐患。民警和乡政府的工作人员组成联合执法小组，下发了《责令停工通知书》，要求限期将采石机械设备全部清理出场。

沉默了一会儿，陈文忽然说，把家里的钱全拿出来，加入天刺梨吧。

吴丽云抓紧他的胳膊，点点头说，行，你说了算。

陈文笑了笑，说，过了年，我不想出门了。

吴丽云说，随你，不出就不出。

陈文低下头，轻声说，我想去学傩戏。

好，随你，全听你的。

陈文与山对视了一会儿，拉了拉吴丽云，说，走，回家。

路上的脚印多起来，黑白分明，印在雪地上，格外扎眼。有人从屋里钻出来，惊讶地打量着这一对手牵手走来的新人，大声说，哎呀，回来了。

对，我们回来了。吴丽云高声大气。

打开家门，吴丽云柔声说，累了吧，休息一会儿。

陈文不吭声，将手搭在她的腰间。

饿不饿？我给你做辣子鸡蛋面。

陈文忽然弯下腰，将她一下子抱起来。

干吗，你干吗？吴丽云喊道。

吴丽云感觉身体渐渐丰盈，像一只气球飞了起来。

猴 人

　　候三死后，癫子老师写了一篇悼词，有如下两句：呜呼，为猴而生，因猴而死，岂不痛哉？村人说，此言极是，应该刻在候三的墓碑上。

　　候三候三，人如其名，身材短小，瘦削如猴，尖嘴猴腮，一双灵活的眼睛滴溜溜乱转，整个一副猴样。人们说，要是把候三扔进猴群，肯定没人能够认出他是人；如果让候三混在人群中，然后向陌生人提问，人群中有一只打扮成人的猴，请找出来，候三肯定在劫难逃。总之，候三的存在似乎是为了时不时提醒大家，人类是从猿猴进化而来的，猿猴是人类的祖先。

　　候三当了一辈子耍猴人，这是偶然中的必然，必然中的偶然。从外形上看，候三一副猴样，一举手一投足猴味十足，这似乎更能赢得猴的好感，便于与猴打成一片。换句话说，因为有了这样的外形优势，猴常常把候三当自己人，易于沟通交流。从性格上看，候三也与猴相似，天生喜动不喜静，动不动伸头缩颈，抓耳挠腮，手舞足蹈，叽叽喳喳。骗匠刘一明说过一句经典的话：要想让候三静下来，除非骗掉他。当然，没有人敢骗掉候三，他就只有像猴那样，欢蹦乱跳，嘻嘻哈哈，翻墙爬树，尽情展示猴人的风采。像他这样的人，就是猴类打进人类的奸细，是人类的叛徒，是猴类的卧底，猴见了他就备觉亲近。

候三是海子的第一个耍猴人，也是海子最后一个耍猴人。可以说，候三一生与猴密不可分，生以猴为伴，死以猴为邻。

候三的父亲叫候老栓，是个憨厚老实的农民，一辈子只知道土里刨食。就像一棵玉米秆子，只知道开花抽穗结棒子。为了增加收成，老栓在白岩脚开了块荒地，春种玉米，秋种麦子。白岩耸立在海子村后面，高峻陡峭，上面几乎全是裸露的白石，岩石上伸出一些稀稀疏疏的古树。偶有几只苍鹰张开翅膀，在高高的山顶盘旋徘徊，俯瞰着大地。白岩的半山腰，有一洞口，一股白玉般的泉水哗哗流出，形成一道瀑布，如一道白练，挂在白岩之上。洞口周围有许多纵横交错的石道，猴们大多居住在那里。白岩下是一大片荒野，长满了灌木杂草。老栓顶烈日，冒霜雪，披荆斩棘，硬是在荒野里开垦出了一块土地。白岩上食物匮乏，猴们常成群结伙来到岩下，寻找吃的。老栓的庄稼地成了猴的首选目标，尤其是玉米棒子快成熟的时候，这里常常上演猴子扳苞谷的闹剧。于是，猴子与老栓形成了一对不可调和的矛盾，经常进行针锋相对你死我活的战争。

为了防猴糟蹋庄稼，老栓绞尽脑汁，采取了种种手段。起初，老栓严重低估了猴的智商，采取了村人吓麻雀的方法，在地里立了个稻草人。不得不说，那稻草人编得真好，高高地站在玉米地里，像扛着大刀的士兵，威风凛凛，如同真人。把玉米地托付给稻草人后，老栓就放心地回家了。几日后，老栓重回地里，只见苞谷秆子东倒西歪，苞谷棒子几乎全被扳光。老栓气得骂爹骂娘，把稻草人踢倒在地，大卸八块。狗日的猴，连一个玉米棒子也没留下，一年的辛苦算白费了。第二年，候老栓不敢大意，决定亲自出马，保卫玉米。他手持棍子，潜伏在苞谷林里，放长线，钓大鱼。没想到，老栓精，猴更精。猴群先派出一只大猴到地边引诱挑逗老栓，冲他做鬼脸，龇牙咧嘴。老栓气坏了，狗日的猴，吃了豹子胆，竟然敢找上门来，眼里还有人吗？老栓怒吼着，挥舞着棍子，气势汹汹地朝大猴冲去。猴转身就跑，老栓咆哮着，紧追不放。猴不时回过头来，冲老栓扮鬼脸，发出吱吱吱的怪叫声。老栓气坏了，盯着猴的背影，一路死追下去。就这样，猴引着老栓，越跑越远。老栓汗如雨下，腰酸腿疼，再也跑不动了。他拄着棍子，大口喘着粗气。老栓停住，猴也停住。它歪过头，嘻嘻笑着，还拍了拍屁股。老栓怒火中烧，拿出吃奶的力气，高举木棍，朝猴猛扑过去。猴笑了一下，尖叫一声，猛然蹿进灌木丛中，消失不见。老栓无奈，只得拄着棍子，气急败坏地返回。当他回到玉米地时，只见地里一片狼藉，苞谷秆子倒的倒，折的折。老栓知道自己中了猴的调虎离山之计，一屁股坐在地上，大放悲声。狗日的猴，天杀的猴，断子绝孙的猴，满肚子诡计的猴，竟然把他当猴耍了。

　　无奈之下，老栓使出狠招，在地边搭了个窝棚，带着儿子候三长期驻扎，日夜看守。那些看守庄稼的日子，候三手持棍子，穿行在密不透风的苞谷林里。苞谷的叶子已经老了，又长又硬，如一把把锋利的宝剑，划得候三的脸颊生疼。候三烦透了，巴望早日结束这无聊的看守生活。有时候，候三抬头看看头顶高耸的白岩，不禁想到，猴真不容易啊，住在这悬崖绝壁上，吃什么啊？这样一想，候三的心里很不是滋味，就放松了对猴的戒备，看见猴扳苞谷，他也睁只眼，闭只眼。有些时候，趁父亲不注意，他还会扳几个玉米棒子，扔到猴经过的路口。

　　候老栓老实憨厚，却心细如发，地里多少玉米棒子，他心里明镜似的。不多久，他就愤怒地发现，尽管日夜巡逻，玉米棒子还是被猴子偷去不少。俗话说得好，蔫人出豹子。老实人一旦动怒，那绝对是动真格的。幸运的是，他没发现候三当了内奸，否则定会扭下儿子的脑袋当尿壶。老栓发誓要让猴们付出代价，他咬咬牙，忍痛掏钱买了几副铁夹子。一个月黑风高之夜，老栓神不知鬼不觉地把铁夹安装在事先看好的地段。据候老栓说，这些猴子鬼精，是孙悟空的后代，如果白天安装铁夹，一定会被它们的火眼金睛发现。

没过几天，猴就尝到了铁夹的厉害。猴并不知道老栓已经布下了机关，挖好了陷阱。它们从白岩上俯瞰窥探，没有看见老栓铁塔一样站在庄稼地里的身影。事实上，老栓此时正眯着眼，躺在窝棚里抽旱烟，腾起一阵一阵的烟雾，熏得候三咳嗽不断。老栓就是要让猴丧失警惕，从而大胆进入苞谷林，好好尝一尝铁夹的滋味。魔高一尺，道高一丈，猴再精始终是猴，老栓再笨始终是人。猴果然上当了，它们呼朋引类，牵儿带崽，嘻嘻哈哈，手舞足蹈，径直闯进了苞谷林，准备美餐一顿。忽然间，只听几声惨叫，几只猴踩在了铁夹上。猴越挣扎，夹得越紧，发出凄厉刺耳的哀嚎声，让人毛骨悚然。猴的队伍顿时一片混乱，看着龇牙咧嘴惨叫声声的同伴，它们抓耳挠腮，无计可施。这时候，候老栓拿着棍子，气势汹汹冲出来，高声骂道，狗日的，看你们往哪里跑。

猴终于知道，它们上当了。那个像煤炭一样的黑汉，精心抛下鱼饵，把它们像钓鱼一样钓了。面对气势汹汹的候老栓，一只大猴陡然发出一声长叫，乱哄哄的猴群顿时安静下来，肃然而立。风声过处，草尖丝丝颤抖，天地间仓皇变了颜色。大猴站在一块石头上，伸长手臂，仰面朝天，又发出一声尖啸。猴群宛如训练有素的士兵，听见了冲锋陷阵的命令，骤然发出惊天动地的喊叫，疯子似的扑进苞谷林，乱撕乱咬乱扯乱踏。片刻之间，玉米倒的倒，折的折，横七竖八，惨不忍睹。那只大猴又尖叫一声，猴们迅速逃散，片刻无影无踪，如一阵风吹过。候老栓回过神来，只看见玉米地一片零乱，还有几只在铁夹上凄厉尖叫的猴。候老栓双手抱头，蹲在地上，大放哀声：老天爷，我的玉米啊！

候老栓痛苦钻心，候三却高兴极了，终于可以结束无聊的看守生活了。更重要的是，还捉到了几只猴，这给他的生活增加了乐趣。候三把猴带回家，向土医张华佗讨了些草药，捣碎后敷在猴子的创处。过了几天，猴的伤口就愈合结疤了，变得精神抖擞，时不时发出叽叽哇哇的叫声。候三采来水果，扳来一些玉米棒子，请猴进餐。说来也怪，猴对候三有种天然的亲近，每次看见他，就像见到了久别重逢的兄弟，一窝蜂围住他，叽叽喳喳，打闹嬉戏。

候老栓因为玉米的事情，一直对猴耿耿于怀。他阴着脸，盯着猴，阴沉沉地说，听人说猴脑子能治病，不如把它们卖了，或许能赚几个银子。猴们感受到了候老栓眼中的杀气，惊慌不已，纷纷往候三身边靠。候三大声对父亲说，不行，谁也不能动我的猴。顿了顿，又拍着胸脯说，爹，你放心，猴损坏你的玉米，我保证让猴还给你的。但你要答应我，绝对不要动它们。

候老栓感到好笑，猴拿什么还，难不成它们会种玉米？候三并不觉得好笑，他有自己的打算。他想让猴耍猴戏挣钱，挣了钱就可以买玉米还父亲。

那时候，常有耍猴人担一副扁担，挑两个箱子，扛一长十字竹竿，带着几只猴子，一路走一路吆喝，游荡到海子村来。

耍猴人每到一个村寨，就会挑选一块平整的地方，圈定耍猴的地盘。地盘划定后，耍猴人高举小锣，迎着天空，一边敲一边喊：看猴戏了，看猴戏了，精彩的猴戏，看了不后悔，不看悔终生。听见锣声，人们争先恐后往外跑，纷纷聚到耍猴人的身边，围成一圈。耍猴人手敲锣，口唱俚歌（可惜记不住了），像神气的将军，指挥猴子耍戏。最常见的猴戏有：翻筋斗、担水、走索、爬高竿、跳火圈等。表演完毕，一只猴子手端盘子，走到观众面前索要赏钱。大多数人不愿在猴的面前丢掉人的面子，或多或少会意思下。一圈下来，盘子里积了不少的零票。有时候，猴见钱少了，就不愿演戏，猴主人乘机演说，声情并茂，打动人心，催人泪下。人们再次抛下票子，猴子又演起戏来。钱越多，猴演得越卖命，越精彩。

候三从小常看猴戏，对那一套已经烂熟于心，不但不以为难，反而认为自己可以做得更好。他模仿那些耍猴人，自编自创自导，对猴们进行训练。别看候三吊儿郎当，实则是个死心眼的人，无论做什么事，不做则已，要做就做到最好。训练中，他充分发挥了天才头脑，大胆创新，远远走到了其他耍猴人的前面。据老村主任王顺昌说，候三训猴，至少有三项前无古人，也许还会后无来者。

一是给猴子取艺名。候三认为，猴是有灵性的，应该像人一样，有属于自己的名字。候三有五只猴，他根据它们的特点，分别取了艺名：第一只毛发浓黑，高大强壮，叫大黑；第二只个头矮，却肥胖，一副笑相，滑稽搞笑，叫二胖；第三只身材苗条，四肢匀称，头脑聪明，善于思考，鬼点子多，称为三条；第四只做事认真，动作规范，但多愁善感，叫小四；第五只小巧玲珑，活泼多动，动不动就爬到候三膝盖上，抱住候三的脑袋撒娇，候三叫它小花。说也奇怪，猴们很快记住了自己的名字。候三叫它们的名字时，它们会发出呜哇呜哇的叫声，不停地朝他扮鬼脸，似乎是对候三的回答。

二是让猴模仿人类的各种表情。按理说，猴脸长满了毛，要想表现出喜怒哀乐惧等各种表情，实在是难于上青天。但候三通过苦心钻研，严格训练，居然让猴表现出了人类的悲欢离合，喜怒哀乐，爱恨情仇。候三不仅熟练掌握了那些耍猴人的招数，比如翻筋斗、担水、走索、爬高竿、跳火圈等，还无师自通地创作出"猴剧"。候三有副好嗓子，声如洪钟，而且又善于口才。那些平凡琐事到了他嘴里，也会变得娓娓动听，神奇迷人。候三声情并茂地讲述着故事，猴们能根据他的讲述，实时作出相应的表情，或哭或笑或悲或怒或喜或哀，让人惊叹。有人说，狗日的候三，简直弄出了一群猴精，整出了一群孙悟空。

三是让猴掌握各种人类常用的工具。地球人都知道，猿猴是人类的祖先，人类是猴的孙子。话虽如此，要让猴掌握人类使用的工具，那是一件多么困难的事情。谁也没有想到，候三这猴日的，不知用了什么独门秘诀，居然让猴学会了拿镰刀、锄头，学会了挑担子，使用砍刀。最绝的是，他居然让猴学会了用筷子吃饭，用小刀削苹果等绝活。猴子进餐时，有捧着碗吃饭的，有拿着刀削水果的，有握着汤勺喝汤的，那场景让人瞠目结舌。

短短一年，候三训猴大功告成。候三模仿那些耍猴人，买了锣鼓，置了一身行头，带上猴子，开始走上了耍猴的道路。海子人有一句话，瞌睡来遇上枕头。候三刚把猴子训练完毕，正赶上村主任王顺昌的父亲王大爷过八十大寿。人生七十古来稀，王大爷已经八十岁了，更是稀中之稀。王顺昌的意思，不仅要给王大爷祝寿，而且要大办特办，一定要办得热热闹闹。候三这小子，不愧是猴人，活脱脱一个人精，他敏锐地发现了其中的商机。

候三很小的时候，就知道王大爷是个猴迷。记忆中，王大爷会讲许多与猴有关的故事，如：《花果山》《闹龙宫》《高老庄》《二郎神锁齐天大圣》《盘丝洞》《混元盒》《金刀阵》《借扇》等。王大爷说得天花乱坠，手舞足蹈，候三听得神魂颠倒，满脑子是蹦来跳去的猴。那时候，候三最想拥有一根可大可小可长可短的金箍棒，上打菩萨，下打妖怪，要多威风有多威风。王大爷捏着他的小鸡鸡说，小子，这不是你的金箍棒吗？可长可短可大可小可硬可软，比金箍棒还厉害呢。除此之外，王大爷还说过各种各样的猴子，如炕头上的"护娃猴"，码头上的"护航猴"，拴马桩上的"避瘟猴"，贺寿之神"抱桃猴"，祈求功名的"马上猴"等。王大爷曾对候三说，小子，别小看猴，百猴有百样，百猴有百神，人不如猴的情况多了。

候三找到王顺昌，提出要免费编排一场猴戏，为老寿星王大爷祝寿，以表自己的心意。王顺昌看着尖嘴猴腮的候三，不由得哈哈大笑，小子，你到底打哪门子主意？老子哪会稀罕你那几只破猴？不过，你这猴头猴脑的样子，倒真是猴子转世，猴人一个。村主任此话一出，迅速在村里流传，候三由此有了一个绰号，猴人。意思是半人半猴，猴的外形，人的灵魂。

出师不利，遭到了村主任的拒绝，但候三并不死心。候三抓抓脑，挠挠腮，一个歪点子就出来了。他悄悄爬上王家门前的大椿树，一双滴溜溜的眼睛盯着大门，等待着一个和王大爷单独见面的机会。不一会儿，候三看见王顺昌扛着锄头出了家门，从大树下走过，向西而去。候三吐了口唾沫，刺溜一声，从大树上滑下来，紧接着一个筋斗，翻进王家大院。王大爷正叼着乌木烟杆，躺在长椅上过烟瘾，腾起一阵阵白色烟雾，忽见一个黑影翻进来，不由得叫道，哪来的猴子？候三赶紧跳到王大爷的面前，笑道，大爷，是我，我是候三啊。

其他的事情就不用多讲了，总之，王大爷听说候三要给他献上一场猴戏，皱巴巴的老脸笑成了盛开的花。王顺昌想反对也无用了，老爷子都同意了，他屁也不敢放一个，只得同意候三隆重登场了。

王大爷祝寿那天，候三带着他的猴子，表演了翻筋斗、担水、走索、爬高竿、跳火圈等节目，引起人们一阵阵的惊叹。最后，候三一声令下，大黑、二胖、三条、小四、小花排列成队，随着候三的口令打起了猴拳，腾、挪、闪、跃，一气呵成，精彩纷呈。表演结束之际，众猴拜倒在王大爷面前，随着候三的一个手势，三条的手里忽然捧出一颗硕大的红色寿桃。霎时，观众发出震天动地的欢呼，王大爷高声叫道，赏，重赏！

候三在王家的表演，不仅得到了观众们一致赞赏，还吸引了一个漂亮姑娘的目光。这个漂亮姑娘是谁呢？说出来吓人一跳，那就是王顺昌的女儿——咪咪。咪咪看了候三的猴戏，在人群中又是跳又是喊，就像今天那些粉丝见了自己的偶像一样。确切点讲，咪咪并不是为候三喝彩，是为那些猴子喝彩。猴戏结束后，咪咪不顾一切地跑到猴群中，握握大黑的手，摸摸二胖的头，亲亲三条的脸，拉拉小四的耳朵，抱抱小花的腰。可惜当时没有相机，要不就可以看见咪咪和猴们的合影了，遗憾，真他妈遗憾啊。

就这样，候三一夜成名，成了冉冉升起的猴星。那段时间，村人都在议论候三精彩的猴戏，谈论着半人半猴的候三。候三顾不上那些乱七八糟的评价，他带着猴，踏上了耍猴之旅。刚开始，候三只敢在附近的几个村子或集市演戏，没想却很受欢迎，形势一片大好。一个月不到，候三就用赚到的钱买了几百斤粮食，还给了父亲。候三说，猴子们欠你的粮食已经还了，以后千万别打猴子们的主意了。候老栓看着黄澄澄的苞谷粒，双眼放光，连连说道，怎么会呢，君子一言驷马难追，你老爹懂得这个理。

初试牛刀，一炮走红，候三的心忽然就大了。他要带着他的猴子，像那些真正的耍猴人一样，到处流浪，四海为家，边走边演。就这样，在一个阳光灿烂的日子，候三带着猴子，踏上了漫长的耍猴之旅。

候三成了真正的耍猴人，带着他的猴子，到处飘荡，走到哪儿就演到哪儿。

一般情况，耍猴人几乎都带有一个伙计，一则帮助打理各种事务，二则有个照应。候三却没有伙计，一是没人愿意跟他浪迹江湖，二是他不愿意别人分上一杯羹。候三说，猴就是我最好的弟兄，有它们就足够了。

候三带着大黑、二胖、三条、小四及小花，挑着担子，背着包袱，从村庄启程，走向遥远的不可知的世界。候三走在猴群前面，像一只趾高气扬的猴王。猴们像人一样，有的挑担子，有的提包裹，有的背包袱跟在候三后面。猴队走到哪里，都会引来许多人围观。候三也不觉得难堪，他挥舞着手臂，朝着人群喊道，候家猴戏，天下第一，欢迎观看，精彩无限。

候三爱惜猴，尽量让猴吃好喝好。每到一个地方，候三并不急于摆摊演戏，而是先找一个馆子，让猴吃饱喝足。酒足饭饱之后，再寻找一块平整的地方，划定范围，准备演戏。候三忙碌的时候，猴并不闲着，有的拉绳子，有的摆箱子，有的穿戏服，各就各位，各行其是。候三的猴戏还没开场，往往就会聚了一大圈围观的人，人们指着人模人样的猴议论纷纷，不时发出快活的笑声。

耍猴的道路并不安逸，风吹、雨淋、日晒、起早、摸黑、跋山、涉水、忍饥、挨饿，这些都是家常便饭。据说有一次，候三带着猴子走进了一片森林，此时已是黄昏时分，落日西下，乌啼声声。林里蚊虫甚多，像一架架战斗机，轰响着奋不顾身地冲向他们，猴子被叮得尖叫不已。蟒蛇枯树枝一样伏在地上，听见动静才慢吞吞爬动起来，让人感觉到背脊发凉。天色逐渐灰暗，他们在丛林里瞎转，就像走进了迷宫，怎么也找不到出口。抬起头，透过树枝的缝隙，只能看见巴掌大的乌黑的天空。候三知道，那个晚上不可能走出森林了。他摸了摸空空的干粮袋，一股寒意袭上心头：怎么办？猴们又饥又渴，该如何是好？

飞鸟纷纷投林，夜鸹子鬼声鬼气地叫着。候三伸头缩颈，抓耳挠腮，无计可施。三条嗅了嗅鼻子，把猿臂高高伸出，指向头顶的树梢，发出一声尖叫。顺着三条手指的方向，候三抬头一看，不由得惊喜万分，沉沉暮色中，树枝上挂着红灯笼一样的果子，灯笼般熠熠生辉。三条放下担子，跑到树下，抓住树干，三下两下爬上了树梢。候三仰起脸，扯着嗓子喊，三条，小心安全。

三条摘下果子，一个个往下扔。猴们欢呼着，伸出敏捷的猿臂，接住散发香味的果子。当三条从树上下来时，候三张开双臂，将三条拥进怀里。暮色四合，候三和猴们躲进石洞，一边吃水果，一边等待遥远的黎明。半夜时分，从林里传来了狼的嗥叫，有点点绿色的磷火在不远处闪烁，不知是鬼是兽。他们一直不敢合眼，拿着扁担，提着刀子，警惕地守卫着洞口。后半夜，几只狼游荡到不远处，虎视眈眈地盯着他们。候三和猴紧紧握着扁担，眼睛圆瞪，与狼对视，一刻不敢放松。不知过了多少时候，太阳终于从天边升起，狼群才悻悻而去。

候三说，如果没有猴兄猴弟，他肯定撑不过那个漫长的夜晚。

候三还说，事实上，四脚的野兽不算可怕，最可怕的是两脚的野兽。

候三带着猴群到处流浪，四海为家，难免遇上异乡人的欺负、羞辱，甚至拳头相向。候三往往选择忍辱负重，吃哑巴亏。候三一向认为，只要别人不把自己往绝路上逼，吃点小亏无所谓；钱乃身外之物，丢了再挣。最可怕的是，遇上那些冷血歹徒，不仅要钱，而且还要命。

据说有一次，候三与另一伙耍猴人同时进入一个村庄。候三的演出大获成功，另一伙耍猴人惨遭冷落，颗粒无收。那伙耍猴人恨上了候三，认为候三不懂行规，抢了他们的饭碗。候三并没有意识到危险的逼近，演完戏，他带着猴群，迎着夕阳，准备赶赴下一个村庄。当他们走到村外的毛路上时，突然从草丛中跳出两个手持匕首的黑衣人。那个身形高大的黑衣人用尖刀顶着候三的胸口，命令候三举起手来。小个子的黑衣人在候三身上一阵乱搜，把他兜里的钱洗劫一空。候三乖乖地站着，不敢作任何反抗，他想，大不了就花钱保命。

候三的算盘打错了，小个子收了钱，对着大个子狰狞一笑，说大哥，这小子留住是个祸害，专和我们唱对台戏，干脆一刀捅了他。

大个子目露凶光，对小个子吼道，多嘴，老子还要你教？

大个子把尖刀抵住候三的胸膛，鬼火般的眼睛盯着候三，慢吞吞地说，朋友，走好，到那边别惦记我。

候三心想，我命休矣。

忽然，只听"嘭"的一声，大个子高大的身躯缓缓向后倒下。候三定睛一看，只见大黑和三条站在后面，手里各拿着一块石头。原来，在千钧一发之际，大黑和三条对大个子发起偷袭，用石头狠击他的脑袋，将他击倒在地。

小个子有点发愣，醒悟过来转身就跑。说时迟那时快，二胖、小四、小花一哄而上，将小个子按倒在地上，你一拳，我一脚，将他打得叫爹喊娘。

后来，候三提及这件事，不禁叹道，我这条命，是猴捡回来的啊。

候三每次回来，都会带回一些零零碎碎的散发着汗味猴味的票子。村人调侃人有人民币，鬼有冥币，候三的钱就叫猴币吧。候三越发消瘦，脸上长满汗毛，头发又乱又长。如果谁在荒郊野外看见他，一定会认为这就是一只猴子。

候老栓仔细保管着儿子的钱。他把钱里三层外三层地包裹好，放进箱子，挂上一把沉甸甸的大锁。他说，儿子，放心吧，老子就是你的银行，等你的钱存够了，老子给你修一幢大瓦房。房子修好后，再给你娶个媳妇。再过三年五年，老子二郎腿一跷，那一丈二尺长的烟斗就有孙子点烟火了。

几年后，候老栓果然用候三挣的钱，买了木料，着手盖房。不多久，一幢崭新的大瓦房在海子村横空出世，傲视那些低矮的茅草房。村人啧啧赞叹，他娘的，好洋气的瓦房，候老栓成地主老财了。有一次，王顺昌从大楼前经过，不禁驻足观望。老栓恰好探出头来，一眼看见村主任，赶忙招呼。村主任的眼睛像探照灯一样对准老栓，大概照了一分钟，骂道，老栓狗日的，养了个挣钱的猴儿，挣了幢大房子，比老子还有福气。老栓听了，搓着手，嘿嘿憨笑。

房子修好了，就如栽好了梧桐树，剩下的事情就是等待凤凰光顾栖息了。一晃，几年过去了，梧桐树仍空空如也，连麻雀也没有一只。老栓急得直跺脚，嘴巴冒出一串串水泡。候三嘴上不说，心中也难免着急。事实上，也有姑娘想嫁候三，但候三看不上。在候三眼中，她们不过是些歪瓜裂枣。比如老刘家的女儿香香，简直就是候三的忠实追随者，只要遇上候三，她的眼睛就像着了火。香香个头矮、体胖、面白，人称冬瓜。老栓对儿子说，冬瓜就冬瓜吧，人家哪点配不上你，你还是黑不溜秋的猴子呢。可候三脖子一梗，头一偏，一副死猪不怕开水烫的样子。候老栓整天在候三耳边念叨，说候三不撒泡尿照照自己，癞蛤蟆想吃天鹅肉，唐僧肉贵妃肉，现实吗？太监娶皇后，可能吗？话说到这个地步，可见老栓是真正动气了。可对父亲的话，候三左耳进右耳出，逼得急了，就闷闷地顶一句，我就算是癞蛤蟆，也绝不找一只母蛤蟆。事实上，候三也有看中的姑娘，比如人称一枝花的陈媛媛，外号软面条的田小草，绰号白牡丹的杨花花，但她们却看不上候三。在她们眼中，候三又变成了歪瓜裂枣。

儿子娶不上媳妇，候老栓觉得窝囊。没有凤凰，梧桐树有何用。村人一见老栓，就会打着哈哈问，栓叔，你家候三什么时候办喜酒。老栓无语，老脸发烫，抱头鼠窜，像过街老鼠。村里人遇上候三，往往会打趣说，别光顾挣钱啊，该找个媳妇了，庄稼不种误一春，媳妇不娶误一生呢。尤其是王顺昌，只要碰上候老栓，总要拦住他问，你家的猴子找到媳妇了吗？不用说，没找到吧，猴子只能找猴子嘛。我给你指条路，找个媒人去山上吧，问问那些老母猴，也许能娶回个猴媳妇呢。候老栓敢怒不敢言，憋了一肚子气，对着儿子吼道，耍猴耍猴，我如今被人当猴耍了，耍猴能耍出媳妇来吗？你难不成要娶只猴子？候三脖子一梗，腰杆一挺，大声吼道，就是耍猴，我也要耍出个媳妇来。

没有人知道，候三已经暗暗瞄上了咪咪，只是迫于村主任的威势，一直不敢下手。村主任王顺昌，五大三粗，一脸煞气，一言九鼎，大有顺我者昌逆我者亡的意思。别看他长得像只恶鬼，女儿咪咪却艳若桃李，闭月羞花。咪咪芳龄二十，面若桃花，腰如水蛇，臀如馒头，要多迷人有多迷人。村人见了咪咪，吃饭的忘记动筷子，走路的停下了脚步，锄地的扶着锄头发呆。有人评价说，这咪咪，和她爹的差别也太大了，一个是阎王，一个是嫦娥。这样一个诱人的姑娘，就像枝头成熟的桃子，有多少人垂涎欲滴，口水直流三千尺。可以说，海子村的小伙子都有一个秘密，都想第一个把咪咪拿下。拿下就是睡的意思。想归想，却很少有人敢去招惹咪咪。原因很简单，王顺昌凶神一般，谁敢老虎头上抓虱子。

除此之外，还有一个更重要的原因，王顺昌已经把咪咪许配给陆乡长的儿子——陆仕学。陆仕学长得神气，相貌堂堂，人高马大，走起路来威风凛凛，很有领导派头。只可惜，这家伙患有癫痫病，发作时扭成一团麻花，很是吓人。也许正是这个缘故，村人就给他起了一个绰号：陆疯子。用今天的话说，陆疯子是高富帅，王咪咪是白富美。对于这样的组合，谁还敢去横插一杠？让村人大跌眼镜的是，有人竟然不知天高地厚，居然插了一脚，居然还插成功了。说来没人相信，这个人就是矮穷矬候三。

候三究竟是怎样把咪咪拿下的？简单点说，一切因猴而起。自从候三给王大爷演过猴戏后，咪咪就迷上了那些嘻嘻哈哈欢蹦乱跳的猴子。每次遇上候三和猴，咪咪总要闹上一阵。她喊猴的名字，摸猴的脑袋，跟猴动手动脚，嘻嘻哈哈，打打闹闹。猴们也喜欢咪咪，只要见了咪咪，就会把她团团围住，如众星捧月。咪咪和猴玩耍的时候，也不忘调侃候三，哦，这只猴是猴王吧，多老的猴啊。对咪咪的调侃，候三并不恼，心中反而有种甜丝丝的感觉。

候三这小子贼精，他见咪咪喜欢猴子，就苦思冥想，设计了一些小把戏。比如，让猴子给咪咪送个桃子，摘个李子，抱个西瓜，主动敬礼等，把咪咪逗得乐不可支，捧腹大笑。有一次，咪咪在路上碰上候三和猴子，猴们一改往日嬉皮笑脸的神态，绅士一般走到咪咪面前。候三吆喝一声，猴们突然捧出一束娇艳欲滴的鲜花，献给咪咪。刹那间，咪咪红云上脸，绽开了璀璨的笑容。

几年后的一个晚上，咪咪跟着候三逃离了村庄。那晚无星无月，村主任家灯火通明，不时飘出浓烈酒香，传出阵阵划拳声。那是村主任在接待陆乡长一行，一伙人喝得不知今夕何夕，分不出东西南北。第二天早上，王顺昌睁开眼，一个霹雳从天上砸下来：咪咪不见了，候三把咪咪拐走了。

候三这龟儿子，最擅长潜伏，如果处在战争年代，让他做地下工作或当间谍最合适。村里那么多的人，竟没有谁发现他的不良动机，一村人全被他蒙了，像糊弄一帮瞎子聋子呆子傻子。谁也想不通，咪咪咋就跟着候三私奔了呢？如花似玉的咪咪，怎么愿意跟着候三？天鹅一样的咪咪，怎么会看中癞蛤蟆？候三与陆大公子相比，一个地下一个天上，咪咪咋就不愿意上天而愿意下地？

在村里，王顺昌从来都是说一不二的，是村里的绝对权威。打个不恰当的比喻吧，村主任是村口那棵最高最大的神树，其他人是低矮的灌木杂草。可现在，村主任这棵树却被候三剥去了皮，心中的恼火可想而知。再打个不恰当的比喻吧，在乡里，陆乡长是最光彩耀眼的太阳，高高盘踞在人们的头顶，万人敬仰。没想到，猴子一样的候三忽然蹿出，一棍子把太阳打破了。换句话说，候三这次捅了大娄子，把尿尿到了村主任和乡长的脸上。

毕竟是未过门的媳妇，陆乡长不好也不愿多说什么，他训了王顺昌几句，就阴着脸走了。想想也是，凭乡长公子的条件，还愁没有媳妇？排着队的多得很。一个跟其他男人私奔的姑娘，已经没有资格跨进陆家的大门了。就让王顺昌自己收拾他家的残局吧，这事情与陆家已经没有半毛钱的关系。

王顺昌迅速组织了几十个身强力壮的后生，踏上了追捕候三的道路。他甚至动用了乡里的关系，请派出所的警员参加了追捕。咪咪是谁？那可是他的千金，是他的明珠，是他的心头肉。候三是谁，不过是一只丑陋的猴子，一头肮脏的公猪，一只癞皮狗，一堆杂碎，一块臭肉，一堆狗屎，一个鸟人！就是这狗日的，坏了他的好事，误了咪咪的大事，臭了王家的名声。王顺昌动用了一切力量，誓将候三捉拿归案，千刀万剐，生吃活剥，食肉寝皮。

追捕的人陆陆续续返回，都说候三不知所终。当最后一组人马两手空空返回村落时，王顺昌不得不接受一个残酷的现实，候三已经拐走了咪咪，咪咪彻底落入魔爪。想不通啊，咪咪怎么愿意跟着候三远走高飞隐姓埋名呢？天鹅一样的咪咪，怎么看中了一只癞蛤蟆？候三莫非有通天的本领，那么多人紧追不放，怎么连影子也没看见？王顺昌越想越气，他觉得自己变成了一只猴子，被村人围观赏玩。他怒火中烧，喉咙直冒青烟，决意要让候家付出代价。在一个落日黄昏，王顺昌黑着脸，带着一群杀气腾腾的汉子，直奔老栓的楼房。老栓正蹲在屋后晒豆子，王顺昌大手一伸，把老栓抓住，吼道，妈的，把候三交出来。

老栓在空中扑腾，像一只青蛙，或一只被宰的鸭子。王顺昌把老栓摔到地上，骂道，妈的，交出你的猴子，否则老子灭了你。

老栓就势躺在地上，死活不肯起来。王顺昌瞪着牛卵一样的眼睛，怒吼一声，给我拆。一群壮小伙呼啦一声，饿虎扑食般冲了上去。片刻间，老栓家的房子被肢解成瓦片、木头、板子等，汹涌澎湃地流向王家。

候老栓没有阻拦，他抱着头，蹲在地上，一锅一锅地抽旱烟。忽明忽暗的烟火中，老栓的脸如一块黑铁，看不出半点风吹草动。事实上，老栓的心中风起云涌，惊涛骇浪，他在计算房子与咪咪的分量。房子是身外之物，拆了也就拆了，大不了回到当年守猴的窝棚。咪咪可是王顺昌的女儿，是村里最漂亮的姑娘，这个姑娘不是被别人拐走的，是被他候老栓的儿子——候三拐走的。这个姑娘将成为他候老栓的儿子——候三的媳妇。这个姑娘将会为老候家生儿育女，传宗接代。这一点，哪个男人能够做得到，唯有他候老栓的儿子——候三做得到。这样一想，老栓觉得很解气，你们不是说我儿子娶不到媳妇了，如今呢？

嘿嘿，想想也是，耍猴也要耍出个媳妇来。

候三重回村庄，已经是几年后的事了。

咪咪紧跟在候三的身后，人黑了些，但依旧漂亮迷人，多了些少妇的成熟风韵。咪咪的身后，跟着两个蹦蹦跳跳的男孩，大概三四岁了。不用说，那肯定是候三和咪咪的儿子。其中一个继承了咪咪的优点，摒弃了候三的缺点，眉清目秀，很是可爱；另一个却是候三的翻版，尖嘴猴腮，像只小猴。两个小孩的后面，跟着几只嘻嘻哈哈的猴子，有的提箱子，有的挑担子，有的背包袱。这行人马一进村，立刻引起了轰动，一群人蜂拥跟随，村子顿时沸腾起来。

咪咪给候三生了对双胞胎，候三给他们取了两个响亮的名字：候玉龙、候玉虎。继承咪咪长相的叫玉龙，继承候三长相的叫玉虎。

几年前，候三带着咪咪离开之后，如同人间蒸发，音信全无。后来，村里出现了各种各样的传闻：有的说候三把咪咪卖进了青楼，当了妓女；有的说候三和咪咪在逃跑的路上，失足跌下了悬崖，双双毙命；有的说曾在城市里看见一对乞丐，模样很像候三和咪咪。听着这些流言，候老栓始终面如黑铁，看不出半点风吹草动，心里却暗暗骂道，放你娘的狗屁。他坚信，儿子肯定带着咪咪到处流浪，陪伴他们的还有几只猴子，他们走到哪里演到哪里，走到哪里红到哪里。他近乎固执地认为，总有一天，儿子会带着咪咪回来，带着他的孙子回来。有几次，他梦见了儿子，儿子对他说，爹，放心，我会回来的。他梦到了咪咪，咪咪笑眯眯地喊他"爹"呢。他还梦见了一个胖乎乎的小子，嬉皮笑脸，喊他爷爷呢。

候三和咪咪走后，王顺昌搬走了老栓的房子，仍觉不解气，隔三岔五找老栓的麻烦。老栓始终冷静如铁，骂不还口，打不还手，就像一团软面，想怎样捏就怎样捏。面对这样的对手，王顺昌觉得自己在唱独角戏，在村里人的面前耍猴戏，便颇感无趣，自觉丢人。渐渐地，村主任改变了策略，视老栓为路人，发誓老死不相往来。可时间长了，一年，两年，三年……一直没有咪咪的消息，王顺昌憋不住了，就托人对老栓说，让他们回来吧，认个错就行了。

老栓得到这个消息的时候，正蹲在屋后抽旱烟。他勾着头，闷闷

不说话，心想，你狗日的想追究也追究不了啊，该做的事早就做了。半
晌，他抬起头，望着天边那朵悠悠飘动的云，心想：回来吧，老子想你
们了。

　　遗憾的是，老栓也不知道儿子的行踪，无法叫他们回来啊。老栓揉
了揉眼睛，捎口信的人已经不在了；抬头去看天空的云，那朵云也不知
飘到哪里去了。

　　老栓常去路口的山头，眯着眼望向远方。一条泥巴路从远方蜿蜒而
来，像一条蛇。他希望有一天，忽然看见儿子和咪咪沿着那条路走来，
带着他梦里见过的胖小子。有好多次，他甚至觉得他们就要出现了，可
等到太阳西沉，夜色笼罩大地，路上依然空空如也。有几次，老栓走上
山头，竟看见山顶上站着一截树桩，走近一看，原来是村主任王顺昌。
村主任见了老栓，脸色有点不自然，他扔给老栓一支烟，抬头看着天
说，我在看落日呢，多美的落日啊。于是，俩老头站在山头，点上烟，
默默地看着落日，看着天边的云悠悠飘来，又悠悠飘远。从那次以后，
俩老头似乎有了默契，常常在山头不期而遇。遇上了，却很少说话，各
自裹上一袋旱烟，站在山顶看日落，如两尊雕像。

　　好多年过去了，事情终于出现了转机。那是一个落日西沉的傍晚，
老栓和王顺昌坐在山头上，吧嗒吧嗒抽旱烟袋。天空红云翻滚，夕阳又
红又大，宛如一颗巨型蛋黄。几只苍鹰张开翅膀，飘浮在白岩上头，如
同黑色的云朵。老栓抽完一袋烟，站起身子，扶着身边的树，抬头望向
那条长蛇路。忽然，他的心跳了一下。他看见，长蛇的尽头出现了几个
黑点，黑点越来越大，像是一群人。人群越走越近，这才看清，除了
人外，还有几只跑跑跳跳的猴。老栓呆了、痴了，站在那里，如同一棵
树。王顺昌却背过脸去，丢下老栓，一个人走了。

　　候三回来了，咪咪也回来了。一起回来的，还有几只猴子，以及老

栓的双胞胎孙子。回到家的第一晚，候三背上荆条，第一时间上了王顺昌的门。王顺昌看着跪在门口的候三，看着这个猴一样的男人，不由得百感交集。正是这小子，拐走了咪咪；正是这小子，成了自己的女婿。生米已经煮成熟饭，有什么办法呢？王顺昌在心头喟叹一声，也许，这一切都是天意啊。王顺昌看着候三，无数感叹涌上心头，他以为自己会暴跳如雷，一大耳光抽到候三的脸上。可是，他悲哀地发现，他的火气早已被谁偷走了，再也烧不起来。他暗暗叹息，唉，老了，真老了。沉默了半天，他终于吼道，滚回去，把咪咪和孩子领来。

候三此次回来，还要做他生命中最重要的一件事：把玉龙、玉虎送进学校。常年奔波在外，漂泊不定，孩子的上学成了大问题。候三认为必须让孩子安定下来了，孩子不能再像自己一样，成为浪迹天涯的耍猴人。那时候，村里人大多不注重教育，不少人家把孩子留在家中，放牛打柴，割草种地，任其自生自灭。在海子村，大多数人家是子承父业：父亲当农民的，儿子继续当农民；父亲当木匠的，儿子依然当木匠；父亲做骗匠的，儿子依然做骗匠。在村人的眼中，候三的儿子应该只能做耍猴的。有人说，候三，把你的技艺传给儿子，还怕混不了一口饭吃？读什么鸟书啊，读书能当饭吃吗？候三哈哈一笑，朗声说，老子走遍了大江南北，只懂得了一个道理，如果不读书，不读好书，只能被人当猴耍。

九月，候三一手牵着玉龙，一手牵着玉虎，把小哥俩送进学堂，交给了村小的癫子老师。看着这一白一黑、一胖一瘦、一高一矮两个孩子，癫子老师的眼睛瞪成了灯笼。这也难怪，同样的父母，却生出两个迥然不同的儿子，那相差也太大了。候三对着癫子老师鞠了三个躬，缓慢而响亮地说，老师，你尽管放开手脚管教这两个小子，如果不听话，你可以骂，可以打，我无条件支持。看着面前这个黑猴一样的瘦小男人，癞子老师忽然有了无形的压力。

安排好儿子后，候三就带着猴子出了门。这一次，咪咪没有同去，猴三让她留在家中，照顾老人孩子。咪咪含着泪说，放心去吧，家里有我。

玉龙、玉虎舍不得猴子，紧紧拉住猴的手，哭眼抹泪。候三说，别难过了，你们的猴叔叔要和我去挣钱，你们要好好读书，记住没有？

大黑、二胖、三条、小四、小花，一一蹲下身子，抱了抱玉龙，又抱了抱玉虎，叫了几声，好像在叮咛什么，然后挑起担子，转身离去。

候三走在前头，猴们挑着担子，走上了蜿蜒伸向天边的小路。

玉龙、玉虎回到海子后，立刻成了众人关注的焦点。

一母带九崽，九崽各不同。这个道理，海子人懂，都懂。但是，这哥俩的差别也太大了吧。同样的父母，同年同月同日出生，哥俩的差别为何那样大？玉龙剑眉星目，额头宽阔，天庭饱满，仪表堂堂。而玉虎呢，几乎是候三的翻版，喜动不喜静，伸头缩颈，抓耳挠腮，整个一副猴样。实在让人搞不明白，出生时不过几分钟的先后，两兄弟咋就天差地别？玉龙长得俊，举止文雅，行动沉稳，说话办事如同大人。观相的人说，这孩子，定是星宿下凡啊，将来要大富大贵。玉虎呢，整天疯疯癫癫，嘻嘻哈哈，打打闹闹，做事毛手毛脚。观相的说，玉虎天生猴相，难有大的作为。癞子老师也说，这玉虎啊，就是玉龙的反义词。

有人半开玩笑半认真地问咪咪，你两口子是咋整的？这哥俩可不是一个模子倒的啊。咪咪懒得解释，有些事，越描越黑，倒不如听之任之。就像风，你想把它困住，它却到处乱窜；倒不如撤掉所有屏障，任它四处散去，不留踪影。事实上，她也解释不了。她不知道自己的肚子究竟玩了什么把戏，变了什么魔术，把亲哥俩弄成了一对反义词。差别大就大吧，有什么要紧。俊也好，丑也好，都是身上掉下的肉，都是她的亲儿子。

玉龙进入学校后，很快就表现出过人的天赋，成为班上的佼佼者。课堂上，玉龙始终挺着胸，抬着头，端坐如钟，亮晶晶的眼睛盯着老师，时不时露出会意的笑容。癞子老师挺喜欢这孩子，他的眼光总是停留在玉龙的身上，似乎教室里就只有他一个学生，其他学生都是背景。凡是老师讲过的话，玉龙几乎都能够记下来，几乎都能够原原本本地复述。老师提问的时候，他经常第一个举手，声音响亮，字正腔圆，表述清晰准确，赢得经久不息的掌声。凡是老师安排的作业，他从未漏过一次。打开他的作业本，从第一页到最后一页，全部是优秀，画满了红钩，卧着一对对双蛋。双蛋就是满分，就是一百，就是最好的意思。每次考试，他总是领头羊，跑到全班的最前面。跑到最前面也就罢了，非要把第二名甩下一大截。癞子老师说，玉龙是蛟龙，是大鹏，是千里马，是人中之凤。癞子老师看玉龙的眼光，简直就是看自家孩子的眼光。哪怕他心情不爽，只要见到玉龙，脸上就会自然露出阳光般的微笑。他经常摸着玉龙的脑袋，说一些夸奖鼓励的话。人们都说，这癞子老师，几乎是把玉龙当儿子了。这话传到癞子老师的耳中，不禁长叹一声，说，要是有那样的儿子，我愿意马上去死。

癞子老师这话传出来后，玉龙成了大家眼中的神童。要知道，癞子老师不苟言笑，很少夸人。由此可见，这候玉龙，定是文曲星下凡，前途不可限量。于是，村里人见了玉龙，都会争着和他说话，把他当神。他们教训孩子的时候，总把玉龙作为榜样，咬牙切齿地说，你娘的，咋不是候玉龙。

癞子老师的话传到候三耳中，候三喜极而泣。玉龙这孩子，真他妈争气，候家的祖坟冒青烟了啊。候三挑了个日子，剃净胡子，穿上新衣，带上几瓶好酒，几包好烟，牵着玉龙出了门。这一次，候三要给玉龙找一个保护神。他牵着玉龙，穿过树林，跨过小溪，爬上山坡，走到癞子老师家。癞子老师看着门口衣装齐整的候三，不禁有点发愣。候三脸上露出了恭敬的神色，忽然弯下腰去，连鞠了三个九十度的躬。癞子老师吓坏了，赶紧拉着候三，连说使不得。候三把酒烟递给癞子老师，低声说，癞子老师，候三有个不情之请，还请你成全。癞子老师说，你说吧，只要能做的，决不推辞。候三又要鞠躬，癞子老师赶紧拉住。候三说，癞子老师，玉龙身体不太好，算命人说，要给他找个属马的人当干爹。我知道你属马，斗胆请癞子老师成全。癞子老师听了，激动得脸都红了，大声对老婆嚷道，把那只大公鸡宰了，我要和干亲家好好整几杯。

办完玉龙的事情，候三又带着猴子出发了，走向更远的地方。他们顶着烈日，冒着风霜雨雪，走过陡峭的高山，坎坷的小路，汹涌的大河，人迹罕至的峡谷，野狼出没的荒野，遮天蔽日的森林。无数次，他们饿着肚子，磨破脚板，体无完肤，但没有萌生半点退意。他们一次次走进陌生的乡村，走上喧闹沸腾的街市，承受异乡人的欺辱鄙夷。他们一次次出发，又一次次归来，把散发着汗味猴味的纸币送回咪咪的手中。

每次回到海子，候三都会给癞子老师送上几瓶好酒，几包好烟。每一次，候三总会和癞子老师坐上半宿，把酒长谈。他们不停地喝着酒，不停地说着玉龙，根本停不下来。有时候，候三也想谈谈玉虎，可每次刚起个头，又被癞子老师岔开了。癞子老师不愿谈，候三也只好作罢。癞子老师多次强调，玉龙绝不是浅水之鱼，应该把他送到县城读中学，考大学。候三想，可玉虎呢？玉虎怎么办？他和猴子挣的那点钱，根本不可能供哥俩进城读书啊。癞子老师似乎看穿了候三的顾虑，大着舌头说，玉虎不是读书的料，让他辍学算了。

玉虎的表现确实不够好。说他是玉龙的反义词，真的没冤枉他。玉虎进入学校后，很快就和顽童混到一块，成了真正的孩子王。课堂上，他东张西望，抓耳挠腮，就像一只不安分的小猴子。老师训斥他，他却不长记性，最多三分钟，又开始搞起小动作。老师讲课的时候，他左耳进，右耳出。提问的时候，他抓头皮，敲脑袋，支支吾吾，结结巴巴。对老师布置的作业，他根本不上心，眉毛胡子一把抓，草草了事。打开他的作业本，几乎画满了红叉叉，单鸡蛋。单鸡蛋就是零，就是没有，就是最差。可以说，他是最让老师头疼的学生。不爱学习不说，还不遵守纪律，迟到、早退、缺旷、打架，总少不了他。下课的时候，他带着一大群顽童，疯跑、爬树、掏鸟蛋、玩泥巴、逮麻雀，欺负女孩子。总之，玉虎是学生中的刺头，让老师们恨得咬牙。时间长了，老师们几乎对他绝望了，任由他混光阴。癞子老师说，我要是有这样的儿子，肯定得发疯。

不过，在候三看来，玉虎并不是一无是处。尽管他很少学习，时间大多花在捉鱼、逮麻雀、掏鸟蛋之类的事情上，可他的成绩并不算差。候三悄悄打探过，几乎每次考试，玉虎的成绩都位于中上。候三想，玉虎其实很聪明啊，如果用点功，说不定和玉龙有一拼。好几次，候三想和癞子老师说说自己的想法，但刚起头，就被癞子老师岔开了。看来，玉虎是根刺，癞子老师不想碰。后来，候三乘着酒兴，把这想法告诉了村里人。听的人不以为然，脸上都挂着意味深长的笑容。有个老头说了句恶毒的话：玉虎嘛，读啥子书，跟着你学要猴算了。

小学毕业后，玉虎升入了乡中学，而玉龙去了县一中。按候三的意思，手心手背都是肉，得一碗水端平。但是，到哪里去找钱呢？钱是一个天大的问题，横在候三的面前，高不可攀。能有什么办法呢？只有委屈玉虎了。玉龙成绩好，前途大，理应接受最好的教育。村里人都站在玉龙那边呢，说玉龙是金凤凰，应该飞出大山去。癞子老师也说，玉龙是蛟龙，别在小池子里埋没了。

乡里近，就让玉虎自己去报名吧。玉虎走的时候，候三摸着他的头，想和他说上点什么，嘴唇嚅动了几下，却一句话也说不出来。玉虎拿开他的手，面露灿烂的微笑，大声说，爹，你想说什么，我懂。我知道，哥比我有出息，应该让他去城里。对了，你和猴叔叔们常年在外，注意保重身体。说完，玉虎背上行囊，转身走了。候三伸出手，想拉住他，想叮嘱几句，却发不出声音。他直愣愣地站着，看着玉虎小小的背影越走越远，不由得鼻子发酸，眼泪夺眶而出。

县城远，候三抽出时间，亲自护送玉龙进城。离开村子的时候，村里人都来相送，站了黑压压一片。癞子老师特意赶来，送给玉龙一张条幅，上书八个大字：凌云之志，鹏程万里。

欢声笑语中，候三背着行李，牵着玉龙的手，朝遥远的城市走去。

多年以后，玉虎从师范毕业后，分到了村小学，当了一名教师。而玉龙呢，从某重点大学毕业，进入了县政府。

儿子们成人了，候三决定不再耍猴，打算停下奔波的脚步，和猴们一起安享晚年。时间过得真快，一晃眼，二十几年就过去了。候三老了，猴们也老了。

这么多年以来，候三和猴爬过了无数座山，蹚过无数条河流，抵达过无数座村落，演出过无数场猴戏。他们背着行囊，迎来朝阳，送走晚霞，走过风霜，尝过雨雪。他们走的路程，应该比万里长征还长得多吧？

候三老了，才五十几岁的人，已经过早衰老。个头更矮了，嘴更尖了，腮更瘦了，眼睛变得混浊，头发已经霜白。猴也老了，皮毛大块大块地掉落，斑斑驳驳，丑劣不堪。它们的动作变得迟缓，再也不能跟着主人的口号或手势，自由灵活地完成表演了。老去的候三和老去的猴不再演戏，候三决定带着它们落叶归根，准备安享晚年。

候三和咪咪一起动手，腾出一间屋子，作为猴的卧室。屋子里，摆放了五张木床，上面铺着厚厚的被子。屋子中央，还放了一个小火炉。猴们老了，怕冷怕寒，害怕过冬，得把一切准备妥当。有人开玩笑，说老候啊，这些猴的待遇也太好了，你该不是把它们当老人吧。候三长声叹息，说这几位老伙计，跟着我风里来雨里去，不知吃了多少苦受了多少罪，是该让它们享点清福了。

每天睡觉之前，候三都要走进猴的卧室，和猴们唠唠嗑，拉拉家常。离开时，他和猴们一一握手，抚摸它们的额头，絮絮叨叨地说，老伙计，明天见。每天早晨，候三会早早起床，推开门喊道，起床了，别睡懒觉，该做操了，该锻炼了。于是，几只老猴伸着懒腰，抓耳挠腮，吱吱乱叫，慢腾腾爬起来。候三虎着脸，不容它们偷懒，把它们赶到院子里，命令它们活动活动筋骨。候三喊着口号，带着猴们扭屁股、踢腿、扭腰、摇头。有的猴子不想出力，候三就要求它重做。候三说，你们都老了，要想多活几年，就得听我的。

村里人取笑他，说候三啊候三，你这是与猴同舞啊。候三却不笑，郑重其事地说，它们可是我候三的恩人啊，没有它们，玉龙玉虎哪会有今天？我候三哪会有今天？人们见他严肃，也就变得正经起来，再不敢乱开候三的玩笑了。

开饭的时候，猴们围桌而坐，候三和咪咪忙着端菜端饭。候三招呼猴们，大黑、二胖、三条、小四、小花，吃吧，吃吧，别客气哦。猴们就抓起水果吃起来。有时候，候三用杯子倒满酒，给每只猴端一杯，然后举起杯子说，来来来，哥儿几个整一个。猴们嘻嘻笑着，端起酒杯，一饮而尽。这些时候，如果你恰好去候三家，你还以为是几位老猴子在此聚会呢。

不过，这样的时光注定越来越少了。猴们正在迅速变老，不可挽回地走向死亡。候三忧心忡忡地看着它们，心里充满了哀伤。他尽力让它们吃好，住好，玩好，可它们还是以肉眼可见的速度变老。猴们越来越安静，如老态龙钟的老人，动作迟缓，沉默寡言，丧失了活力，弥漫着死气。

春天又来了。屋后的梨花如约绽放，大片大片的，像一场大雪。桃树也开了，绯红如云，像朵朵彩霞。那段时间，大黑变得沉默寡言，它独自坐在梨树下或桃树下，抬头看如雪的梨花，看如云的桃花，看高远的天空。候三有种不祥之感，他觉得大黑有点怪，它的大脑似乎在琢磨什么问题。候三多次想让大黑和其他几只猴子一起玩耍，让它从那个古怪的世界走出来。为此，候三特地准备了水果宴，试图让大黑和大家一起嬉戏游戏，但根本没一点用。大黑似乎已经丢了魂，精神日益萎靡，皮毛凌乱不堪，眼睛逐渐暗淡。黄昏或晚上，大黑孤独地坐在树下，时不时翕动鼻子，似乎在嗅风中隐秘的信息。

梨花将尽之际，桃花飘落之时，大黑忽然恢复了精神，又吃又喝，和其他猴子嬉戏打闹。候三高兴之余，又有点担忧，大黑的表现让人感到奇怪。一个有月的晚上，候三躺在床上，翻来覆去睡不着。他的大脑异常活跃，多年前的往事历历在目。午夜之时，候三听见门外有脚步声，好像是谁在走来走去。候三想，莫非是小偷吗？紧接着，门外传来一声长长的叹息。候三披衣下床，蹑手蹑脚走过去，轻轻拉开门，只见大黑独自站在门外，仰着脸看天上的月亮。大黑见了他，轻轻叫了一声，拉起候三的手，走到屋后的梨树下。霜白的月光下，梨花无声飘零，如一场雨雪。大黑指了指树下的石凳，示意候三坐下。候三拿出烟，给大黑点上一支，自己也点上一支。大黑抬起头，对着月亮叫了几声。候三也抬起头，看见月亮似乎就挂在树上，特别大，特别圆。

第二天，大黑死了。那个早晨，细雨霏霏，天色灰暗。候三起床后，发现大黑蜷缩在床上，身体已经冰凉僵硬。候三抱起大黑，大放哀声，泪如雨下。二胖、三条、小四、小花，团团围着尸体，弯腰，鞠躬，老泪纵横。

候三找来棉衣、棉裤、棉鞋，像对待死去的老人那样，一丝不苟地给大黑穿上。候三说，大黑啊大黑，你真不够意思，这么急就走了，那边冷，多穿点衣服，一定要多保重啊。接下来，又买了一副棺材，小心翼翼地把大黑装进去。候三手扶棺材说，到了那边，如果孤独了，就托个梦回来啊。

大黑被葬在了屋后的山坡上，那里长满了密密麻麻的白桦树。大黑活着的时候，候三常带着猴们去白桦林里玩耍。下葬时，候三和咪咪带着剩下的猴子，头戴白帽，身披孝衣，齐刷刷跪在坟前，焚烧纸钱，人哭，猴也哭。

此后，猴们便一只接一只死去。二胖死于烈日炎炎的夏天，小四死于秋叶飘零的秋天，小花死于大雪飞舞的冬天。每一只猴子死去，候三都按照同样的方式，给猴戴白帽穿白衣，为之送葬。那一年，每过一个季节，屋后的山坡就堆起一个坟包。四个坟包并排而立，坟前放着纸马花圈，坟上飘着白纸。

埋葬小花后，候三和三条并排站在坟前，寒风吹动他们的白衣，簌簌发抖。候三拍着三条的肩说，老伙计，只剩下你我了，我们谁也不准走了，如果要走就一起走啊。三条拍了拍候三的肩膀，发出一声长长的叹息。

山坡上，四座坟并排而立，两个苍老的身影立在坟前，如同雕像。

玉龙在县政府发展得很好，卢县长很看重他，听说就要被提为政府办主任了。

卢县长到各乡镇检查工作，经常指名要玉龙陪同。酒桌上，干部们轮番向县长敬酒，县长常常叫玉龙代喝。玉龙来者不拒，兵来将挡，水来土掩，稳稳地挡在县长的面前。有几次，县长当着众人的面夸玉龙懂事，能干。听那口气，几乎已经把玉龙当半个儿子了。久而久之，人们都知道，候玉龙是县长的带刀侍卫，大红人。要放翻县长，得过候玉龙那一关。

玉龙却很低调，夹紧尾巴做人。他清醒地知道，机关上的事情，不到最后一刻，什么情况都可能发生。"机关"，把这两个字念上三遍，额头就会冒汗啊。他告诫自己，必须得稳住，学会做哑巴、扮聋子、当孙子。当然，玉龙并不是不想进步，他只是在等机会。表面上，玉龙不哼不哈。暗地里，玉龙却找各种理由，带上精心准备的心意，多次去县长家拜访。久而久之，玉龙就成了县长的心腹。县长暗示，他会寻找适当的时机，提拔玉龙为政府办主任。

卢县长位高权重，却有一大遗憾，他独子的大脑有点问题。用村里人的话说，大脑有点散。"散"是一个含义丰富的词，想一想，一个人的大脑散了，他还能正常思考正常做事吗？"散"意味着有点傻有点呆，要不就是有点疯有点狂有点与众不同。卢县长不惜重金，带着儿子到处求医生，却一次次无功而返。大家都知道，卢县长最大的心愿就是把儿子治好，后继有人，老有所依。如果谁能把他的独子治好，把他儿子的脑筋像捏泥巴一样捏成团，谁就是卢县长的恩人。如果成了县长的恩人，提个主任当个"长"又有何难？

事实上，候玉龙一直在暗中打听，希望能找到治疗县长儿子的良药。功夫不负有心人，终于有人引荐了一位专治怪病奇病的老中医。在玉龙的秘密安排下，老中医为县长之子做了几次仔细的诊断，最后认为可以治疗。老中医说这病并不难，就是需要用猴脑做药引，这猴脑可不好找啊。

那时候，猴子已经成为保护动物，乱抓乱杀是要蹲大牢的。不过，这难不倒玉龙，他想起了父亲那只名叫三条的老猴。在玉龙的秘密安排下，县长携独子悄悄来到了海子村，同行的还有老中医。

玉龙心怀忐忑，担心父亲不同意，就编了个借口，找人提前把候三约了出去。他想，等一切都结束了，不同意也得同意了。他还想，反正那猴已经很老了，活不了多久了，就当是让它为候家发挥点余热吧。

那个血色黄昏，候三昏昏沉沉地向村外走去，头脑里一片聒噪的蝉鸣。抬头望望天，落日已经西沉，晚霞一片血红，正在天上流成一条河。一条狗走在前面，一身黑色，悄无声息，如幽灵一般，充满神秘诡异之感。忽然间，候三听见一声惊天动地的尖叫，一声，又一声，如一把把飞刀飞进心里。

多年以后，人们还说起那个诡异的黄昏。正在坠落的夕阳硕大艳丽，汹涌的血河将天空淹没。一片朦胧血色之中，只见候三的身影像利箭一样飞驰而来，瘦小的身躯如黑色闪电。他的身后，跟着一头幽灵般的黑狗。

候三跑到屋后，见到了致命的一幕。三条被死死地绑在树上，脑袋已被利刃劈开，鲜血如泉喷射。候玉龙拿着勺子，一勺一勺地把猴脑舀出来……

三条瞪着眼，直直地看着候三，发出凄厉的叫声。候三的脑袋轰隆作响，似乎有千万只猴在尖叫，响彻天地。候三茫然地伸出手，却够不着三条的手。那一刻，候三眼睁睁看见血河奔涌而来，一下子将他淹没。

候三仰面朝天，大叫一声，一头栽倒在地上。

候三就这样倒下了，倒下后就没再起来。海子的第一个也是最后一个猴人就这样死了。从此，村里再也没有出现过第二个耍猴人。

玉虎认为爹跟猴子打了一辈子交道，应该把爹和那些猴葬在一起，却遭到了玉龙的极力反对。玉龙说，怎么能把猴跟爹相提并论，怎么能让爹跟猴平起平坐呢，你这不是侮辱爹吗，不是侮辱我吗？

玉龙最终请了个有名的先生，在吴王山上给候三找了块风水宝地。据懂行的人说，那是海子的龙脉制高点，候家将会出贵人，后辈肯定会封王封侯。

第二年清明，玉龙的司机开着一辆铮亮的黑色轿车，送他回来扫墓。车一停，候三坟墓上空顿时烟火满天。玉龙带了些烟酒糖果，让村里人都尝一尝。短暂的祭奠之后，候玉龙乘着轿车离去，那辆车在飞扬的尘土里渐行渐远，缩小成一个黑点，最终消失在茫茫群山之间。

刊发于《民族文学》2017 年 9 期

水下乐队

一

哪位老人熟了？山那边传来轰隆隆的炮声和咿咿呀呀的唢呐。

炮是土炮，一排三响，仿佛要将天顶掀开。炮声撞上岩壁，又猛地折回来，撞向另一面悬崖。千山万壑，轰隆声响过不停。按花水的规矩，老人熟了要放炮，三响一排，反复循环。熟了也就是老了，没了。卢凤秀曾对学生解释说，人就是果子，熟了就要坠落；像庄稼，熟了就要收割。天下没有不散的筵席，人熟了就得离开，这是没办法的事情。

送别死者的，除了轰响的炮声，还有咿咿呀呀的唢呐声。花水这地方，唢呐贯穿于人们的生老病死婚丧嫁娶，从古一直吹到今。结婚要吹，生孩子要吹，老人祝寿要吹，庄稼丰收要吹，人没了也要吹……只不过，不同的场合不同的季节吹奏的旋律不同。比如说吧，结婚的时候，唢呐喜气洋洋，节奏短促鲜明，旋律跌宕起伏，让听者载歌载舞喜笑颜开。丧葬场中，唢呐哀婉缠绵，凄凄惨惨戚戚，呜呜咽咽缠缠绵绵，让人不禁潸然泪下。

踩着唢呐的节拍，王小元像一只蚂蚱，沿蜿蜒山路往下走。他所住的地方叫上寨，位于马鞍山上方。说是寨子，其实不过七八户人家。不久前，又有几户扔下老房子，搬到政府统一修建的搬迁小区。王小元家也在搬迁之列，只不过还要等一段时间。王小元不止一次算过，等他小学毕业，就要离开这里。那时候，卢老师也该退休了。

花水地广人稀，属于花嘎乡十大行政村之一。这地方海拔落差较大，山头林立，沟壑纵横，整体呈斜坡状，匍匐在吴王山下。人户不集中，这里一村，那里一寨，少的三四户，多的几十户。房子或悬挂岩壁，或窝在山坳，或藏在峡谷，或趴在河岸。这地方有个习惯，不管人户多少，喜好用"寨"命名：或按位置命名，如上寨、中寨、下寨；或用姓氏命名，如王家寨、李家寨；或用动物命名，如猫寨、鸭寨；或用植物命名，如枫林寨、杨梅寨。整个花水，有大大小小几十"寨"。不过，自从乌图河下游的三岔河电站蓄水后，不少寨子已沉入水中。上升的江水将花水分为两半，一半在水上，一半在水下。

大老远，王小元看见了丁小琪和丁健。他们穿着蓝色校服，各背一支唢呐，站在山腰那块半人高的大石头上。他们是孪生姐弟，眉眼极为相似，只是一个头发长，一个头发短。姐弟二人性格相差很大，丁小琪爱跳爱唱爱说爱笑，丁健却是只闷罐子。几乎每一天，他们都站在石头上，等待沿山路下来的王小元。

三只蚂蚱连成一串，继续往谷底走。小路越来越窄，甩来甩去。这地方就是这样，沟沟壑壑，大起大落。怎么说呢？一沟更比一沟深，一山更比一山高。马鞍山够高了吧，但爬到山顶，上面还有高耸入云的吴王山。吴王山真是霸道，竖直横插在花水的后面，将世界一分为二。山崖上有一线狭长的石头缝隙，称为天门。岩壁上有一条陡峭的石梯，如绳子垂直悬挂。花水的人要出去，必须穿过天门，攀上石梯，爬上悬崖。

炮声无头苍蝇般乱撞，就是冲不出坚硬的岩壁。唢呐缠绵悱恻，让人不由得鼻子发酸。王小元说，声音是从猫寨传来的。丁小琪说，对，是王石头家那边。丁健说，莫非是王大爷？王小元点点头，抬头看见几只乌鸦从树上飞起，发出呜哇呜哇的怪叫声。

下到岔道口，左边走来头发淡黄的李小花，右边走来胖墩墩的陶如松。他们也穿着天蓝色校服，背上插着一支唢呐。五只蚂蚱连成一串，继续往下走。目光越过灌木和芦苇，跌入伏在谷底的乌图河；河水如同巨蟒，弯弯拐拐地游进连绵群山。太阳爬上山头，像一朵向日葵。河水陡然闪闪发亮，动静越来越大，涛声越来越响。河岸上相对而站的两株火绳树，驮着那座竹竿搭建的桥，桥上站着卢凤秀老师小小的身影。

渐渐地，卢老师的身影高起来，大起来。她身穿白色衬衣，脚踩竹竿桥，手扶火绳树，微微笑着。王小元敏锐地发现，卢老师的笑容与往日不太一样。日光打下来，她额头的皱纹纵横醒目，白发历历可数；背着一支唢呐，喇叭口特别大，微微泛红。据老人们说，那支唢呐材料优良，做工讲究，是少见的精品。唢呐有些年头了，上面染过几个人的血。如果在月光下吹奏，可见唢呐红光闪烁，如盛开的喇叭花。

卢凤秀张开双臂，迎接五只蚂蚱跳上桥头。

走吧，同学们。卢凤秀抬头看看山那边。

老师，石头还没到呢。几个孩子异口同声。

卢凤秀掉转目光，说，走吧，石头请假了。

王小元打头，卢老师断后，踏过摇晃的竹竿桥，走向河流彼岸。桥的构造很简单，底部是五六根手臂粗的铁索，上面铺着一节节粗大的龙竹，左右各一根拇指粗的铁链。桥老了，铁索锈迹斑斑，竹竿龇牙咧嘴。透过缝隙，可以看见哗啦流淌的河水。卢老师不止一次讲过，这桥建于清朝道光年间，其间多次更换竹竿。多年来，卢老师站在桥头，身形挺拔，长发飘扬，笑容灿烂。她就这样站在桥上，一天天旧下去，成了一帧黑白照片。

过了桥，又是蜿蜒的山路。转过几座小山，花水小学从水中冒出来。怎么说呢？这地方就是这样，河流弯弯拐拐，一不小心又跑到前面去了。花水小学坐落在凤鸣山上，原本离乌图河有好长一段距离。三岔河电站拦河筑坝后，水位渐渐升高，淹没了地势较低的地方。凤鸣山被水包围，成为一座孤岛，像一片浮在水上的荷叶。

水边的一棵大枫树上，系着一条小船。卢凤秀走上前，指挥孩子们一个接一个跳上去。解缆放船，三个男孩操起竹篙，争先恐后划起来。李小花和丁小琪坐在卢凤秀的身边，抬头眺望逶迤的山峦。几只水鸟从芦苇飞起，拍打着洁白的翅膀，发出清脆的鸣叫。

卢凤秀取下唢呐，问，同学们，曲子练熟了吗？

丁小琪点点头，李小花也点点头。男孩子奋力划船，激起白色的浪花。

炮声隆隆，唢呐声声，贴着水面飞来。卢凤秀放下唢呐，摇了摇头，抚摸船板，叹息一声说，唉，这船的主人走了。顿了顿，想说什么，却什么也没说。

五个孩子停止动作，瞪大眼睛看着她，一动不动。

二

船主叫王世龙，人称王大爷。一个多月前，他把船送给了花水小学。

三岔河电站位于乌图河、北盘江、毛从河交叉处，距花水三十多公里。拦河大坝高大坚固，如铜墙铁壁，将河流拦腰斩断。水位一天天上升，淹没田地、村庄、山谷、树林……人们惊异地发现，崇山峻岭悄然间已是汪洋一片。卢凤秀曾站在三尺讲台，指点辽阔的水面，朗诵伟人的《水调歌头·游泳》："……更立西江石壁，截断巫山云雨，高峡出平湖。神女应无恙，当惊世界殊。"伟人就是伟人，眼界之广阔，胸怀之宽广，目光之深邃，非一般人能及。让人最不可思议的是，伟人描绘的图景，居然在花水这种地方实现了。

水位一点点上升，缓慢却坚定。工作组频繁出入花水，落实搬迁政策。他们在县城划了一块地皮，专门用来安置搬迁户。花水人从未想过，有一天会被连根拔起，移植到另一块陌生的土地。刚筑坝时，他们以为那是非常遥远的事情，跟自己没有半毛钱关系。随着水位越来越高，看着江水马不停蹄奔向村落，他们感到慌乱，手足无措。他们终于意识到，这漫天而来的大水，终将吞没土地、房屋、庄稼、牲畜、祖坟……将他们赶出祖辈生活的地方。搬迁方案公布之后，上点年纪的表示反对，声称宁愿死在水里，也不愿意挪窝。年轻人却欢呼雀跃，他们忍这个鬼地方太久了，如今终于可以一步登天，成为城里人了。

水不是大风，却比大风厉害百倍。老人们念叨，老天是不是漏了？从未见过这么大的水啊，一刻不停地晃啊晃，让人头昏目眩。事实上，反抗也罢，埋怨也罢，结局早已板上钉钉。时间一到，江水扫荡，啥也不留。再说呢，去城镇怎么了？好得很，比这破地方强百倍千倍。老人们真顽固，说什么树长千丈落叶归根，不知道他们想过没有，千百年之前，这地方与他们有多少关系？那时候，祖先们不知还在哪里漂泊呢。不知何年何月何日，祖先们偶然闯进这鸟不拉屎的地方，这里便成了所谓的故土。如今离开这里，去到另一个地方，再过个几十年上百年，他乡不也是故乡吗？所以说，该走则走。人嘛，千万别一根筋。

还真有一根筋的人，王大爷就是一个。王大爷家住在位置较低的王家寨，那里有二十多户王姓人家。江水步步为营，日渐逼近村子。人们跪拜祖宗，拖儿带女走出花水，走向陌生的世界。王大爷犯了驴脾气，

死活不愿挪窝。他有两个儿子，长子王开学，倒插门到猫寨杨家，是花
水村的主任；次子王开亮，与王大爷住在一起。王大爷让王开亮带上妻
儿，该去哪里去哪里。他守着老房子，凶巴巴地盯着江水，声称要和该
死的水斗一斗。工作组软磨硬泡，也无法打动他的铁石心肠。他爬到水
位标牌之上，搭建了一个窝棚，打算开荒种地，与江水耗到底。他撑着
船，在临近窝棚的水上漂来漂去。远远看去，像一片随波逐流的浮萍。
王开学看不下去，几次三番找他，劝他不为自己想，也为下辈儿孙想一
想。王开学说，我是村干部，你不支持工作，反而拖后腿，我这工作怎
么干？别人会怎么看？领导会怎么说？好说歹说，王大爷心软了，同意
搬到猫寨，住进王开学家。

　　同样一根筋的，还有卢凤秀。离凤鸣山不远的山坳，坐落着一个叫
鸭寨的村子，卢凤秀就住在那里。如今，鸭寨已沉入水底，成为永久的
历史。卢凤秀坚持认为，如果能够潜到水底，肯定还能见到村子，还能
找到遗弃的房屋。或者说，熟悉的人熟悉的物仍活在水下，跟以前没什
么两样。只不过，水下的人出不来，水上的人进不去。

　　搬迁那天，村民齐刷刷跪在雨中，向祖宗作最后的告别。有人匍
匐在地，捧起一把泥土，揣进贴胸的衣袋。一场漫长的雨后，村民全走
光了。没人的村子瞬间破破烂烂，像一块破布。看着空荡荡的村子，卢
凤秀陷入难以排解的纠结。她不甘心就这样离开，试图从水中带走点什
么，比如三间砖房，破损的灶台，开花的果树，绿油油的菜地，走了
千百次的小路，那口清冽冽的水井……当然，她最想带走的，是葬在凤
鸣山下的儿子和丈夫。接连几天，她坐在矮矮的坟前，看着江水步步高
升。她本想把他们迁走，迁到水够不着的地方。当她决定动土时，她却
犹豫了。掘开泥土，就能找到丈夫和儿子吗？他们早已融入泥土，与这
地方连成一体，根本没办法分开。她最终决定，就让他们留在水下吧。

砖房还在，灶台还在，果树还在，菜地还在，小路还在，水井还在……真好，就让他们活在水下吧。

按搬迁政策，卢凤秀在安置区分到一套两室一厅的住房。政府想得周到，电视机、沙发、茶几、锅碗瓢盆全备好了，拎包即可入住。不过，卢凤秀暂时还不想去，她得守着学校，站好最后一班岗。中心校要将花水的师生统一打包，转到乡中心小学。卢凤秀找到中心校的聂校长，请求留下六年级。为什么这样呢？一是部分学生不愿意换环境，害怕影响成绩；二是她就要退休了，老胳膊老腿的，实在不想挪地方了。聂校长有顾虑，担心江水将学校淹没。卢凤秀拍胸脯保证，据江边竖起的水位标牌，哪怕蓄水达到峰值，最多只到凤鸣山的三分之二。形象点说吧，如果把凤鸣山比作一个人，水位顶多爬到"胳肢窝"。

聂校长斟酌再三，决定让六年级的学生自主选择，愿走的走，愿留的留。大半学生走了，最后只剩下六个钉子户。聂校长同意了卢凤秀的请求，让她带着六个学生走完最后一程。卢凤秀找到王开学，请求村里配备一艘船。王开学表示为难，村里资金有限，这事不太好办，他建议卢老师给学生做工作，带上他们一起去中心校。卢凤秀失望透顶，只得打道回府。她走了几步，忽听有人叫她的名字。那声音苍老嘶哑，低沉苍凉。她缓缓转头，看见王大爷拄着拐杖，弯腰站在大雾般的暮色中，像一匹老马。

王大爷提出，把他的船送给学校。卢凤秀很意外，她什么都想过，就是没想到王大爷会送船。王开学也蒙了，张开的嘴巴能放下鸡蛋。他看着父亲，就像看一个老疯子。

花水人都知道，王大爷有两条命：一条是唢呐，一条是船。多年前，王大爷无论走到哪里，总会背着或提着一支唢呐。有事没事，他举起唢呐，边吹边舞，旁若无人。他不断磨砺技艺，二十出头就成为吹奏唢呐的高手。综观方圆百里，能够与他一较高下的，唯有卢凤秀的父亲卢如海。唢呐匠分别以他们为中心，形成两大派：王家班和卢家班。双方憋着劲，针尖对麦芒，谁也不服谁。两派斗了近二十年，王大爷终于逮住机会，与卢如海斗唢呐，让卢如海当场吐血。从那以后，王家班一支独大，横行乡里多年。卢凤秀对父亲的死耿耿于怀，多年来如鲠在喉。她随身携带父亲留下的那支紫红色唢呐，随时随地磨砺技艺，试图找王大爷复仇。奇怪，王大爷却处处让着她，躲着她。六十岁不到，王大爷金盆洗手，将大大小小的唢呐锁进箱子。自从不碰唢呐，王大爷一下子蔫了，好像丢了半条命。

木船是王大爷的另一条命。在花水人的印象中，王大爷经常裸着膀子，举着长篙，乘着木船，沿江上上下下。那条船很神气，老龄杉木板打造，雕着龙凤图案。听人说，为了购置这条船，王大爷花光了吹唢呐挣来的钱。船的质量真好，这么多年过去了，船板依然坚挺结实，再用十年也没问题。近年来，王大爷不再跑船，也不再摆渡。不过，他仍隔三岔五下水，顺着河流跑上一段，或者捞几尾野生鱼，或者什么也不做。有人劝他，这么大年纪，该消停消停了。王大爷表示，不能让船老旱着，离开水船就没命了。还有人劝他，船留着也没用，不如卖了，换几个钱。王大爷说，放屁，谁愿意拿命换钱？

如今，王大爷却把船拿出来，这实在让卢凤秀震惊。她怀疑自己的耳朵出了毛病，没听清楚王大爷的话。王大爷声如洪钟，把同样的话又说了一遍。

卢凤秀一时语塞：这，这，不太好吧。

王大爷用不可抗拒的语气说，我不是为你，是为了孩子们。

王大爷顿了顿，又说，别忘了，石头也要上学呢。

三

卢凤秀显然不在状态，讲课拉拉杂杂，表述磕磕巴巴，笑容僵硬。讲完新课，她站在窗边，眺望烟波浩渺的水面。炮声不时砸落水中，轰隆，轰隆，轰隆。

这真是一个沉闷的日子。太阳忽明忽暗，雾气若有若无，云彩时灰时亮。王小元看了看卢老师的背影，又低头写作业。丁小琪碰碰李小花，朝卢老师努了努嘴。陶如松解完一道数学题，扭头看看卢老师，踩了丁健一脚。丁健差点叫出声来，伸手拧住陶如松的胳膊。王小元停下笔，恶狠狠扫视一圈，逼迫他们低下头，老老实实地写作业。

上午第四节课，卢老师讲完数学试卷，又安排了两个任务。卢老师说，午间自行吹奏参赛曲目《水下的声音》，下午的音乐课再作强化练习。另外，乐队的名字还没定，每个同学至少拟一个，下午集中讨论，确定乐队名字。卢老师强调，时间不多了，希望大家动嘴动脑动手，把参赛曲目练熟，争取在比赛中取得好成绩。

一个月前，教育局下发文件，要举办全县学生器乐大赛，优胜者有证书和奖金。文件规定，比赛与目标考核挂钩，每乡镇至少一支乐队。任务下来后，花嘎中心校的领导反复动员，却没有哪位老师愿意接招。大家都知道，乐队不好搞，搞不好会搞成笑话。事情就这么诡异，领导抓这个抓那个，却没想到卢老师。想想也是，一个糟老太婆，除了退休还能干吗。令人大跌眼镜的是，卢凤秀主动跑到乡里，抢下了众人避之不及的烫手山芋。

谁也没想到，卢凤秀搞了个唢呐队。聂校长直犯嘀咕，唢呐这东西，也能参加大赛吗？事实上，卢凤秀搞唢呐乐队，看似意料之外，实是情理之中。自从她进入花水学校，就一直教授学生吹奏唢呐。凡是她带的学生，几乎人手一支唢呐。花水人都知道，卢凤秀是吹奏唢呐的高手。王大爷不止一次说过，卢凤秀是花水的唢呐王。王大爷还说过几句莫测高深的话，认为很多人只是用嘴吹唢呐，而卢凤秀是用心吹，用命吹，用魂吹。

卢凤秀教授唢呐，主要采用"两选一创"的策略。所谓"两选"，即选用传统唢呐曲，选用课本歌曲。一是对本土的唢呐曲进行挑选、删改、增减、润色。比如，《抬花轿》《一枝花》《绣红灯》这些曲子，经过她的改编，别有一番滋味。二是挑选课本上的歌曲，进行一定的改编。比如《送别》《十送红军》等，用唢呐进行演奏，另有一种味道。所谓"一创"，即自力更生，自主创作。据不完全统计，卢凤秀创作过几十首曲子，有的流出校外，被唢呐匠反复演奏。这次参赛，卢凤秀上报的曲名是《水下的声音》。据说工作人员看见这个曲名后，特地去网上百度搜索。结果呢，根本找不到这样一支唢呐曲。

同学们清楚记得，卢老师夺下参赛任务后，连续几天苦思冥想，创作乐曲。她不时举起唢呐，吹奏几个音符，又赶紧记下来。她一次次顺着台阶往下走，一直走到插水位标牌的地方。她站在岸上，面对茫茫水面，吹出断断续续的音符。在她还不成型的吹奏中，隐约听到了水流声、马蹄声、牛叫声、鸡啼声、读书声、争吵声、哭喊声、花开的声音、禾苗抽穗的声音……几天后的一个早晨，卢老师精神抖擞地走上讲台，举起两张曲谱，宣布曲子已经弄好。卢老师解释说，是江水和月亮给了她灵感。

下了第四节课，学生们跟着卢凤秀，叽叽喳喳走进食堂。所谓食堂，其实就是卢凤秀的厨房。鸭寨被水淹没后，卢凤秀搬到凤鸣山上，住进了教学楼。教学楼是一幢两层平房，上下各四间。一到五年级搬走后，教学楼一下空了。卢凤秀住在一楼靠江的教室。一排书架，一张床，一张书桌，一把椅子，几支唢呐，就是她的家产。隔壁教室用作厨房，卢凤秀和学生们在这里共进午餐。一般情况，卢凤秀担任大厨，同学们打下手。有人说，卢老师真傻啊，自己找罪受。这话传到卢凤秀的耳中，她微微一笑，面如葵花。

吃过午饭，卢凤秀让同学们休息半小时，然后自行练习《水下的声音》。卢凤秀交代完毕，自行回卧室休息。同学们哪里睡得着，他们对了对眼睛，在王小元的带领下，一个个提起唢呐，溜出学校。云雾散开，太阳明亮动人。从上往下看，台阶像一道道琴键，从山下爬上来。他们哼着旋律，打着节拍，一直往水边走。这是王小元的主意，他说要离学校远一点，不要打扰卢老师。丁小琪则认为，在水边吹奏《水下的声音》，感觉会好得多。

台阶伸进水中，再也没有去路。一个多月前，还可以沿石头台阶走到山脚。台阶有多少道呢？他们记得清清楚楚，一共九十九道，如今只剩下四十道。

小船拴在胳膊粗的树上，随风轻轻摇晃。他们在临水的台阶上坐下，吹奏起《水下的声音》。这曲子已经练了几百遍，哪个地方该换气，该用什么指法，情绪如何表达，声音是高是低，已经烂熟于心。不过，卢老师总是不太满意，认为还差点味道。

吹了一遍，王小元让大家拿出纸笔，每人拟写一个乐队名。他们或坐或站，或眺望水面，或仰面看天，或闭目养神，或走走停停，或写写画画。几分钟后，王小元让大家坐成一排，依次宣布名字，并简要说明理由，最后举手表决，选出最恰当的乐队名。

陶如松第一个发言，他的乐队名是"花水唢呐"，意思是来自花水的唢呐队。李小花第二个发言，取名"花儿乐队"，意思是乐队像花朵一样盛开，前途似锦。丁健第三个发言，取名"太阳乐队"，意思是乐队充满豪情壮志，像太阳一样光芒四射。丁小琪第四个发言，取名"凤鸣乐队"。"凤鸣"有两层意思，一是指在凤鸣山上，表明学校的地理位置；二是取"凤凰涅槃"之意，寄寓乐队历经磨难，终将成为百鸟之王——凤凰。

王小元最后一个发言，他取名"水下乐队"。王小元解释说，"水下"既与参赛的曲目《水下的声音》相呼应，又是对水下世界的怀念。卢老师说过，站在水边，闭上眼睛，能听见水流声、马蹄声、牛叫声、鸡啼声、读书声、争吵声、哭喊声、花朵开放的声音、禾苗抽穗的声音……睁开眼，静静凝视水里，也许能看见青瓦房、开花的果树、奔走的牛马、忙碌的人影、蜿蜒的小路、袅袅的炊烟……水下的世界很精彩，可惜很多人看不见；水下的声音很动听，可惜很多人听不到。如今，"水下乐队"吹奏《水下的声音》，会带给人们奇妙的感受。

大家举手表决，一致同意"水下乐队"这个名号最佳。丁小琪撕下一张纸，工工整整写下"水下乐队"四个大字，并在后面签上名字。纸条依次传递，同学们郑重其事，签上自己的大名。他们决定了，要把签上名的纸条交给卢老师。

他们站在水边，举起七长八短的唢呐，再次吹奏《水下的声音》。

四

卢凤秀累极了，身子骨像被铁锤敲过。她一动不动，望着墙上那支紫红色唢呐，又想起王大爷。他可是唢呐王啊，如今却再也吹不出一点声音了。

她没想到，他会走得那么匆忙。有几次，他半开玩笑半认真地说，凤秀，大伯死了之后，为大伯吹一曲吧。她沉默，好像没听见。他点点头说，吹一曲吧，听着你的唢呐走，大伯会安心一些。她冷冷一笑，转身离去。她真想说，吹什么唢呐，下辈子吧。

年岁渐长，她见过许多生离死别，也为不少死者吹过唢呐。王大爷再提唢呐的事，她仍保持沉默。她明白王大爷的心思，看上去像开玩笑，骨子里却是认真的。这些年来，吹唢呐的越来越少了。王大爷担心自己死后，听不到一曲像样的唢呐。她心里的硬块有些松动，自问是不是有点过分？为什么不肯放过一位老人？吹一曲唢呐有什么了不起？话虽如此，但她还是过不了心里那道坎。想起父亲吐血的情景，她的心又变得坚硬如铁。她不能用父亲留下的唢呐，为父亲的对手吹奏送行。她为自己辩护，认为王大爷不过是个老去的坏人。直到王大爷把船送给学校后，她发现自己完了。这辈子，她可能没办法复仇了。

哀乐中闯进另一种旋律，单纯，干净，明亮。卢凤秀不由笑了，孩子们正在练习曲子呢。他们站在水边，举起唢呐，对着大江对着山峰对着天空，吹奏出生机勃勃的音符。两种旋律交叉交织，相互缠绕相互辉映，让人涌起一种难以名状的悲壮。

唢呐时而清晰时而模糊，卢凤秀在柔软的雾气里飘起来。她飘过石阶，飘到水边。水面大雾弥漫，潮湿的风吹动树枝，发出呜咽之声。忽有唢呐响起，哀婉缠绵，悲悲切切。循声望去，只见一叶小舟穿过大雾，晃悠悠漂来。船上坐着一人，看不清面目，像一团雾。小船渐近，她惊异地发现，船上的人是王大爷。王大爷面色阴郁，硕大的脑袋低垂，额头皱纹纵横，白发丝丝抖动。小船越来越近，王大爷忽然站起来，举起唢呐，吹响一支曲子。音符粒粒饱满，洒落江水之中，溅起点点水花。卢凤秀看着小船来到面前，叫了声大伯。王大爷看她一眼，停下跳动的手指，理理衣衫，微笑点头。卢凤秀喊，大伯，大伯。王大爷不说话，再次举起唢呐，手指灵活跳动，衣袂飘飘，白发飘飘，胡子飘

飘，走进水中。卢凤秀大惊，高声叫喊。王大爷回头看她一眼，面呈微
笑状，缓缓走进水中。江水漫过他的膝盖，漫过他的腰，漫过他的脑
袋，最后只剩下一杆喇叭似的唢呐，朝天吹出悠扬的音符。

卢凤秀大叫一声，从梦中醒过来。她怔怔地看着天花板，想起吹唢
呐的王大爷。怎么会做这样奇怪的梦呢？此时此刻，木船还停在山腰，
可王大爷已经走了。

耳边传来唢呐声，是那曲《水下的声音》。可以想象，几个小鬼或
站或坐在石阶上，对着大江对着山峰对着天空，吹响属于他们的旋律。
年轻真好啊，哪怕再悲伤的声音，也是那么明亮那么生机勃勃。那些水
下的声音，经由他们的唢呐，重新获得了生命。

上课时间到了。卢凤秀走进教室，孩子们已各就各位。卢凤秀清清
嗓子，提出三个任务：一是练习《水下的声音》；二是确定乐队名；三
是思考演奏中存在的问题。

同学们听从指令，吹奏了一遍《水下的声音》。卢老师认为，总体
没多大问题，情感充沛，气韵流畅，完成度较高。不过，还有些细节不
够精准，指法运用不算灵活，换气不太自然，表情略显僵硬。卢老师带
领大家，再次从头开始，一句一句进行讲解，并示范吹奏。卢老师强
调，吹奏时要注意表情，嘴唇收缩，呈微笑状。吸气时小腹向内收，胸
部肋骨向外扩，用小腹控制呼吸，吸气用鼻，呼气用口。卢老师尤其强
调了细节的处理，认为细节能为吹奏添彩。比如说，吸足一口气，小腹
作有弹性的收缩，可以发出颤抖的乐音。

卢老师边讲边示范，一节一节往下走。她让同学们一个一个来，一
个一个过。丁小琪和王小元过得最顺，几乎一气呵成，让卢老师竖起了
大拇指。丁健换气不够流畅，卢老师让丁小琪盯住他，必须把毛病改过
来。陶如松抢拍子，卢老师让王小元监督他，务必把拍子掐准。李小花

中规中矩，没什么大毛病，但也没什么亮点。卢老师让她想一想，乌图河是怎样流动的？大起大落，九曲连环，起起伏伏，荡气回肠。吹奏不能从头到尾一个调，而应该用心用情，让旋律流淌成跌宕起伏的乌图河，而不是平铺直叙，一马平川。

用了近半小时，终于把曲子从头捋到尾。卢老师站上讲台，神采奕奕，如统领千军万马的将军。学生们昂首挺胸，屏气凝神，像整装待发的士兵。卢老师举起唢呐，衔住芦嘴，面呈微笑状，吹出一串悠扬的音符。学生们也举起唢呐，衔住芦嘴，腮帮子时鼓时缩，手指起起落落。刹那间，天地间响起热烈的旋律，如同多声部的交响曲。

卢老师认为，同学们吹得不错，但还差一口气。她强调，曲子似乎少了点什么。怎么说呢，就像炒菜，少了味精；就像煮酒，少了酵母菌。她要求同学们，回去后继续练习，并不断思考，做到烂熟于心。同时认真想一想，如何给曲子加味精，或者加酵母。

接下来，讨论并确定乐队名。王小元举手起立，把折叠成方形的纸条递给卢老师。卢老师想了想，从衣兜里掏出一张纸条，冲大家扬了扬，递给王小元。

同学们迷惑地看着她，不知她要唱哪一出。

老师也拟了一个名字，卢凤秀指了指王小元手上的纸条，笑着说，我们来玩个小游戏，数到一二三，我和小元同时打开纸条。

同学们瞪圆眼睛，盯着王小元手里的纸条，大声说好。

一，二，三，两张纸条同时打开，教室里立刻响起一阵欢呼声。

两张纸条上，写着同样的四个大字，笔力遒劲，气势如虹。

教室里响起如雷的吼声，水下乐队，水下乐队。

五

拿到参赛权后，卢凤秀一度陷入难以自拔的焦灼。

她一直没想明白，自己为什么要跳出来，抢下这块难啃的骨头。怎么说呢？这好比一种条件反射，身体抢在大脑之前。她那气势汹汹的姿势，舍我其谁的劲头，让其他人又好气又好笑。争什么争，又不是香馍馍，急什么啊。卢凤秀不哼不哈，任由别人指指点点。她从未想过为什么要这样做，只是无端地觉得，不搞这个乐队，她无法跟自己交代。

要组乐队不难，难的是找到合适的曲谱。花水有不少口耳相传的唢呐曲，部分乐曲富有浓烈的民族特色，能够体现强劲的生命力或精神张力，却失之粗糙。书本上也有许多经典乐曲，但容易跟其他参赛队撞车，且与花水这片土地毫无关系。卢凤秀认为，参赛曲子一定要与花水有关，一定要足够独特。思来想去，只能走原创这条路。

那段时间，卢凤秀心里只有曲子。走路想，吃饭想，睡觉想，梦里也想。她时不时举起唢呐，吹奏出断断续续的音符，或调整音高音长，或变换指法，或调适气息。她随身携带纸笔，随时随地记录，将旋律定格到纸上。她眉头紧锁，皱纹骤增，身形消瘦，头发大把大把掉落。没办法，没有多少时间了。她只有一个念头，把曲子赶紧弄出来。没日没夜干了六七天，终于搞出一个大致的东西。不过，她不满意，相当不满意。怎么说呢？这就像打制一件铁器，不过弄出个雏形，看上去又笨又重。这样一件丑陋粗糙的器物，必须加以修改打磨，除去灰尘污垢，让其绽放耀眼的光芒。唯有如此，才好意思拿出手。

在学生眼中，卢老师仿佛着了魔。她曲不离口，笔不离手，吹吹唱唱，涂涂改改。她举起唢呐，沿台阶走到水边，走进芦苇丛，走进灌木林，走到哪儿吹到哪儿。夜深人静，她走出宿舍，独自站在凤鸣山顶，对着月亮吹奏。渐渐地，曲子有了起色，但她还不满意。用她的话说，还没把光磨出来。就像一把刀，只有在磨刀石上反复磨砺，才会有锋利的刀刃。她要寻找的，就是雪亮的刀光。就这样磨来磨去，她终于作出这首《水下的声音》。

直到现在，卢凤秀也没想清楚，自己为什么作出这样一支曲子。或者说，这首曲子不是她作出来的，而是神灵赐给她的。有些事情真的很神奇，没办法用常理解释。创作这首曲子的那个晚上，她遭遇的事情匪夷所思。事实上，如果不是亲身经历，她也不会相信。

那天晚上，她对着一粒烛光，时而吹奏唢呐，时而奋笔疾书。她有很多想法，却不能很好地表现出来。怎么说呢？就像隔着一层纸，怎么也捅不破。她苦思冥想，涂涂改改，修修补补。忽然来了一阵风，烛火摇曳几下，熄了。她拿起唢呐，拉开门走出去。青山巍峨，水面辽阔，月亮如玉盘，清风习习吹来。她举起唢呐，直直对着月亮，却发不出一点声音。

真有点冷，她打算转身回屋。山下传来一声唢呐，纤细悠长，像一根线，将她拉住。她愣了一下，沿着石头台阶，一步一步朝山下走。孩子们说过，台阶有九十九道，被水淹没了五十九道。她走到第四十道台阶，站在铺满月光的水边。那根线是从水下伸出来，沿着被水淹没的台阶悄然生长，爬到她的脚下，爬到她的身上，将她一圈圈缠住。

水里发出咕噜咕噜的声响，好像有鱼在游动。不远处冒出一串水泡，紧接着钻出一颗脑袋。她还没反应过来，那人从水中站起，是一个少年。奇怪，少年踩水而来，衣衫却干干爽爽。他举起唢呐，如履平地。卢凤秀怔怔地望着少年，仿佛中了定身法。

尽管多年没见，她一眼就认出了少年。不会错，绝对不会错，他是小虎，她的儿子小虎。她万万没想到，这么多年过去了，她还能见到小虎。小虎还是多年前的样子，他的形貌永远定格在了十四岁。他穿着花嘎中学的校服，背着大书包，满脸灿烂的笑容。他举着唢呐，手指灵活跳动，边吹边舞，边舞边吹。唢呐时而高亢时而低沉，时而凄婉时而铿锵，时而单纯时而沧桑。这是一首什么曲子呢？她仔细想了想，却一时想不起来。

小虎舞动身子，来到她的面前。她悚然一惊，小虎不是死了吗？多年前，他从竹竿桥上掉进乌图河，捞上来时已经没了呼吸。后来的日子里，她经常想起小虎湿漉漉的尸体，想起乌青的脸，紧闭的眼睛，沉重的头颅。可现在，小虎却吹着唢呐，载歌载舞，绕着她转圈。他的笑容还是那样灿烂那样顽皮，她真想摸摸他的头。小虎转了几圈，招了招手，忽然低下身子，没入水中。她什么也不想，赶紧跟上小虎，快步朝水下走去。

水如同空气，无形无味无重量。走在水下，跟走在地上是一回事。小虎像一尾鱼，自由灵活地游动。唢呐声声不绝，牵着她游向水的深处。走到凤鸣山脚，小虎回头笑了笑，蹿进芦苇丛中。她大惊，正要跟上去，忽见山岩壁下站着一个男人，不停地朝她招手。男人又瘦又黑，戴着眼镜，鬓角有不少白发。他背着一捆书，弯腰驼背，形如骆驼。她惊异地望着他，这不是她的死鬼男人潘老师吗？多年前的大雪夜，他不是从悬崖上摔下来了吗？

多年不见，潘老师还是老样子。他原本比较老相，现在反而比她年轻许多。潘老师站在凤鸣山下，阳光照着头发茂密的脑袋，闪烁出黑亮的光芒。奇怪，水底怎么会有太阳？她喊他的名字，却发现声音被水吞没，他根本听不见。他不停地说着什么，可她听不见。她打手势，问他要干吗。他打手势，指了指鸭寨的方向，又指了指台阶。她明白他的意思，他让她回家做饭，他去凤鸣山上课。他的手势，她很熟悉，一看就明白。

小路草色青青，野花恣意开放。崖上的映山红开了，一簇一簇的，如火焰闪动。一路上，她遇上赵家的狗、孙家的猪、李家的牛、王家的马、陈家的驴。畜生们跟她熟悉，或摇头摆尾，或哼哼唧唧，或哞哞长鸣，或舞动四蹄，或挤眉弄眼。一路上，苍穹高远辽阔，白云朵朵飘拂，青山巍峨耸立，瀑布哗哗流淌，树木生机勃勃，蝴蝶翩翩起舞，鸟儿叫声婉转。一路上，碰上扛锄头的张大爹、提簸箕的刘大娘、背背篓的王婶子、扛犁铧的李大哥、打猪菜的龙婆婆……她跟他们打招呼，他们看着她笑，却一句话也不说。他们飘飘忽忽，好像纸片人。她试图抓住他们，却发现一切都是徒劳。水声汩汩，水波荡漾。她忽然明白过来，生活在水下的人，随时随地随水漂荡，根本没办法停下来。

循着咿咿呀呀的唢呐，她走进了鸭寨。房子还是那些房子，人还是那些人，牲畜还是那些牲畜……什么也没有变。风中吹来庄稼成熟的气息，她一惊，四下张望，只见稻子黄了，玉米棒子熟了，高粱红了。房前屋后的果树挂满果实，红色的苹果、黄色的橙子、灯笼似的柿子……随风晃来晃去。秋风乍起，树叶变黄，片片飘落。卢凤秀惊讶极了，好像没过多久，怎么由春天一下跌入秋天？水下的季节与水上不一样吗？

水井还在，小路还在，菜地还在，三间砖房还在。她走进屋子，凳子椅子还在，锅碗瓢盆还在，镰刀锄头铲子还在，柜子箱子还在，用了多年的灶台还在。家还是那个家，似乎一切没变，又好像一切都变了。她走进厨房，生火做饭，发出噼噼啪啪的声响。所有人家都在做晚饭，村庄上空日头血红，各种声响汇成热烈的交响曲。谁家的婆娘扯开大嗓门，正在呼喊儿子的名字。谁家的老头坐在门前，正在呼啦呼啦抽水烟。谁家的老奶奶举起扫把，正在追赶鸡鸭。谁家的狗抬头望日，不停地吠叫。谁家的孩子大声哭喊，满村子找妈妈。此时此刻，日头正在西沉，水声忽然响起，从远处逼近村子。

卢凤秀走出家门，惊奇地发现天空飘起大雪。转眼间，村子被雪淹没，白茫茫一片。她大声呼喊小虎和潘老师，却没有一丝回应。他们去哪儿了？她做好饭，等待他们共进晚餐，他们却不见了。她踏上小路，发现雪格外黏稠，好像要将她粘住。她大惊，心想水就要结冰了，她得赶快出去。人们陆续走出，老老少少男男女女，黑压压一片，站在大雪之中。她伸出手，试图拉住他们，却发现遥不可及。轰的一声，大水涌上来，他们不见了。

卢凤秀从水里钻出来，湿漉漉地坐在石梯上。没有风，江面洒满月光。她整整衣衫，举起长长的唢呐，对着月亮吹起来。一曲终了，满山霜雪。

她对着月光，将音符刻到纸上。那一刻，她看见了刀光。

六

卢凤秀纠结了好一阵，决定去王大爷家走一遭。有句话说得对，死者为大。花水百年的规矩，不管谁家的老人熟了，邻里乡亲得去送一程。

究竟带不带唢呐呢？这是一个问题。卢凤秀挣扎了一下，放下唢呐，拿起电筒，走出宿舍。孩子们候在操场上，说着笑着打着。她吆喝一声，他们排成队列，像一串蚱蜢，跟着她踏过台阶，来到水边。孩子们逐一爬上小船，她解开绳子，用竹篙点了一下，小船晃悠悠荡起来。男孩子奋力划桨，发出哗啦啦的水声。女孩坐在卢凤秀身边，望着余晖中的山峰。夕阳西坠，映照芦苇，白花朵朵，水鸟纷飞。卢凤秀嘱咐孩子们，一是要加强复习，为小学生涯画上圆满的句号；二是要反复练习曲子，争取比赛中拿到好名次。

小船靠岸，泊在大枫树下，系上缆绳。王小元打头，卢凤秀殿后，一串蚱蜢沿着蜿蜒山路，转过几座小山，来到竹竿桥上。过了河，卢凤秀站在桥头，与同学们一一招手，叮嘱他们路上小心。同学们走了好远，回头仍看见卢凤秀站在桥头。

王小元双手合成喇叭，大声说，卢老师，回去吧。

卢凤秀挥挥手，没有转身，而是跳下桥头，朝山那边走去。

老师，你要去王石头家吗？王小元喊。

卢凤秀点点头，又挥挥手，示意他们赶紧走。

王小元吆喝一声，同学们纷纷掉头，跑到卢老师身边。

卢凤秀拉下脸，大声说，干什么？你们干什么？

同学们异口同声，老师，我们也要去送送王大爷。

卢凤秀叹口气，时间不早了，你们回家吧。

同学们站着不动，一双双眼睛盯着她。

王大爷上山的时候，你们再去送他，怎么样？卢凤秀的口气软下来。

天要黑了，回去吧。卢凤秀看了看山头的落日。

同学们跟她说再见，陆续转身离去。卢凤秀站在原地，看着他们爬上山坡，背上的唢呐闪闪发亮，像怒放的喇叭。她忽然格外挂念那支挂在墙上的唢呐。她真搞不懂自己，为什么不带上它呢？没有那支唢呐，她感觉浑身不对劲，好像缺了一块。

爬坡，转弯，下坡，上坡，翻过长满荒草的山头，穿过茂密的青冈树林，就是猫寨。猫寨窝在山坳里，后面是断崖，左右是山坡，前面是一片田地。寨子中央有一株大樟树，树冠亭亭如盖。大树下有一幢二层平房，那就是王大爷家。

夜幕降临，一钩弯月挂在崖顶。大树下灯影绰绰，人影晃动。卢凤秀绕过几户人家，踏着锣鼓的节奏，走向王大爷家。虎头虎脑的王石头闪出来，脆生生喊，老师，你来了。不等卢凤秀回答，一转身跑到大门，冲跪在棺材前的王开学喊，爹，卢老师来了。

王开学赶紧起身，朝卢凤秀迎上来。他白帽白衣白裤，扎白布带子，提着一根丧棍。他垂下手，弯腰下跪，行跪拜礼。卢凤秀扶起王开学，点燃三炷香，走到棺材前面，接连磕了三个响头，把香插进香炉。王大爷的遗像坐在棺材前，脸色灰暗，形容枯槁，眼睛凹陷。她与王大爷对视一眼，不由悚然一惊。王大爷神色苍凉，嘴唇嚅动，白发抖索，泪光闪烁，额头的皱纹攒在一起。她吓了一跳，心想死去的人难道还会难过？还会继续变老？

唢呐又响起来，仍是咿咿呀呀的调子。卢凤秀看了一眼，两个老头坐在屋檐下，鼓起腮帮子吹唢呐。看得出，他们很卖命，但对唢呐的掌控实在不行。怎么说呢？指法不行，气息不行，音准不行，配合不行，表情生硬。曲子呢，翻来覆去就那么几首。很明显，他们不过是来凑数的，意思意思而已。作为称职的唢呐匠，要能根据死者的生平，吹奏适宜的曲子。正如王大爷所说，唢呐匠吹奏的曲子应该是一篇祭文。这些年来，人们争先恐后往外跑，唢呐匠这行业越来越不行了。谁家有红白喜事，很难再请上一台真正的唢呐了。

王开学把卢凤秀让进内屋，表示有事商量。灯光之下，他面色灰暗，眼睛血红。卢凤秀坐下，端起一杯茶，等他开口。王开学掏出烟盒，给卢凤秀发烟。卢凤秀摆手，说不会。王开学又提起酒壶，给卢凤秀斟酒。卢凤秀摇头，说不喝。卢凤秀端起茶杯，叫他不用忙活，有事说事。王开学点上一支烟，吸了两口，点头说，好，那我就直说了。

王开学神色悲凉，说父亲走得仓促，让人一时无法接受。前一段时间，王大爷生病住院，做了心脏搭桥手术。医生说手术很成功，只要注意休养，活一百岁没问题。王大爷很快恢复了健康，能吃能喝能做。他闲不住，经常带上纸笔，沿乌图河走走停停，来来回回，写写画画。其实，这也是他多年的习惯，随身携带纸笔，随时记录歌词或曲调，回头整理或创作成型，再誊写到乐谱册上。他站在水位标识牌旁，盯着一天天上涨的江水，想象沉入水底的村庄，计算哪些地方还将被水淹没。就这样，他注视一片土地一棵树一块石头，看着它们一点点沉没。他自言自语，不时嘟囔着什么，在纸上写写画画，涂涂改改。家里人劝他，不要折腾不要乱跑，以免弄伤心脏。他哈哈大笑，说自己命硬，阎王爷不敢收。

几天前，他感到胸口隐隐作痛。王开学很担心，打算把他送进城里，让医生查一查。王大爷死活不肯，认为不过是小毛病，喝点水吃点药就行。他吃了几次药，胸口果然不疼了。又养了两天，他带上纸笔出了门，沿河而下，走走停停，写写画画。他傍晚时分回来，一头钻进屋里，打开乐谱本，一边哼唱，一边记录。弄好之后，他走出屋子，精神抖擞，满脸笑容。他说好久没喝酒了，让儿媳炒几个好菜，一家人好好吃一顿。

饭桌上，王大爷喝了两杯酒，说了很多话。他让人感到奇怪，仿佛要出远门，对每个人反复叮嘱，事无巨细。最后，他提起卢凤秀，说了三件事。

提到我？这与我有什么关系？卢凤秀看了看王开学。

我爹说，他一直想找你说几句话，但开不了口。

卢凤秀摇摇头，我们没什么可聊的。

王开学吸了口烟，加重语气说，我爹说了三件事。

卢凤秀不说话，端起茶杯，喝了一口。

王开学记得，那时已是晚上十点。吃了饭，他陪王大爷坐在樟树下聊天，石头托腮坐在旁边。王大爷抱着水烟筒，咕咚咕咚吸了一气，提起了三岔河水电站的事。他说他看过水位标牌，再大的江水也不可能淹没凤鸣山。换句话说，花水学校会一直矗立山顶，像一座灯塔站在孤岛之上。真可惜啊，那么好的教学楼，白白地空着。他作出决定，将木船送给卢凤秀，谁也不得索要。为什么要送给她呢？有了船，她可以随时去学校看看。

那船，也只有她用得上了。王大爷如此叹息。

接下来，王大爷打开一个木箱，里面放着六把长短不一的唢呐，还有一本乐谱。唢呐很有些年头了，但干干净净，在月光中泛起银亮的光芒。王开学当然知道，那些唢呐是父亲的宝贝，他用它们吹奏过各种各样的曲子。可以想象，一个个深夜，王大爷打开箱子，一遍遍擦拭唢呐，一次次抚摸唢呐。乐谱纸张泛黄，字迹却工工整整，清爽干净。这是王大爷几十年来收录的唢呐曲，他把他吹奏的旋律刻进纸张，定格成符号。

王大爷凝望唢呐，又翻了翻曲谱，低声说，这些，帮我交给凤秀。

王开学愕然地看着他。这些东西，父亲看得比生命还重，为什么要送出去？王大爷关上木箱，递给王开学，叹口气说，记住，交给凤秀。王开学忍不住问，真要送吗？为什么？王大爷目光炯炯，斩钉截铁地说，这些东西，只有凤秀用得上了。

王开学打开柜子，提出一个木箱，递给卢凤秀说，收下吧。

这，这怎么行？我不能收。卢凤秀推开木箱。

收下吧，要不我无法跟爹交差。王开学恳求说。

卢凤秀想了想，接过沉甸甸的箱子。

王开学舒了口气，垂下头说，我当时没想到，我爹这是交代后事啊。

卢凤秀叹息，怎么会这样？唉，真想不到。

我爹说，有一天老了，希望你为他吹一曲。

卢凤秀低头看了看木箱，没有吭声。

我爹还说，要是能听你吹一曲，他就安心了。

卢凤秀不说话，低头喝干茶水，缓缓站起来。

唉，也许，我爹不该有这种要求。

卢凤秀提起箱子，沉默着往外走。

卢老师，对不起，让你为难了。

七

卢凤秀的父亲卢如海，人称卢瘸子，是花水数一数二的唢呐高手。卢如海原本不是瘸子，十七岁那年废掉了一条腿，走路一瘸一拐的，彻底成了铁拐李。

乌图河边有一片沼泽，长满茂盛的芦苇。雨水季节，江水漫溢，芦苇丛汪洋恣肆。水退之后，芦苇丛留下了大大小小的水洼。那些随水流入苇丛的鱼虾，有的来不及撤退，永远留在了水洼之中。江水回落之后，人们提着篮子，去芦苇丛捡鱼虾。水洼又小又浅，鱼虾束手待毙，成为人们桌上难得的佳肴。卢如海十七岁那年，跟着伙伴们去芦苇丛捡鱼虾。芦苇一片泥泞，随处可见杂乱的枯树残枝。他们顶着烈日，赤脚踩过发烫的泥沙，从一个水洼走向一个水洼，抓捕那些绝望的鱼虾，一一丢进竹篮。金色的阳光洒下来，不时有鱼儿跳起，溅起银子般的光芒。小伙伴们叫着吼着，冲向一个个水洼。卢如海忘乎所以，野马般飞起落下，飞起落下。当他又一次奔向芦苇，左脚掌恰好踏中一根锋利的芦桩，只听扑哧一声，芦苇秆从脚掌上冒出来。芦苇丛响起凄厉的惨叫，吓得水鸟扑棱扑棱乱飞。

卢如海的父亲请来神婆，念经驱邪，设坛捉鬼。正值七月，卢如海躺在床上，脚掌发烂发臭。神婆说没问题，只要收了鬼，最多养上几天，就会跟原来一样。熬了一段时间，伤口不但没有好转，反而红肿如花。又拖了几天，伤口腐烂化脓，形成一个臭烘烘的窟窿。卢如海的父亲慌了，想办法借了点钱，请人把儿子抬进乡医院。不过，已经太晚了。伤口虽然控制住，但那条腿却被医生宣告报废。出院后，人们明显看出，卢如海的左腿瘸了。他走路的时候，先把右脚迈出去，停下来，顿一顿，再把左脚拖上去，如此循环往复。

一夜之间，卢如海仿佛成了哑巴。他经常拄着拐杖，一颠一颠走到江边，一站就是大半天。他站在江岸，看茂盛的芦苇，看繁盛的白花，一动不动。芦苇叶子狭长如剑，闪闪发亮。还有滚滚东去的江水，跳动着逼人的光芒。看着看着，他感觉芦苇举起的不是叶子，而是一把把刀子。江水也不是江水，而是锋利的玻璃，闪着尖锐的光芒。

有一天，卢如海摘了片芦叶，放进嘴中吹起来。那声音有点晦涩，不够流畅，时断时续。吹着吹着，曲调变得婉转悠扬，抑扬顿挫，高低错落。他面对葱茏的芦苇，面对浩渺的江水，面对广阔的天空，一曲接一曲往下吹。风把乐声带向四面八方，带进每一个人的耳朵。人们纷纷从村里循声走出，陆续走到江边，看着这个疯子般的小伙子。

又一个落日的黄昏，江边走来一位五六十岁的老头，手里提着长长的唢呐。老头的身后跟着一个浓眉大眼的少年，背上插着铜色唢呐。卢如海吹完一曲，老头举起唢呐说，小伙子，吹吹这个。卢如海看了看面前的老头，认出他是花水有名的唢呐匠——齐振声。方圆百里，谁家有红白喜事，往往少不了齐振声。齐振声带着他的齐家班，在人们敬仰的目光中，吹响一支支曲子。齐振声名声大，有不少徒子徒孙。每次有任务，他只要吆喝一声，马上就能组成一台唢呐。一台唢呐至少四人，两个唢呐匠，一个打鼓的，一个打镲的。成员并不固定，可以根据情况灵活搭配。齐振声仁义，每次演奏的收入，他并不多吃多占，而是按照人头平均分配。这也是多年以来，乐手们愿意追随他的原因之一。

卢如海摇了摇头，没有接唢呐。

齐振声指指少年，朗声说，世龙，吹一曲吧。

卢如海看了看少年，认出他是王家寨的王世龙。王世龙两年前拜齐振声为师，唢呐已吹得像模像样。很多人都说，王世龙将会成为齐家班新一代班主。

王世龙取下唢呐，衔住芦嘴，对着夕阳吹起来。唢呐旋律铿锵悦耳，一粒粒跳入江水，充满了豪情壮志，洋溢着生机勃勃。

一曲终了，齐振声对卢如海说，走吧，跟我回去。

就这样，卢如海拜入齐振声门下，与王世龙成为师兄弟。几年后，卢如海和王世龙成为齐家班两大名角，让唢呐班声名鹊起。齐振声年事已高，决定金盆洗手，另选班主。毫无疑问，班主只能从王世龙和卢如海中产生。齐振声经过反复分析，认为两徒弟各有千秋。王世龙形象好，有领导能力，能识文断字，会识谱作曲。对于班主而言，能够不断丰富谱曲，并且推出新曲子，这是非常难得的。不过，王世龙也有缺点，爱记仇，脾气暴，玩心大，吃心重。卢如海呢，行走不太方便，大字不识几个，也不会记谱作曲。不过，卢如海也有过人之处，吹奏技艺更纯熟，对乐曲的处理更为细腻动人。最关键的是，卢如海单纯质朴，能容人，能吃苦，能吃亏。可以判定，他会一门心思扑在唢呐上，一辈子也不改变。

就在齐振声举棋不定的时候，发生了一件事，让他的天平偏向了卢如海。齐振声的独生女叫齐小菊，二十出头。齐小菊心灵手巧，但长相一般，脸上有麻子，说话大舌头。王世龙对齐小菊相当好，什么事都依着她。师兄弟们私下议论，王世龙肯定要成为师傅家的乘龙快婿。有人打趣，说王世龙近视眼，没看见满地芝麻；耳朵倒是挺好，能听懂期期艾艾的大舌头。王世龙声色俱厉地说，我就喜欢小菊，怎么了？这话传到齐小菊的耳中，她激动得泪眼婆娑。谁料有一次，王世龙喝醉了酒，拍着胸脯说，等他娶了齐小菊，就可以继承师傅的家产，还可以当唢呐班的班主。这话传到齐振声的耳中，他把自己关在屋里，坐了一天一夜。几天后，齐振声宣布，由卢如海担任唢呐班的班主。

从那以后，齐小菊不再理睬王世龙。王世龙反复解释，齐小菊根本听不进去。一年不到，齐小菊嫁给了卢如海。齐小菊结婚那天，王世龙独自走到江边，对着江水吹起一支曲子。那曲子呜呜咽咽，悲悲切切，像人在哭。有人说，真搞不懂，他为什么要哭。

卢如海和齐小菊结婚后，王世龙离开齐家班，拉起一帮人马，成立了王家班。齐振声把唢呐班交给卢如海，改名卢家班。从此以后，唢呐匠分别以卢如海和王世龙为中心，形成两大帮派。齐振声在世的时候，王世龙还不敢过于放肆，至少表面上维系关系。齐振声病逝之后，王世龙甩掉紧箍，处处跟卢如海对着干。这种"干"不是吵架，不是打斗，而是"斗法"。所谓斗法，就是比拼吹奏功力，就如武林高手华山论剑，看谁的武功天下第一。按不成文的规定，输家没资格跟赢家争饭吃。嘴上的唢呐，关乎吃喝拉撒，关乎生死存亡，谁也输不起。尤其对于班主来说，这事没办法逃避，决不能认怂，否则没办法向手下交代。大凡红白喜事，只要王家班碰上齐家班，少不了两军对垒，上演一场大战。

卢凤秀上初一那年，卢如海吹奏时出现气息不够、胸部刺痛等状况。他没有在意，认为不过是累了，睡上一觉就好。有人私下说，老卢的武艺不行了，把唢呐当作吹火筒。卢如海心如火烧，越发拼命吹奏。他看重自己的手艺，如果把招牌弄砸了，这比死还难受。他强忍胸痛，强忍咳嗽，拿出全身力气，力求吹出婉转流畅的音符。那支跟他多年的唢呐忽然变了，不再听他指挥，好像藏着一只鬼。搭档听出他气息不够，劝他不要吹了，抓紧时间去医院看看。他听不进去，恶狠狠地说，你们翅膀硬了，嫌我挡路了？想把我踢开？话说到这种地步，谁还敢劝？只得看着他抱着那支不祥的唢呐，呜呜咽咽地吹。

鸭寨赵家办丧事，请了几台唢呐。各班唢呐匠划定地盘，吹唢呐的吹唢呐，打鼓的打鼓，打镲的打镲的，憋足劲要把对手打压下去。这种场合就像打擂台，绝不能藏着掖着。观众的眼睛是雪亮的，哪一台吹得好，会赢得喝彩；哪一台表现差，观众会打口哨，扔脏话。谁有一阳指，谁有蛤蟆功，谁有降龙十八掌，谁也骗不了谁，得看嘴上功夫。

卢如海吹了一阵，胸口又痛起来，引起一阵咳嗽。王世龙冷笑，大声说，兄弟，你这是吹唢呐？还是敲破锣？卢如海吐出几口痰，忍住胸痛，又举起唢呐。有人劝他忍一忍，不要吹了。卢如海哪里听得进去，他咳嗽几声，把芦嘴送进嘴里，立刻响起嘹亮的乐声。鼓铿锵，镲清脆，唢呐高低错落，时而激越，时而低沉，时而悠长，时而急促。

王世龙的唢呐骤然响起，来势汹汹，咄咄逼人。他率领部下，高举唢呐，晃动身体，边吹边舞，边舞边吹。全场发出热烈的掌声，欢呼声，口哨声。卢如海急了，纵身跳到桌子上，怒目圆睁，高举唢呐，仰面朝天，吹出一阵激越之声。唢呐声爬上一个顶峰，略微停顿了一下，又朝更高的险峰飞去，越攀越高，越攀越高。人们寂然，看着卢如海越飞越高，飞向月亮，升入天际。所有唢呐一片死寂，只有卢如海坐在月亮上，举着紫红色的唢呐。

一曲终了，众人寂然。卢如海定格了一会儿，高举的唢呐缓缓垂下，鲜血从唢呐口喷涌而出。仅仅一秒钟的时间，唢呐全身鲜红，从空中猝然掉落。

卢如海身子后仰，从云端呼啸跌落，发出一声巨响。

八

　　卢凤秀踽踽独行，脚板踏过草丛，发出窸窣之声。影子无声相随，木箱不时拍打腿部，发出某种怪异的声响。她看一看斑驳的箱子，觉得这世上的事情有点古怪。

　　下坡，上坡，转弯，下坡，来到乌图河边。两株高大的火绳树站在月光中，驮着破破烂烂的竹竿桥。她喘口气，把木箱换到另一只手。走到桥中央，耳边传来隐隐的鸣叫声。她停下脚步，只有竹竿桥晃悠晃悠，什么也没有。她继续走，木箱拍打大腿，又响起金属之声。她停下来，目光落在微微颤动的箱子上。她恍然大悟，原来是唢呐闹出的动静。她试着走几步，箱子又动起来，发出金石碰撞之声。她加快步子，箱子的动静越大，铿铿锵锵作响。她产生一种奇怪的感觉，好像有人坐在箱子里，或者跟在身后，不停地吹唢呐。

　　卢凤秀走到桥头，坐在树杈上，深吸一口气，打开箱子。月光涌进来，映照出六支长短不一、大小不一、颜色各异的唢呐，还有泛黄的乐谱。看得出，唢呐是上好材料制成的，在月光下泛起冷冷的光辉。这样的唢呐，如今再难找到了。当下的匠人，谁还会为了一支唢呐，搭上大把的时间和满腔的心血。这样的唢呐，嗓门是一流的，能吹出卓尔不凡的声音。她的目光再次抚过唢呐，不由一震。她终于记起来了，在丈夫的葬礼上，王大爷正是用这些唢呐，连续不断地吹奏曲子。她身子微微颤抖，耳边又响起呜呜咽咽的旋律。

　　多少年来，卢凤秀无数次想过，要是父亲不那么早过世，她的人生或许是另一番光景？不过，发生的已经发生了，任何假设都毫无意义。父亲与王世龙斗法吐血后，在床上躺了两个多月，郁郁而终。卢凤秀记得，父亲卧病期间，瞪着血丝密布的眼睛，盯着挂在墙上的那把染血的唢呐，目光满是绝望。虽然吹了多年唢呐，父亲手里其实没多少钱。为了给父亲治病，母亲不得不变卖家产，不得不到处借钱。结果呢，钱花光了，人没留住。那个寒冷的冬天，父亲黯然走完最后一程。临死前，他看着卢凤秀，伸出一只手，指着墙上那把唢呐。卢凤秀把唢呐取下来，放到他的手里。他握住唢呐，看了女儿一眼，缓缓闭上了眼睛。

天气真冷，下起鹅毛大雪。吴王山一夜白头，像顶天立地的白胡子老人。乌图河碧青凛冽，流过壁立千仞的峡谷。风吹动芦苇，簌簌作响。卢凤秀以近乎冷酷的态度，拒绝了王世龙要为父亲吹奏一曲的请求。她让他走开，不要干扰父亲的安宁。王世龙趴在雪地里磕了三个头，拖着唢呐走了。他的背影消失在雾霭中，传来断断续续的唢呐声。

卢凤秀站在潮湿的坟堆前，举起那把紫红色的唢呐，吹响一支哀婉的曲子。她面容悲戚，形如枯瘦的芦苇，衣袂随风飘摆。人们惊异地看见，卢凤秀嘴上的唢呐红光闪耀，宛如梅花朵朵。自从唢呐染血之后，颜色发生了很大的变化。卢凤秀反复清洗唢呐，却怎么也洗不干净，反而越洗越红。有人说，卢如海的血浸入唢呐，改变了唢呐的颜色。

卢如海死后，卢凤秀黯然退学。身后没了父亲，她实在撑不下去了。那个年代，花水有一种根深蒂固的观点，认为女孩是别人家的，读书多不划算。齐小菊也多次说过，女娃娃嘛，读啥子书？挑针绣花是正经。卢凤秀小学毕业，齐小菊让她回家干活，不要再浪费钱了。卢如海不同意，坚持把女儿送出花水，送到花嘎中学。卢凤秀每次从花水去学校，父亲总要帮她驮着行李，送她穿过狭窄的天门，再爬上垂直的石梯。父亲站在山头，举起唢呐，目送她离去。她走了好远，还能听见悠扬婉转的唢呐。就这样，她在父亲的唢呐声中来来去去，一直走到初三。可现在，父亲没了，送行的唢呐也没了，她真走不下去了。

没过多久，她嫁给了民办教师潘方平。很多人想不通，潘方平比她大十多岁，要本事没本事，要相貌没相貌，她为什么会看上他。齐小菊骂她，说她眼睛瞎了。她懒得争辩，义无反顾地把自己嫁了。她后来想，为什么要嫁给潘方平？细究起来，主要有两个原因。一是潘方平是民办教师，多少能认几个字。二是父亲生病之后，潘方平主动借给她家一笔钱。那时候，多少人唯恐避之不及，可潘方平却主动伸出援手。这让她觉得，他是一个善良的人。

卢凤秀出嫁时，带走了父亲留下的那支唢呐。从那时起，她总是随身携带唢呐，随时随地吹上一段。唢呐就像某个器官，从她的身体里长出来。人们觉得奇怪，作为女人，为什么要学唢呐呢？按花水的规矩，玩唢呐的清一色男人。卢凤秀可不这样想，她利用零碎时间，熟记唢呐曲谱，苦练吹奏技巧。她读书时喜欢音乐，跟老师学过简谱，略懂演奏弹奏。辍学后，没想到那点音乐知识派上了用场。她随身携带纸笔，收集唢呐乐曲，记录一闪而过的灵感。父亲死后，她深感口耳相传的缺陷。声音是流动的，无形无味的，风一吹就散了。一个唢呐班，如果只靠口耳相传，很难做大做强。怎么办呢？文字是最好的弥补手段。运用文字，运用符号，可以将声音定格。卢凤秀甚至认为，父亲之所以输给王世龙，跟他不懂记谱作曲有直接关系。反观王世龙，长期坚持收集曲谱，并不断揣摩不断修改，明显技高一筹。不止如此，他还自主创作乐曲，并将新曲推广吹奏。

卢如海死后，大弟子杜安学担任唢呐班班主，改名杜家班（按班主姓氏）。卢凤秀找到杜安学，要求参加唢呐队的演出。杜安学婉言拒绝，让她不要蹚浑水。近百年来，花水这地方严守祖训，不让女人玩唢呐。女人为什么不能玩唢呐？很简单，容易产生是非。卢凤秀搬出死去的父亲，软磨硬泡，苦苦相逼。杜安学长叹一声，只得答应让她试一试。

杜安学没想到，卢凤秀会一炮而红。她穿着红衣，长发飘飘，奏响一曲旋律欢快的《抬花轿》。一曲终了，掌声雷动，口哨声尖叫声此起彼伏。再看王世龙那边呢，人全跑光了。几个唢呐匠孤零零地站在空地上，脸色青一阵红一阵，要多尴尬有多尴尬。

卢凤秀第一次出场，就奠定了她在杜家班举足轻重的地位。杜安学力力没想到，卢凤秀凭一己之力，撑起了摇摇欲坠的杜家班。只要卢凤秀参与吹奏，杜家班就会成为焦点。遇上卢凤秀缺席，杜家班哪怕使出浑身解数，也很难留住观众。

很多人都认为，以王世龙的脾气，肯定会让卢凤秀好好喝上一壶。没想到事情恰好相反，王世龙一让再让，卢凤秀却步步紧逼。作为同行，卢凤秀和王世龙经常在红白喜事的场合碰上。没办法，花水地盘就那么大，想避也避不开。卢凤秀憋足劲，变着法子挑衅王世龙。这种挑衅不是责骂，更不是打斗，而是用唢呐挑起战争。围观的人大多只看见热闹，却不知道唢呐匠双方在进行殊死的斗争。卢凤秀用唢呐作为武器，对王世龙进行指责、训斥、控诉、批判……王世龙假装不懂，只顾低头吹唢呐。面对卢凤秀用唢呐喊出来的"战书"，他装聋作哑，选择高挂免战牌。徒弟们看不过去，誓要与卢凤秀"斗一斗"，却被他严厉叫停。有人看不下去，问他为什么自毁招牌，难道还怕一个黄毛丫头？王世龙正色说，凤秀吹得好，比她父亲强，也比我强。那段时间，王家班垂头丧气，杜家班春风得意。有几次，王世龙甚至当着众人的面，笑眯眯地对卢凤秀说，大侄女，哪天我老了，请你为我吹一曲啊。

卢凤秀没想到的是，在咿咿呀呀的旋律中，命运再次张开獠牙。在她的记忆里，那个腊月滴水成冰，冷如骨髓。接两基办（乡两基办后来改名中心校）的通知，潘老师冒着大雪出门，去乡里领取试卷和寒假作业。天黑了，潘老师还没回来。那是一个寂静的夜晚，偶尔听见雪从树枝上跌落，发出破碎的响声。人们坐在家中，守着熊熊炉火，聊一些稀奇古怪的事情。谁也不知道，潘老师此时正背着试卷和寒假作业，沿悬崖上绳索般的石梯，蜗牛般缓缓挪动。那时候，卢凤秀正坐在火堆前，心神不宁地纳鞋底。七岁的儿子小虎已经睡熟了，躺在厚厚的被子下，不时冒出几句梦话。卢凤秀时不时站起来，看看窗外飞过的雪。她强迫自己坐下，继续做针线活，不想被针刺破指头，鲜红的血滴冒出来。此时，她听见悬崖上滚过一阵霹雳，大地剧烈摇晃起来。她大叫一声，猛然冲出家门。

人们找到潘老师时，他仰面躺在乱草丛中，充血的眼睛直直地瞪着悬崖。他的背上，挎着两个染血的袋子，一个装着试卷，另一个装着寒假作业。

全村人一起出动，把潘老师葬在乌图河江畔。王世龙打开木箱，取出一杆唢呐，抬头望着天空，吹出一个凄厉的音符。他神色严肃而悲怆，眼神坚毅却悲伤，喉结时而伸缩时而鼓起，手指头起起落落。刹那间，音符纷纷洒落，时而激越，时而低沉，时而悠长，时而急促，时而凄婉，时而慷慨，时而低诉，时而呼喊。吹完一段，换一支唢呐；吹完一段，再换一支唢呐。王世龙运指如飞，连续更换几支唢呐，一直吹到大雪飘落，满山洁白。

在场的人肃然而立。那是一首人们从未听过的曲子，是一支属于潘老师的曲子。在场的人听懂了，王世龙用唢呐的声音，为潘老师写了一篇跌宕起伏的悼词。

卢凤秀赫然看见，纷乱的雪花中鲜血点点，如梅花缀满唢呐。

九

卢凤秀走上讲台，眼睛下挂着两个黑眼袋。

丁小琪眼尖，碰了碰丁健，悄声说，你看你看。丁健不吭声，继续做题。丁小琪写了一张纸条，传给李小花，上面有三个字，"熊猫眼"。李小花伸了伸舌头，提笔接了一句，咋又瘦了。纸条传给陶如松，陶如松看了看卢老师，写道，白发又多了。

这是他们经常玩的一个游戏，称为"接力棒"。发起人提出一个话题，然后依次往下传，接到纸条的人发表观点。纸条传到底后，又依次往回传，回到发起人的手里。

陶如松把纸条传给王小元，王小元扫一眼，直接把纸条收了。他目光炯炯，朝他们扫视一圈，警告各位不要搞小动作，务必认真听课。如果不听招呼，将按班规进行处理。王小元是班长，对很多事情拥有一票否决权。就这样，王小元否掉了这次"接力"。

很多时候，王小元也会参与游戏，比如自习课，比如课间。不过，他有底线，认为既要注意场合，又要考虑所提的问题有没有价值。比如丁小琪挑起的这个话题，至少存在两方面的问题，一是时间不对，不该扰乱课堂；二是提出的话题没有讨论的必要，熊猫眼怎么了，瘦了怎么了，白发增多怎么了。又不是上作文课，写这些有什么意义？

卢凤秀注意到学生们的小动作，严厉地咳了几声。同学们抬头挺胸，目视前方，盯住黑板。卢凤秀状态不佳，眼睛血丝密布，说话断断续续。她简单梳理了几个知识点，然后让学生刷试卷，由王小元负责监督。在学生们诧异的目光中，她转身走出了教室。

卢老师怎么了？丁小琪小声说。

李小花说，也许是病了。

陶如松点点头，嗯，老师好像有心事。

丁健小心翼翼地说，也许，卢老师在想曲子呢。

别说话，做题，做题。王小元敲了敲桌子。

卢凤秀走回宿舍，打开王大爷送的木箱，拿起那卷曲谱。轻轻翻开，遒劲的字迹清晰的符号跃入眼帘。昨晚回到宿舍，她连夜看了一部分。乐谱有一种魔力，把她深深抓住了。她没想到，王大爷收集或创作了这么多唢呐曲。几乎每一支乐谱，都用蝇头小楷作了翔实的注解。注解内容囊括方方面面，比如情感、换气、指法、颤音、气息等，笔力雄健，方方正正。她如饥似渴地阅读，不时用唢呐尝试吹奏。在看见这本曲谱之前，她以为自己已经触摸到唢呐演奏的天花板。看了这本曲谱，她仿佛推开一扇窗，看见了一片新领域。她没有想到，那个看上去窝窝囊囊的老头子，居然是神功盖世的扫地僧。

午饭两菜一汤，蒜薹炒肉、干煸洋芋丝、鸡蛋紫菜汤。同学们扒了几口，纷纷放下筷子。肉太咸了，至少放了半斤盐巴。洋芋丝太辣了，看上去鲜红一片。鸡蛋汤太淡了，几乎没什么味道。卢凤秀扒了半碗饭，看着同学们说，怎么停了，多吃点啊。

下午两节课，一节音乐一节体育。卢凤秀带领学生练了几遍《水下的声音》，认为总体不错了，但还少了点什么味。她临时作出安排，体育课不上了，让学生自行练习吹奏。丁小琪指挥练习，王小元监管纪律。她笑着说，你们好好练，老师去找味精，找酵母。

卢凤秀返回寝室，打开乐谱，一头扎了进去。王大爷真是个有心人，对许多细节的处理作了详细的注解，具有很强的操作性。他还写下多条心得，阐述对唢呐吹奏的看法。比如，他说唢呐是有生命的，唯有动心动情，交出灵魂，才能唤醒她的爱情。

卢凤秀边吹边看，边看边吹。脑海里浮现出王大爷的形象：或坐在灯下苦思冥想，写写画画，涂涂改改；或背着唢呐走在路上，捕捉鸟声风声；或举起唢呐吹奏，手指起起落落，面如菩提微笑；或站在夕阳之下，对着大江大山吹奏……翻到最后一支乐谱，她不由愣住了。曲子名叫《水下的声音》，字迹还是新的。她一激灵，猛然跳起，心惊胆战地吹响唢呐。刹那间，她如同触电，不由浑身抖动，仿佛要飞起来。

放学后，卢凤秀像往常一样，把学生送到对岸。丁小琪说，老师，你回去吧。其他同学也说，老师，回去吧。卢凤秀不说话，举手指了指山路。像往常一样，王小元走到队伍前头，其他人依次跟上。卢凤秀断后，踏上弯弯的山路。

王小元知道，卢老师一定要把他们送到竹竿桥，才会停下脚步。这些年来，卢老师天天早晚去桥头，把学生接过来，又把学生送过去。同学们不止一次劝她，让她不要送了，不会有什么事。卢老师从不回答，只是固执地站在竹竿桥上，一次次看着他们走来，一次次看着他们离开。听老人们说，自从卢老师的儿子小虎掉下竹竿桥，她就成了这样。

多年之前，花水小学只有三四个民办教师，背负繁重的教学任务。潘方平出事后，学校的教师越发紧缺。怎么办？总不能把课停下来吧。两基办决定，让卢凤秀补上潘方平的位置。就这样，卢凤秀赶鸭子上架，成了一位民办教师。从那以后，她既要干农活，又要带孩子，既要吹唢呐，还要搞教学。作为一个新手，她既要啃书本，又要钻教法，还要学习如何带学生。那些年，人们经常看见她牵着小虎，背着唢呐，挎着书包，在山路上来来去去。

卢凤秀肯钻肯问，很快成为学校的教师骨干。二十世纪九十年代，她赶上民办教师转正的末班车，顺利改变身份，成了一名公办教师。那时候，花水人纷纷加入打工大军，争先恐后走向外面的世界。杜家班散了，王家班也散了。唢呐匠们丢下唢呐，头也不回地走进城市，成了所谓的农民工。唢呐行业日落西山，熟悉的旋律渐渐远去。遇上红白喜事，拉上一两个算不上唢呐匠的唢呐匠，咿咿呀呀吹上一气，不过是意思意思而已。

小虎上初中时，已经能够把唢呐捣鼓得有模有样。他背上背包，提着唢呐，踏上求学之路。卢凤秀一次次把小虎送到竹竿桥，看着他爬上马鞍山，渐渐变成一个黑点。前面的路更难走，还得穿过天门，爬上陡峭的石梯。她一次次嘱咐儿子，一定要小心，一定要小心。她一次次请求丈夫，一定要保佑儿子，让他平平安安。小虎从乡中学回家，她总要去天门、马鞍山或竹竿桥等候，看着他一步步走近。有一个周末，她因为有事，没去接儿子。谁能想到，就是那一次，小虎掉下了竹竿桥。王大爷领着一帮人，沿河追赶打捞，在几公里之外的河段找到小虎。他看上去那么小，湿漉漉的，背上挎着书包，手里攥着唢呐。

过了乌图河，卢凤秀像往常一样，叮嘱孩子们路上小心。孩子们却不走，似乎有话要说，却又不敢开口。卢凤秀问王小元，到底有什么事。王小元躲不过，结结巴巴地说，老师，同学们决定，明早要去王石头家，送王大爷一程，希望你批假。

卢凤秀愣了愣，点头说，哦，好吧，你们去吧。

王小元抬起头，小声说，老师，你同意了？

卢凤秀看了看猫寨那边，又点了点头。

丁小琪插嘴说，老师，你明天去吗？

王小元说，老师，你也去吧。

孩子们抬起脸，看着他们的卢老师。

卢凤秀不说话，冲他们挥挥手，转身朝对岸走去。

竹竿桥晃悠晃悠荡起来。

十

炮声轰隆，唢呐响起，王大爷要上山了。

人群黑压压站在两旁，几条汉子正在用绳子缠绕棺材，捆绑抬杠。唢呐匠鼓起腮帮，反复吹奏哀婉的曲子。王石头垂着脑袋，忍不住哽咽有声。王小元站在他的身后，轻轻搂住他的肩膀。丁小琪、丁健、陶如松和李小花站在王小元的后面，个个脸色哀戚，眼角挂着泪水。送老人上山，这真是一件悲伤的事情。这一次走了，就再也不会回来了。

上山的时间定在九点。王开学披麻戴孝，手握丧棍，跪在灵位之前。管事大声吆喝，让大家抓紧吃饭，不要误了上山时间。王开学站起来，伸长脖子朝小路看了看，脸上露出焦灼失望的神色。也许，能来的人都来了。卢凤秀肯定不会来了。

石头逮住王小元，问卢老师还来不来？王小元能怎么说呢？只能让他再等等，卢老师应该要来的。石头问丁小琪，问丁健，问陶如松，问李小花，一一问了个遍，谁也没有答案。他像热锅上的蚂蚁，一次次看着小路问，咋还不来呢？咋还不来呢？

炮声冲天而起，空气中弥漫着刺鼻的火药味。唢呐骤然转换旋律，变得急促繁密，如飞奔的马蹄击打大地。高音喇叭里又响起管事的声音，让帮忙的人备好东西，上山的时间就要到了。孝子们放声大哭，齐刷刷跪在棺木前。上山的时间要到了，王大爷要走了。

石头几乎哭出声来。卢老师怎么还没来呢？爷爷说过，他想听她吹一曲啊。

想哭的人还有王开学，他没有完成父亲的遗愿，怎能让父亲走得安心？

一阵风打着旋，卷起几张纸钱，又撒落地上。人们纷纷闪开，王开学伸出头去，看见卢凤秀穿着黑衣，提着木箱子，鹰一样飞来。她的背上插着一支长长的紫红唢呐，在灰黑的天幕下闪闪发亮。炮声远去，唢呐远去，人群安静下来，看着卢凤秀走到灵位前。

石头冲上去，抓住卢凤秀的手，哇的一声哭了。

卢凤秀摸摸他的头，轻声说，别哭，来，我们为爷爷吹一曲。

王开学扑通跪下，连声说，卢老师，谢谢你，谢谢你。

卢凤秀把王开学扶起来，对着王大爷的遗像鞠了三躬。纷飞的纸钱中，她跪在地上，低下头颅，轻轻打开木箱。众人赫然看见，木箱里躺着六支大大小小、长长短短、颜色各异的唢呐，还有一本厚如砖头的乐谱。卢凤秀拿起一杆唢呐，举到空中看了看，郑重其事地交给石头。接下来，她将唢呐一支一支取出来，依次发给她的学生们。最后只剩下乐谱，好像有一双无形的手，一页页打开，又一页页合上。卢凤秀关上木箱，取下背上的唢呐，看了看她的学生们。六个孩子提着唢呐，挺胸抬头，目视前方，像整装待发的士兵。

卢凤秀深吸一口气，缓缓举起唢呐，衔住芦嘴，陡然吹出一个音符。孩子们也举起唢呐，衔住芦嘴，面呈微笑状。刹那间，音符如雨扑面而来，纷纷洒落。孩子们舞动唢呐，身形矫健有力，腮帮时鼓时缩，手指灵活跳动。旋律并不是一马平川，而是如黄河之水天上来，大起大落，九曲连环，荡气回肠。时而婉转悠扬，时而凄婉低回，时而一泻千里，时而沉重凝滞，时而大气磅礴，时而婉约多情，时而铿铿锵锵，时而哀哀戚戚。

所有人驻足倾听，神色凝然。他们被唢呐声牵引，走进了一个既陌生又熟悉的世界。他们睁大眼睛，看见静默的青瓦房、开花的果树、奔走的牛马、忙碌的人影、蜿蜒的小路、袅袅的炊烟、青青的野草、蜿蜒的河流、清冽的水井、碧绿的菜地、金黄的稻田、晚归的牛羊、奔跑的骏马……闭上眼睛，听见水流声、马蹄声、牛叫声、鸡鸣声、读书声、争吵声、哭喊声、鸟叫声、花朵开放的声音、禾苗抽穗的声音……汇成一支交响曲。隆隆鼓点滚过，只剩下一个苍老的背影，打马走向西山。

日头正在西沉，骇人的水声轰然响起，一步步逼近村子。

孩子们停下来，卢凤秀的吹奏还在继续。她手握唢呐，对王大爷深鞠一躬，转入细若游丝的旋律。这曲子似乎是独立的，又似乎与合奏的部分浑然一体。细线的一头系着心脏，另一头被谁攥在手中，在月光下绕来绕去。忽然一声脆响，细线变粗变大，成为强劲的绳索。唢呐朝天举起，音符粒粒沉重，却哀而不伤。或叹息，或呻吟，或哭泣，或呼喊，或祈求，或哀号，或低诉，或安慰，或祷告。时而慷慨，时而苍凉，时而奔放，时而收敛，时而锋利，时而温厚，时而辽阔，时而狭隘，时而凶狠，时而柔情，时而天真……就像乌图河，穿越崇山峻岭来到花水，又从花水流淌而去。人们听出来了，王大爷就是另一条乌图河，他的一生就是河流的一生。人们也听懂了，卢凤秀用唢呐为王大爷唱了一篇祭文。

卢凤秀神色专注，目光坚定，凝视高远的苍穹，灵活的手指起起落落。人们惊异地看见，在她连续不断的吹奏中，那支唢呐渐渐变红，恍若怒放的喇叭花。

唢呐声渐渐低下来，低下来。天空变暗，大雾渐浓，乐声呜呜咽咽，如诉如泣。穿过黏稠的大雾，王大爷坐在船头，披着蓑衣背着斗笠，乘船顺流而下。

王大爷要走了，王大爷真要走了。他将乘船而下，终将消失于水中。

唢呐拖出一个颤音，戛然而止。孩子们放下唢呐，垂手而立。人们惊异地看见，相框中的王大爷变了表情，好像正在吹唢呐，面呈微笑状，看着孩子们。

几声炮响，纸钱飞舞。孝子跪成一排，白衣胜雪，连成一片桥。八个壮年男子抬起棺木，从白桥上缓缓飘过。哭声响彻天地。王大爷走了，真的走了。

人们扛上花圈，扛上纸马纸伞，走在棺材后面。炮声轰响，吼声如雷。棺材跑起来，送行的人跑起来，过沟过坎，披荆斩棘，浩浩荡荡奔向西山。

唢呐响起来，悠扬婉转，娓娓动听。那是一支安魂曲，一支情深义重的安魂曲。

有人回过头，看见卢凤秀跟在队伍后面，举着红光闪烁的唢呐。

十一

不久，孩子们参加了期末考试。小学毕业了，他们该离开花水学校了。不过，他们还不能走，还得留下训练，代表乡里参加县教育局组织的器乐大赛。

考完试的第二天，卢凤秀把孩子们叫到学校，进行强化训练。她对曲谱作了修改，将王大爷的《水下的声音》融入其中。真是奇怪，两首《水下的声音》合为一体后，竟然有了某种意味深长的味道。卢凤秀热泪盈眶，宣布找到了味精和酵母。事实上，在拿到王大爷的那本乐谱后，她就窥见了动人的曙光。乐谱的问题解决后，她让学生们反复练习，力求将曲谱完美表现。那本乐谱又帮了大忙，她将上面标注的技法教给学生，取得了较好的效果。

王大爷的六把唢呐，分别发到六个学生的手中。这些唢呐用优质材料打制，做工精良，音色纯正，是难得的精品。卢凤秀说，王大爷吹过的曲调，全附在这些唢呐上。不过，由于时间久远，音符已经沉睡，等待同学们唤醒。如何才能唤醒沉睡的音符呢？必须用心用情，交出灵魂。卢凤秀指着天空说，王大爷坐在云端，看着你们吹唢呐呢。

一个阳光灿烂的早晨，卢凤秀提着唢呐，带领背插唢呐的孩子们，踏上了征程。他们像一队剑客，背着倚天剑屠龙刀，走在蜿蜒的山路上。王开学背上一袋干粮，吭哧吭哧走在队伍的后面，像一只骆驼。卢凤秀让他回去，他不听。他跟着队伍，穿过缝隙似的天门，再爬上绳子般的石梯。他站在山顶，望着卢老师和孩子们渐渐走远。

经过激烈角逐，水下乐队过关斩将，拿下了大赛第一名。谁也没想到，这支来自贫困山区的乐队，竟有如此强悍的战斗力。用评委的话说，达到了专业水平。水下乐队吹奏唢呐的图片，以及高举大红奖状的图片，登上了各报纸杂志及网络媒体。电视台对水下乐队做了专访，在黄金时段播出。其中有一个环节，主持人问孩子们，比赛为什么能取得成功。丁小琪接过话筒，落落大方地说，因为我们有秘诀。主持人追问，什么秘诀？丁小琪说，我们找到了味精，找到了酵母。主持人没想到这孩子说出这种话，兴致勃勃地问，毕业后，乐队是不是就散了？丁小琪想了想，大声说，时光正好，乐队不散。主持人笑起来，又问，毕业后，还会回去看卢老师吗？丁小琪的眼眶红了，低头不语。王小元接过话筒，小声说，会，一定会。主持人揉揉眼睛，好，真好。王小元看看伙伴们，又看看卢凤秀，哽咽说，我们一定会回去，听卢老师吹唢呐。孩子们纷纷说，对，与老师一起吹唢呐。

还有一个环节，主持人问卢凤秀，回去后有什么打算。卢凤秀表示，如果领导同意，她希望能够守着花水学校。年纪大了，哪里也不想去了。她想向上级申请，把花水学校办成一个唢呐博物馆。主持人认为这想法挺好，呼吁相关部门给予支持。

水下乐队返回花水那天，正是卢凤秀退休的日子。乡里分管教育的李乡长和中心校的聂校长特地赶到花水：一是对水下乐队表示祝贺，二是对卢凤秀老师光荣退休表示慰问。用李乡长的话说，这叫双喜临门。聂校长也感叹，说山沟沟飞出金凤凰，卢凤秀为花水学校画上一个圆满的句号。卢凤秀笑笑说，不是我，是水下乐队。

王开学叫来几个精干的妇女，杀鸡宰鸭，好不热闹。夕阳西下，彩霞漫天，余晖染红巍峨群山，辽阔的水面波光粼粼。一声吆喝，干部群众入席，老师学生入席。开吃之前，孩子们应李乡长的要求，把《水下的声音》当场吹奏了一遍，迎来满堂喝彩。

大家一边谈笑，一边吃喝。聂校长提起电视台的访谈，问水下乐队用什么办法，找到了味精和酵母。卢凤秀笑了笑，举起一本泛黄的乐谱说，从这里找到的。

酒至半酣，卢凤秀提起办唢呐博物馆的事情。她认为，学生走后，花水学校将成为一幢空楼，孤零零站在山上，实在让人可惜。这么好的房子，与其任其破烂，不如发挥余热，办一个唢呐博物馆。为什么要办唢呐博物馆呢？卢凤秀认为唢呐是乐器之王，贯穿于花水人的婚丧嫁娶生老病死，承载着一代代人的记忆。一曲唢呐语，见证兴与衰，让人肝肠断。在这片土地上，铿锵的节奏不应消失，魂牵梦萦的曲子值得永远传唱。

卢凤秀叹息一声，我老了，只想留在这里，翻翻曲谱，吹吹唢呐。

卢老师，你的想法很好。李乡长端起酒杯，指着窗外说，你们看看，青山绿水，蓝天白云，多美啊。我负责任地告诉大家，大力发展乌图河旅游业，是乡政府下一步的重点工作之一。我还要告诉各位，这也是旅游局要大力打造的项目之一。请想一想，当游客乘船来到这里，看看唢呐博物馆，再听上一支唢呐曲，是不是别有一番滋味？

李乡长，你同意了？来，我敬你一杯。卢老师举起酒杯。

我一定向上级反映，促成此事。李乡长也举起酒杯。

走出教学楼，一弯新月挂在天上。一行人踏着台阶，说说笑笑走到水边。木船太小，只能分批送人。李乡长的意思，让孩子们先走。孩子们却不同意，他们要陪陪卢老师。王开学上前解缆，让李乡长和聂校长上船，又上来几条汉子，撑船划向对岸。

连续往返几次，只剩下卢凤秀、王开学和六个孩子。卢凤秀要送送孩子们，孩子们却坚决不答应。他们举手敬礼，异口同声地说，老师，您累了，回去休息吧。

王开学拦住卢凤秀，拍着胸脯说，你回去吧，有我呢。

不用担心，我明天把船送过来。王开学举起竹篙，大声说。

竹篙击打水面，小船像大鱼飞向对岸。孩子们回过头，看见卢老师站在水边，一只手高高举起，不停地挥动。孩子们使劲挥手，泪珠如雨点滚落。

小船靠岸，王开学系上船，指挥孩子们下船。头顶的月亮抖了一下，身后传来悠扬动听的唢呐声。他们回过头，看见卢老师清瘦的背影站在烟波浩渺的水边，朝天举起唢呐，不停地吹，不停地吹。她身形晃动，长发飞扬，不停地舞，不停地舞。

唢呐悠长婉转，一直跟在他们的后面。走过山路，踏上晃悠晃悠的竹竿桥，月亮忽然暗下去。唢呐戛然而止，天地陷入寂静。一丝虫鸣也没有。回望来路，只见苍茫一片。

忽然间，他们听见水声，惊天动地的水声。大水汹涌澎湃，从远方滚滚而来。江水正在上涨，步步逼近村庄，逼近凤鸣山。抬头眺望，眼力所及之处，已是一片汪洋。

唢呐陡然响起，从水中传来。卢老师高举唢呐，随着凤鸣山下沉，没入水中。

卢老师沉入水底，吹响一曲天荒地老的歌谣。

刊发于《胶东文学》2023 年 4 期